昨夜蓝空的辰梦，今朝眼底的万花

宗白华———

著

作家出版社

图书在版编目（CIP）数据

昨夜蓝空的辰梦，今朝眼底的万花 / 宗白华著 . —
北京：作家出版社，2021.1
（作家经典文库）

ISBN 978-7-5212-0831-3

Ⅰ.①昨… Ⅱ.①宗… Ⅲ.①散文集－中国－当代
Ⅳ.①I267

中国版本图书馆 CIP 数据核字（2019）第 284239 号

昨夜蓝空的辰梦，今朝眼底的万花

作　　者：宗白华
责任编辑：省登宇　周李立
特约策划：天逸文化　张世景
装帧设计：琥珀视觉
出版发行：作家出版社有限公司
社　　址：北京农展馆南里 10 号　　　邮　编：100125
电话传真：86-10-65067186（发行中心及邮购部）
　　　　　 86-10-65004079（总编室）
E-mail:zuojia @ zuojia.net.cn
http://www.zuojiachubanshe.com
印　　刷：北京盛通印刷股份有限公司
成品尺寸：142×210
字　　数：290 千
印　　张：9.5
版　　次：2021 年 1 月第 1 版
印　　次：2021 年 1 月第 1 次印刷
ISBN　978-7-5212-0831-3
定　　价：42.00 元（精）

　　歌德的人生所以给我们以无穷兴奋与深沉的安慰的，
就是他只是一个人，他只是极尽了人性，但却如此伟大，
使我们对人类感到有希望，鼓动我们努力向前做一个人。

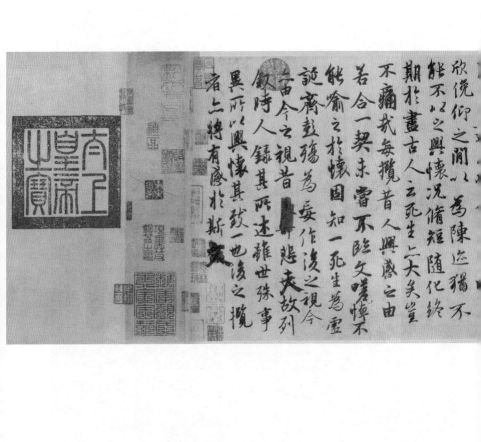

欣俛仰之間以為陳迹猶不
能不以之興懷況脩短隨化終
期於盡古人云死生亦大矣豈
不痛哉每攬昔人興感之由
若合一契未嘗不臨文嗟悼不
能喻之於懷固知一死生為虛
誕齊彭殤為妄作後之視今
亦由今之視昔
悲夫故列
敘時人錄其所述雖世殊事
異所以興懷其致一也後之攬
者亦將有感於斯文

永和九年歲在癸丑暮春之初會
于會稽山陰之蘭亭脩禊事
也群賢畢至少長咸集此地
有崇山峻領茂林脩竹又有清流激
湍暎帶左右引以為流觴曲水
列坐其次雖無絲竹管弦之
盛一觴一詠亦足以暢叙幽情
是日也天朗氣清惠風和暢仰
觀宇宙之大俯察品類之盛
所以遊目騁懷足以極視聽之
娛信可樂也夫人之相與俯仰
一世或取諸懷抱悟言一室之內
或因寄所託放浪形骸之外雖
趣舍萬殊靜躁不同當其欣

唐太宗李世民独独宝爱晋人王羲之所写的《兰亭序》，临死时不能割舍，恳求他的儿子让他带进棺去。

政和壬辰上元之次夕忽有祥雲拂鬱

低映端門衆皆仰而視之倏有群鶴

飛鳴於空中仍有二鶴對止於鴟尾

之端頗甚閑適餘皆翔翔如應奏節

往来都民無不稽首瞻望歎異久之

經時不散迤邐歸飛西北隅散慈兹

祥瑞故作詩以紀其實

清曉觚稜拂彩霓仙禽告瑞忽来儀飄飄

元是三山侶兩兩還呈千歲姿似擬碧鸞

捿寶閣豈同赤鴈集天池徘徊嘹唳當丹

闕故使憧憧庶俗知

御製御畫並書 一 八

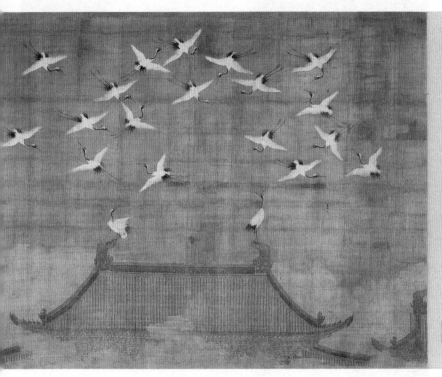

大画家宋徽宗做错了皇帝，
然而他的艺术家的目力和注意力是惊人的。

罗丹认定"动"是宇宙的真相，
唯有"动象"可以表示生命，表示精神，
表示那自然背后所深藏的不可思议的东西。

目 录

辑一　美学的散步

辑二　观念的丰盛

辑三　艺术的情志

辑一　美学的散步

美从何处寻?

啊，诗从何处寻?

在细雨下，点碎落花声，

在微风里，飘来流水音，

在蓝空天末，摇摇欲坠的孤星!

——《流云小诗》

尽日寻春不见春，

芒鞋踏遍陇头云，

归来笑拈梅花嗅，

春在枝头已十分。

——宋罗大经《鹤林玉露》中载某尼悟道诗

诗和春都是美的化身，一是艺术的美，一是自然的美。我们都是从目观耳听的世界里寻得她的踪迹。某尼悟道诗大有禅意，好像是说"道不远人"，不应该"道在迩而求诸远"。好像是说："如果你在自己的心中找不到美，那么，你就没有地方可以发现美的踪迹。"

然而梅花仍是一个外界事物呀，大自然的一部分呀！你的心不是"在"自己的心的过程里，在感情、情绪、思维里找到美；而只是"通过"感觉、情绪、思维找到美，发现梅花里的美。美对于你的心，你的"美感"是客观的对象和存在。你如果要进一步认识她，你可以分析她的结构、形象、组成的各部分，得出"谐和"的规律、"节奏"的规律、表现的内容、丰富的启示，而不必顾到你自己的心的活动，你越能忘掉自我，忘掉你自己的情绪波动，思维起伏，你就越能够"漱涤万物，牢笼百态"（柳宗元语），你就会像一面镜子，像托尔斯泰那样，照见了一个世界，丰富了自己，也丰富了文化。人们会感谢你的。

那么，你在自己的心里就找不到美了吗？我说，如果我们的心灵起伏万变，经常碰到情感的波涛，思想的矛盾，当我们身在其中时，恐怕尝到的是苦闷，而未必是美。只有莎士比亚或巴尔扎克把她形象化了，表现在文艺里，或是你自己手之舞之，足之蹈之，把你的欢乐表现在舞蹈的形象里，或把你的忧郁歌咏在有节奏的诗歌里，甚至于在你的平日的行动里、语言里。一句话，就是你的心要具体地表现在形象里，那时旁人会看见你的心灵的美，你自己也才真正地切实地具体地发现你的心里的美。除此以外，恐怕不容易吧！你的心可以发现美的对象（人生的，社会的，自然的），这"美"对于你是客观的存在，不以你的意志为转移。（你的意志只能指使你的眼睛去看她或不去看她，而不能改变

4

她。你能训练你的眼睛深一层地去认识她，却不能动摇她。希腊伟大的艺术不因中古时代而减少它的光辉。）

宋朝某尼虽然似乎悟道，然而她的觉悟不够深，不够高，她不能发现整个宇宙已经盎然有春意，假使梅花枝上已经春满十分了。她在踏遍陇头云时是苦闷的，失望的。她把自己关在狭窄的心的圈子里。只在自己的心里去找寻美的踪迹是不够的，是大有问题的。王羲之在《兰亭序》里说："仰观宇宙之大，俯察品类之盛，所以游目骋怀，足以极视听之娱，信可乐也。"这是东晋大书法家在寻找美的踪迹。他的书法传达了自然的美和精神的美。不仅是大宇宙，小小的事物也不可忽视。诗人华滋沃斯[①]曾经说过："一朵微小的花对于我可以唤起不能用眼泪表达出的那样深的思想。"

达到这样的、深入的美感，发现这样深度的美，是要在主观心理方面具有条件和准备的。我们的感情是要经过一番洗涤，克服了小己的私欲和利害计较。矿石商人仅只看到矿石的货币价值，而看不见矿石的美的特性。我们要把整个情绪和思想改造一下，移动了方向，才能面对美的形象，把美如实地和深入地反映到心里来，再把它放射出去，凭借物质创造形象给表达出来，才成为艺术。中国古代曾有人把这个过程唤作"移人之情"或"移我情"。琴曲《伯牙水仙操》的序上说：

伯牙学琴于成连，三年而成。至于精神寂寞，情之专

---

① 华滋沃斯：今译"华兹华斯"。

一，未能得也。成连曰："吾之学不能移人之情，吾师有方子春在东海中。"乃赍粮从之，至蓬莱山，留伯牙曰："吾将迎吾师！"划船而去，旬日不返。伯牙心悲，延颈四望，但闻海水汩没，山林窅冥，群鸟悲号。仰天叹曰："先生将移我情！"乃援操而作歌云："繄洞庭兮流斯护，舟楫逝兮仙不还，移形素兮蓬莱山，歗钦伤宫仙不还。"

伯牙由于在孤寂中受到大自然强烈的震撼，生活上的异常遭遇，整个心境受了洗涤和改造，才达到艺术的最深体会，把握到音乐的创造性的旋律，完成他的美的感受和创造。这个"移情说"比起德国美学家栗卜斯的"情感移入论"似乎还要深刻些，因为它说出现实生活中的体验和改造是"移情"的基础呀！并且"移易"和"移入"是不同的。

这里我所说的"移情"应当是我们审美的心理方面的积极因素和条件，而美学家所说的"心理距离""静观"，则构成审美的消极条件。女子郭六芳有一首诗《舟还长沙》说得好：

侬家家住两湖东，十二珠帘夕照红，
今日忽从江上望，始知家在画图中。

自己住在现实生活里，没有能够把握它的美的形象。等到自己对自己的日常生活有相当的距离，从远处来看，才发现家在画图中，融在自然的一片美的形象里。
但是在这主观心理条件之外，也还需要客观的物的方面的条件。在这里是那夕照的红和十二珠帘的具有节奏与和谐的形象。宋人陈简斋的海棠诗云："隔帘花叶有辉光。"帘子造成了距离，同时它的线文的节奏也更能把帘外的花叶纳进美的形象，增强了它的光辉闪灼，呈显出生命的华美，就像一段欢愉生活嵌在素朴而具有优美旋律的歌词里一样。

这节奏，这旋律，这和谐，等等，它们是离不开生命的表现，它们不是死的机械的空洞的形式，而是具有丰富内容，有表现、有深刻意义的具体形象。形象不是形式，而是形式和内容的统一，形式中每一个点、线、色、形、音、韵，都表现着内容的意义、情感、价值。所以诗人艾里略说："每一个造出新节奏来的人，就是拓展了我们的感情并使它更为高明的人！"又说："创造一种形式并不是仅仅发明一种格式、一种韵律或节奏，而且也是这种韵律或节奏的整个合式的内容的发觉。莎士比亚的十四行诗并不仅是如此这般的一种格式或图形，而是一种恰是如此思想感情的方式。"而具有理想的形式的诗是"如此这般的诗，以致我们看不见所谓诗，而但注意着诗所指示的东西"(《诗的作用和批评的作用》)。这里就是"美"，就是美感所受的具体对象。它是通过美感来摄取的美，而不是美感的主观的心理活动自身。就像物质的内部结构和规律是抽象思维所摄取的，但自身却不是抽象思维而是具体事物。所以专在心内搜寻是达不到美的踪迹的。美的踪迹要到自然、人生、社会的具体形象里去找。

但是心的陶冶、心的修养和锻炼是替美的发现和体验做准备的。创造"美"也是如此。捷克诗人里尔克在他的《柏列格的随笔》里有一段话精深微妙，梁宗岱曾把它译出，现介绍如下：

……一个人早年作的诗是这般乏意义，我们应该毕生期待和采集，如果可能，还要悠长的一生；然后，到晚年，或者可以写出十行好诗。因为诗并不像大家所想象，徒是情感（这是我们很早就有了的），而是经验。单要写一句诗，我们得要观察过许多城许多人许多物，得要认识走兽，得要感到鸟儿怎样飞翔和知道小花清晨舒展的姿势。得要能够回忆许多远路和僻境，意外的邂逅，眼光光望它接近的分离，神秘还未启明的童年，和容易生气的父母，当他给你一件礼物而你不明白的时候（因为那原是为别一人设的欢喜）和离奇变幻的小孩子的病，和在一间静穆而紧闭的房里度过的日子，海滨的清晨和海的自身，和那与星斗齐飞的高声呼号的夜间的旅行——而单是这些犹未足，还要享受过许多夜不同的狂欢，听过妇人产时的呻吟，和坠地便瞑目的婴儿轻微的哭声，还要曾经坐在临终人的床头和死者的身边，在那打开的，外边的声音一阵阵拥进来的房里。可是单有记忆犹未足，还要能够忘记它们，当它们太拥挤的时候，还要有很大的忍耐去期待它们回来。因为回忆本身还不是这个，必要等到它们变成我们的血液、眼色和姿势了，等到它们没有了名字而且不能别于我们自己了，那么，然后可以希望在极难得的顷刻，在它们当中伸出一句诗的头一个字来。

这里是大诗人里尔克在许许多多的事物里、经验里,去踪迹诗,去发现美,多么艰辛的劳动呀!他说:诗不徒是感情,而是经验。现在我们也就转过方向,从客观条件来考察美的对象的构成。改造我们的感情,使它能够发现美。中国古人曾经把这唤作"移我情",改变着客观世界的现象,使它能够成为美的对象,中国古人曾经把这唤作"移世界"。

"移我情""移世界",是美的形象涌现出来的条件。

我们上面所引长沙女子郭六芳诗中说过"今日忽从江上望,始知家在画图中",这是心理距离构成审美的条件。但是"十二珠帘夕照红"却构成这幅美的形象的客观的积极的因素。夕照、月明、灯光、帘幕、薄纱、轻雾,人人知道是助成美的出现的有力的因素,现代的照相术和舞台布景知道这个而尽量利用着。中国古人曾经唤作"移世界"。

明朝文人张大复在他的《梅花草堂笔谈》里记述:

> 邵茂齐有言,天上月色能移世界,果然!故夫山石泉涧,梵刹园亭,屋庐竹树,种种常见之物,月照之则深,蒙之则净,金碧之彩,披之则醇,惨悴之容,承之则奇,浅深浓淡之色,按之望之,则屡易而不可了。以至河山大地,邈若皇古,犬吠松涛,远于岩谷,草生木长,闲如坐卧,人在月下,亦尝忘我之为我也。今夜严叔向,置酒破山僧舍,起步庭中,幽华可爱,旦视之,酱盘纷然,瓦石布地而已,戏书此以信茂齐之话,时十月十六日,万历丙午三十四年也。

月亮真是一个大艺术家，转瞬之间替我们移易了世界，美的形象，涌现在眼前。但是第二天早晨起来看，瓦石布地而已。于是有人得出结论说：美是不存在的。我却要更进一步推论说，瓦石也只是无色无形的原子或电磁波，而这个也只是思想的假设，我们能抓住的只是一堆抽象数学方程式而已。究竟什么是真实的存在？所以我们要回转头来说，我们现实生活里直接经验到的，不以我们的意志为转移的，丰富多彩的，有声有色有形有相的世界就是真实存在的世界，这是我们生活和创造的园地。所以马克思很欣赏近代唯物论的第一个创始者培根的著作里所说的物质以其感觉的诗意的光辉向着整个的人微笑（见《神圣家族》），而不满意霍布士的唯物论里"感觉失去了它的光辉而变为几何学家的抽象感觉，唯物论变成了厌世论"。在这里物的感性的质、光、色、声、热等不是物质所固有的了，光、色、声中的美更成了主观的东西。于是世界成了灰白色的骸骨，机械的死的过程。恩格斯也主张我们的思想要像一面镜子，如实地反映这多彩的世界。美是存在着的！世界是美的，生活是美的。它和真和善是人类社会努力的目标，是哲学探索和建立的对象。

　　美不但是不以我们的意志为转移的客观存在，反过来，它影响着我们，教育着我们，提高生活的境界和意趣。它的力量更大了，它也可以倾国倾城。希腊大诗人荷马的著名史诗《伊利亚特》歌咏希腊联军围攻特罗亚①九年，为的是夺回美人海伦，而海伦

---

① 特罗亚：今译"特洛伊"。

的美叫他们感到九年的辛劳和牺牲不是白费的。现在引述这一段名句：

特罗亚长老们也一样的高踞城雉，

当他们看见了海伦在城垣上出现，

老人们便轻轻低语，彼此交谈机密：

"怪不得特罗亚人和坚胫甲阿开人

为了这个女人这么久忍受苦难呢，

她看来活像一个青春长驻的女神。

可是，尽管她多美，也让她乘船去吧，

别留这里给我们子子孙孙作祸根。

——缪朗山译《伊利亚特》

荷马不用浓丽的词藻来描绘海伦的容貌，而从她的巨大的惨酷的影响和力量轻轻地点出她的倾国倾城的美。这是他的艺术高超处，也是后人所赞叹不已的。

我们寻到美了吗？我说，我们或许接触到美的力量，肯定了她的存在，而她的无限的丰富内含却是不断地待我们去发现；千百年来的诗人艺术家已经发现了不少，保藏在他们的作品里，千百年后的世界仍会有新的表现。"每一个造出新节奏来的人，就是拓展了我们的感情并使它更为高明的人！"

《美学的散步》小言

散步是自由自在、无拘无束的行动，它的弱点是没有计划，没有系统。看重逻辑统一性的人会轻视它，讨厌它，但是西方建立逻辑学的大师亚里士多德的学派却唤作"散步学派"，可见散步和逻辑并不是绝对不相容的。中国古代一位影响不小的哲学家——庄子，他好像整天是在山野里散步，观看着鹏鸟、小虫、蝴蝶、游鱼，又在人间世里凝视一些奇形怪状的人：驼背、跛脚、四肢不全、心灵不正常的人，很像意大利文艺复兴时大天才达·芬奇在米兰街头散步时速写下来的一些"戏画"，现在竟成为"画院的奇葩"。庄子文章里所写的那些奇特人物大概就是后来唐、宋画家画罗汉时心目中的范本。

散步的时候可以偶尔在路旁折到一枝鲜花，也可以在路上拾起别人弃之不顾而自己感到兴趣的燕石。

无论鲜花或燕石，不必珍视，也不必丢掉，放在桌上可以做散步后的回念。

诗（文学）和画的分界

苏东坡论唐朝大诗人兼画家王维（摩诘）的《蓝田烟雨图》说：

> 味摩诘之诗，诗中有画；观摩诘之画，画中有诗。
> 诗曰："蓝溪白石出，玉山红叶稀，山路元无雨，空翠湿
> 人衣。"此摩诘之诗也。或曰："非也，好事者以补摩诘
> 之遗。"

以上是东坡的话，所引的那首诗，不论它是不是好事者所补，把它放到王维和裴迪所唱和的辋川绝句里去是可以乱真的。这确是一首"诗中有画"的诗。"蓝溪白石出，玉山红叶稀"，可以画出来成为一幅清奇冷艳的画，但是"山路元无雨，空翠湿人衣"二句，却是不能在画面上直接画出来的。假使刻舟求剑似的画出一个人穿了一件湿衣服，即使不难看，也不能把这种意味和感觉像这两句诗那样完全传达出来。好画家可以设法暗示这种意

味和感觉，却不能直接画出来。这位补诗的人也正是从王维这幅画里体会到这种意味和感觉，所以用"山路元无雨，空翠湿人衣"这两句诗来补足它。这幅画上可能并不曾画有人物，那会更好地暗示这感觉和意味。而另一位诗人可能体会不同而写出别的诗句来。画和诗毕竟是两回事。诗中可以有画，像头两句里所写的，但诗不全是画。而那不能直接画出来的后两句恰正是"诗中之诗"，正是构成这首诗是诗而不是画的精要部分。

然而那幅画里若不能暗示或启发人写出这诗句来，它可能是一张很好的写实照片，却又不能成为真正的艺术品——画，更不是大诗画家王维的画了。这"诗"和"画"的微妙的辩证关系不是值得我们深思探索的吗？

宋朝文人晁以道有诗云："画写物外形，要物形不改，诗传画外意，贵有画中态。"这也是论诗画的离合异同。画外意，待诗来传，才能圆满，诗里具有画所写的形态，才能形象化、具体化，不至于太抽象。

但是王安石《明妃曲》诗云："意态由来画不成，当时枉杀毛延寿。"他是个喜欢做翻案文章的人，然而他的话是有道理的。美人的意态确是难画出的，东施以活人来效颦西施尚且失败，何况是画家调脂弄粉。那画不出的"巧笑倩兮，美目盼兮"，古代诗人随手拈来的这两句诗，却使孔子以前的中国美人如同在我们眼面前。达·芬奇用了四年工夫画出蒙娜丽莎的美目巧笑，在该画初完成时，当也能给予我们同样新鲜生动的感受。现在我却觉得我们古人这两句诗仍是千古如新，而油画受了时间的侵蚀，后人的补修，已只能令人在想象里追寻旧影了。我曾经坐在原画前默默领略了一小时，口里念着我们古人的诗句，觉得诗启发了画中意态，画给予诗以具体形象，诗画交辉，意境丰满，各不相下，各有千秋。

达·芬奇在这画像里突破了画和诗的界限，使画成了诗。谜样的微笑，勾引起后来无数诗人心魂震荡，感觉这双妙目巧笑，深远如海，味之不尽，天才真是无所不可。但是画和诗的分界仍是不能泯灭的，也是不应该泯灭的，各有各的特殊表现力和表现领域。探索这微妙的分界，正是近代美学开创时为自己提出了的任务。

十八世纪德国思想家莱辛开始提出这个问题，发表他的美学名著《拉奥孔》或称《论画和诗的分界》。但《拉奥孔》却是主要地分析着希腊晚期一座雕像群，拿它代替了对画的分析，雕像同画同是空间里的造型艺术，本可相通。而莱辛所说的诗也是指的戏剧和史诗，这是我们要记住的。因为我们谈到诗往往是偏重抒情诗。固然这也是相通的，同是属于在时间里表现其境界与行动的文学。

拉奥孔（Laokoon）是希腊古代传说里特罗亚城一个祭师，他对他的人民警告了希腊军用木马偷运兵士进城的诡计，因而触怒了袒护希腊人的阿波罗神。当他在海滨祭祀时，他和他的两个儿子被两条从海边游来的大蛇捆绕着他们三人的身躯，拉奥孔被蛇咬着，环视两子正在垂死挣扎，他的精神和肉体都陷入莫大的悲愤痛苦之中。拉丁诗人维琪尔曾在史诗中咏述此景，说拉奥孔痛极狂吼，声震数里，但是发掘出来的希腊晚期雕像群著名的拉奥孔（现存罗马梵蒂冈博物院），却表现着拉奥孔的嘴仅微微启开呻吟着，并不是狂吼，全部雕像给人的印象是在极大的悲剧的苦痛里保持着镇定、静穆。德国的古代艺术史学者温克尔曼对这雕像群写了一段影响深远的描述，影响着歌德及德国许多古典作家和美学家，掀起了纷纷的讨论。现在我先将他这段描写介绍出来，然后再谈莱辛由此所发挥的画和诗的分界。

温克尔曼（Winckelmann, 1717—1768）在他的早期著作《关于在绘画和雕刻艺术里模仿希腊作品的一些意见》里曾有下列一段论希腊雕刻的名句：

> 希腊杰作的一般主要的特征是一种高贵的单纯和一种静穆的伟大，既在姿态上，也在表情里。
>
> 就像海的深处永远停留在静寂里，不管它的表面多么狂涛汹涌，在希腊人的造像里那表情展示一个伟大的沉静的灵魂，尽管是处在一切激情里面。
>
> 在极端强烈的痛苦里，这种心灵描绘在拉奥孔的脸上，并且不单是在脸上。在一切肌肉和筋络所展现的痛苦，不用向脸上和其他部分去看，仅仅看到那因痛苦而向内里收缩着的下半身，我们几乎会在自己身上感觉着。然而这痛苦，我说，并不曾在脸上和姿态上用愤激表示出来。他没有像维琪尔在他拉奥孔（诗）里所歌咏的那样喊出可怕的悲吼，因嘴的孔穴不允许这样做（白华按：这是指雕像的脸上张开了大嘴，显示一个黑洞，很难看，破坏了美），这里只是一声畏怯的敛住气的叹息，像沙多勒所描写的。
>
> 身体的痛苦和心灵的伟大是经由形体全部结构用同

等的强度分布着，并且平衡着。拉奥孔忍受着，像索福克勒斯（Sophokles）的菲诺克太特（Philoctet）：他的困苦感动到我们的深心里，但是我们愿望也能够像这个伟大人格那样忍耐困苦。一个这样伟大心灵的表情远远超越了美丽自然的构造物。艺术家必须先在自己内心里感觉到他要印入他的大理石里的那精神的强度。希腊具有集合艺术家与圣哲于一身的人物，并且不止一个梅特罗多。智慧伸手给艺术而将超俗的心灵吹进艺术的形象。

莱辛认为温克尔曼所指出的拉奥孔脸上并没有表示人所期待的那强烈苦痛的疯狂表情，是正确的。但是温克尔曼把理由放在希腊人的智慧克制着内心感情的过分表现上，这是他所不能同意的。

肉体遭受剧烈痛苦时大声喊叫以减轻痛苦，是合乎人情的，也是很自然的现象。希腊人的史诗里毫不讳言神们的这种人情味。维纳斯（美丽的爱神）玉体被刺痛时，不禁狂叫，没有时间照顾到脸相的难看了。荷马史诗里战士受伤倒地时常常大声叫痛。照他们的事业和行动来看，他们是超凡的英雄；照他们的感觉情绪来看，他们仍是真实的人。所以拉奥孔在希腊雕像上那样微呻不是由于希腊人的品德如此，而应当到各种艺术的材料的不同，表现可能性的不同和它们的限制里去找它的理由。莱辛在他的《拉奥孔》里说：

　　有一些激情和某种程度的激情，它们经由极丑的变形表现出来，以至于将整个身体陷入那样勉强的姿态里，使他的在静息状态里具有的一切美丽线条都丧失掉了。因此古代艺术家完全避免这个，或是把它的程度降低下来，使它能够保持某种程度的美。

把这思想运用到拉奥孔上，我所追寻的原因就显露出来了。那位巨匠是在所假定的肉体的巨大痛苦情况下企图实现最高的美。在那丑化着一切的强烈情感里，这痛苦是不能和美相结合的。巨匠必须把痛苦降低些；他必须把狂吼软化为叹息；并不是因为狂吼暗示着一个不高贵的灵魂，而是因为它把脸相在一难堪的样式里丑化了。人们只要设想拉奥孔的嘴大大张开着而评判一下。人们让他狂吼着再看看……

莱辛的意思是：并不是道德上的考虑使拉奥孔雕像不像在史诗里那样痛极大吼，而是雕刻的物质的表现条件在直接观照里显得不美（在史诗里无此情况），因而雕刻家（画家也一样）须将表现的内容改动一下，以配合造型艺术由于物质表现方式所规定的条件。这是各种艺术的特殊的内在规律，艺术家若不注意它，遵守它，就不能实现美，而美是艺术的特殊目的。若放弃了美，艺术可以供给知识，宣扬道德，服务于实际的某一目的，但不是艺术了。艺术须能表现人生的有价值的内容，这是无疑的，但艺术作为艺术而不是文化的其他部门，它就必须同时表现美，把生活内容提高、集中、精粹化，这是它的任务。根据这个任务各种艺术因物质条件不同就具有了各种不同的内在规律。拉奥孔在史诗里可以痛极大吼，声闻数里，而在雕像里却变成小口微呻了。

莱辛这个创造性的分析启发了以后艺术研究的深入，奠定了艺术科学的方向，虽然他自己的研究仍是有局限性的。造型艺术和文学的界限并不如他所说的那样窄狭、严格，艺术天才往往突破规律而有所成就，开辟新领域、新境界。罗丹就曾创造了疯狂大吼、躯体扭曲、失了一切美的线纹的人物，而仍不失为艺术杰作，创造了一种新的美。但莱辛提出问题是好的，是需要进一步作科学的探讨的，这是构成美学的一个重要部分。所以近代美学家颇有用《新拉奥孔》标名他的著作的。

我现在翻译他的《拉奥孔》里一段具有代表性的文字，论诗里和造型艺术里的身体美，这段文字可以献给朋友在美学散步中做思考资料。莱辛说：

> 身体美是产生于一眼能够全面看到的各部分协调的结果。因此要求这些部分相互并列着，而这各部分相互并列着的事物正是绘画的对象。所以绘画能够、也只有它能够摹绘身体的美。

> 诗人只能将美的各要素相继地指说出来，所以他完全避免对身体的美作为美来描绘。他感觉到把这些要素相继地列数出来，不可能获得像它并列时那种效果，我们若想根据这相继地一一指说出来的要素而向它们立刻凝视，是不能给予我们一个统一的协调的图画的。要想构想这张嘴和这个鼻子和这双眼睛集在一起时会有怎样一个效果是超越了人的想象力的，除非人们能从自然里

或艺术里回忆到这些部分组成的一个类似的结构（白华按：读"巧笑倩兮"……时不用做此笨事，不用设想是中国或西方美人而情态如见，诗意具足，画意也具足）。

在这里，荷马常常是模范中的模范。他只说，尼惹斯是美的，阿奚里更美，海伦具有神仙似的美。但他从不陷落到这些美的周密的啰唆的描述。他的全诗可以说是建筑在海伦的美上面的，一个近代的诗人将要怎样冗长地来叙说这美呀！

但是如果人们从诗里面把一切身体美的画面去掉，诗不会损失过多少？谁要把这个从诗里去掉？当人们不愿意它追随一个姊妹艺术的脚步来达到这些画面时，难道就关闭了一切别的道路了吗？正是这位荷马，他这样故意避免一切片断地描绘身体美的，以至于我们在翻阅时很不容易地有一次获悉海伦具有雪白的臂膀和金色的头发（《伊利亚特》Ⅳ，第319行），正是这位诗人他仍然懂得使我们对她的美获得一个概念，而这一美的概念是远远超过了艺术在这企图中所能达到的。人们试回忆诗中那一段，当海伦到特罗亚人民的长老集会面前，那些尊贵的长老们瞥见她时，一个对一个耳边说：

"怪不得特罗亚人和坚胫甲阿开人，为了这个女人这么久忍受着苦难呢，她看来活像一个青春长驻的女神。"

还有什么能给我们一个比这更生动的美的概念，当这些冷静的长老们也承认她的美是值得这一场流了这许多血，洒了那么多泪的战争的呢？

凡是荷马不能按照着各部分来描绘的，他让我们在它的影响里来认识。诗人呀，画出那"美"所激起的满意、倾倒、爱、喜悦，你就把美自身画出来了。谁能构想莎茀所爱的那个对方是丑陋的，当莎茀承认她瞥见他时丧魂失魄。谁不相信是看到了美的完满的形体，当他对于这个形体所激起的情感产生了同情。

文学追赶艺术描绘身体美的另一条路，就是这样：它把"美"转化作魅惑力。魅惑力就是美在"流动"之中。因此它对于画家不像对于诗人那么便当。画家只能叫人猜到"动"，事实上他的形象是不动的。因此在它那里魅惑力会变成了做鬼脸。但是在文学里魅惑力是魅惑力，它是流动的美，它来来去去，我们盼望能再度地看到它。又因为我们一般地能够较为容易地生动地回忆"动作"，超过单纯的形式或色彩，所以魅惑力较之"美"在同等的比例中对我们的作用要更强烈些。

甚至于安拉克耐翁（希腊抒情诗人），宁愿无礼貌地请画家无所作为，假使他不拿魅惑力来赋予他的女郎的画像，使她生动。"在她的香腮上一个酒窝，绕着她的玉颈一切的爱娇浮荡着"（《颂歌》第二十八）。他命令艺术家让无限的爱娇环绕着她的温柔的腮，云石般的颈项！照这话的严格的字义，这怎样办呢？这是绘画所不能做到的。画家能够给予腮巴最艳丽的肉色；但此外他就不能再有所作为了。这美丽颈项的转折，肌肉的波动，那俊俏酒窝因之时隐时现，这类真正的魅惑力是超出了画家能力的范围了。诗人（指安拉克耐翁）是说出了他的艺术是怎样才能够把"美"对我们来形象化感性化的最高点，以便让画家能在他的艺术里寻找这个最高的表现。

这是对我以前所阐述的话一个新的例证，这就是说，诗人即使在谈论到艺术作品时，仍然是不受束缚于把他的描写保守在艺术的限制以内的（白华按：这话是指诗人要求画家能打破画的艺术的限制，表出诗的境界来，但照莱辛的看法，这界限仍是存在的）。

莱辛对诗（文学）和画（造型艺术）的深入的分析，指出它们的各自的局限性，各自的特殊的表现规律，开创了对于艺术形式的研究。

诗中有画，而不全是画，画中有诗，而不全是诗。诗画各有表现的可能性范围，一般地说来，这是正确的。

但中国古代抒情诗里有不少是纯粹的写景，描绘一个客观境界，不写出主体的行动，甚至于不直接说出主观的情感，像王国维在《人间词话》里所说的"无我之境"，但却充满了诗的气氛和情调。我随便拈一个例证并稍加分析。

唐朝诗人王昌龄一首题为《初日》的诗云：

初日净金闺，先照床前暖；
斜光入罗幕，稍稍亲丝管；
云发不能梳，杨花更吹满。

这诗里的境界很像一幅近代印象派大师的画，画里现出一座晨光射入的香闺，日光在这幅画里是活跃的主角，它从窗门跳进来，跑到闺女的床前，散发着一股温暖，接着穿进了罗帐，轻轻抚摩一下榻上的乐器——闺女所吹弄的琴瑟箫笙——枕上的如云的美发还散开着，杨花随着晨风春日偷进了闺房，亲昵地躲上那枕边的美发上。诗里并没有直接描绘这金闺少女（除非"云发"二字暗示着），然而一切的美是归于这看不见的少女的。这是多么艳丽的一幅油画呀！

王昌龄这首诗，使我想起德国近代大画家门采尔的一幅油画（门采尔的素描 1956 年曾在北京展览过），那画上也是灿烂的晨光从窗门撞进了一间卧室，乳白的光辉浸漫在长垂的纱幕上，随着落上地板，又返跳进入穿衣镜，又从镜里跳出来，抚摸着椅背，我们感到晨风清凉，朝日温煦。室里的主人是在画面上看不见的，她可能是在屋角的床上坐着。（这晨风沁人，怎能还睡？）

太阳的光
洗着她早起的灵魂，
天边的月
犹似她昨夜的残梦。

——《流云小诗》

门采尔这幅画全是诗，也全是画；王昌龄那首诗全是画，也全是诗。诗和画里都是演着光的独幕剧，歌唱着光的抒情曲，这诗和画的统一不是和莱辛所辛苦分析的诗画分界相抵触吗？

我觉得不是抵触而是补充了它，扩张了它们相互的蕴涵。画里本可以有诗（苏东坡语），但是若把画里每一根线条、每一块色彩、每一条光、每一个形都饱吸着浓情蜜意，它就成为画家的抒情作品，像伦勃朗的油画、中国元人的山水。

诗也可以完全写景，写"无我之境"。而每句每字却反映出自己对物的抚摩，和物的对话，表出对物的热爱，像王昌龄的《初日》那样，那纯粹的景就成了纯粹的情，就是诗。

但画和诗仍是有区别的。诗里所咏的光的先后活跃，不能在画画上同时表出来，画家只能捉住意义最丰满的一刹那，暗示那活动的前因后果，在画面的空间里引进时间感觉。而诗像《初日》里虽然境界华美，却赶不上门采尔油画上那样光彩耀目，直射眼帘。然而由于诗叙写了光的活跃的先后曲折的历程，更能丰富着和加深着情绪的感受。

诗和画各有它的具体的物质条件，局限着它的表现力和表现范围，不能相代，也不必相代。但各自又可以把对方尽量吸进自己的艺术形式里来。诗和画的圆满结合（诗不压倒画，画也不压倒诗，而是相互交流交浸），就是情和景的圆满结合，也就是所谓"艺术意境"。我在十几年前曾写了一篇《中国艺术意境之诞生》，对中国诗和画的意境做了初步的探索，可以供散步的朋友们参考，现在不再细说了。

清谈与析理

被后世诟病的魏晋人的清谈，本是产生于探求玄理的动机。王导称之为"共谈析理"。嵇康《琴赋》里说："非至精者不能与之析理。""析理"须有逻辑的头脑、理智的良心和探求真理的热忱。青年夭折的大思想家王弼就是这样一个人物。[1]何晏注老子始成，诣王辅嗣（弼），见王注精奇，乃神伏曰："若斯人，可与论天人际矣。""论天人之际"，当是魏晋人"共谈析理"的最后目标。《世说》又载：

　　殷浩、谢安诸人共集，谢因问殷："眼往万属形，万

---

[1]　何晏"认为圣人无喜怒哀乐，其论甚精，钟会等述之"。弼与不同，"认为圣人茂于人者神明也。同与人者五情也。神明茂，故能体冲和认通无；五情同，故不能无哀乐以应物。然则圣人之情，应物而无累于物者也。今以其无累便谓不复应物，失之多矣。"（《三国志·钟会传》裴松之注）按：王弼此言极精，他是老庄学派中富有积极精神的人。一个积极的文化价值与人生价值的境界可以由此建立。——作者原注

形来入眼否？"

是则由"论天人之际"的形而上学的探讨注意到知识论了。

当时一般哲学空气极为浓厚，热衷功名的钟会也急急地要把他的哲学著作求嵇康的鉴赏，情形可笑：

> 钟会撰《四本论》始毕，甚欲使嵇公一见。置怀中，既定，畏其难，怀不敢出。于户外遥掷，便回急走。

但是古代哲理探讨的进步，多由于座谈辩难。柏拉图的全部哲学思想用座谈对话的体裁写出来。苏格拉底把哲学带到街头，他的街头论道是西洋哲学史中最有生气的一页。印度古代哲学的辩争尤非常激烈。孔子的真正人格和思想也只表现在《论语》里。魏晋的思想家在清谈辩难中显出他们活泼飞跃的析理的兴趣和思辨的精神。《世说》载：

> 何晏为吏部尚书，有位望。时谈客盈座。王弼未弱冠，往见之。晏闻弼名，因条向者胜理，语弼曰："此理仆以为极，可得复难不？"弼便作难，一座人便以为屈。于是弼自为客主数番，皆一座所不及。

当时人辩论名理，不仅是"理致甚微"，兼"辞条丰蔚，甚足以动心骇听"。可惜当时没有一位文学天才把重要的清谈辩难详细记录下来，否则中国哲学史里将会有可以比美《柏拉图对话集》的作品。

我们读《世说》下面这段记载，可以想象当时谈理时的风度和内容的精彩。

> 支道林、许（询）、谢（安）盛德，共集王（濛）家。谢顾谓诸人："今日可谓彦会。既时不可留。此集固亦难常，当共言咏，以写其怀！"许便问主人："有《庄子》不？"正得《渔父》一篇。谢看题，便各使四座通。支道林先通作七百许语。叙致精丽，才藻奇拔，众咸称善。于是四座各言怀毕。谢问曰："卿等尽不？"皆曰："今日之言，少不自竭。"谢复粗难，因自叙其意，作万余语，才峰秀逸，既自难干，加意气拟托，萧然自得，四座莫不厌心。支谓谢曰："君一往奔诣，故复自佳耳！"

谢安在清谈上也表现出他领袖人群的气度。晋人的艺术气质使"共谈析理"也成了一种艺术创作。

> 支道林、许询诸人共在会稽王斋头。支为法师，许为都讲。支通一义，四座莫不厌心，许送一难，众人莫不抃舞。但共嗟咏二家之美，不辩其理之所在。

但支道林并不忘这种辩论应该是"求理中之谈"。《世说》载：

> 许询年少时，人以比王苟子。许大不平。时诸人士

及于法师，并在会稽西寺讲，王亦在焉。许意甚忿，便
往西寺与王论理，共决优劣。苦相折挫，王遂大屈，许
复执王理，更相复疏，王复屈。许谓支法师曰："弟子向
语何以？"支从容曰："君语佳则佳矣，何至相苦邪？岂
是求理中之谈哉？"

可见"共谈析理"才是清谈真正目的，我们最后再欣赏这求真爱
美的时代里一个"共谈析理"的艺术杰作：

客问乐令"旨不至"者，乐亦不复剖析文句，直以
麈尾柄确几曰："至不？"客曰："至。"乐因又举麈尾曰：
"若至者，那得去？"于是客乃悟，服乐辞约而旨达，
皆此类。

大化流衍，一息不停，方以为"至"，倏焉已"去"，云"至"
云"去"，都是名言所执。故飞鸟之影，莫见其移，而逝者如斯，
不舍昼夜。孔子川上之叹，桓温摇落之悲，卫玠的"对此茫茫不
觉百端交集"，王孝伯叹赏于古诗"所遇无故物，焉得不速老"。
晋人这种宇宙意识和生命情调，已由乐广把它概括在辞约而旨达
的"析理"中了。

论《世说新语》和晋人的美

汉末魏晋六朝是中国政治上最混乱、社会上最苦痛的时代，然而却是精神史上极自由、极解放，最富于智慧、最浓于热情的一个时代。因此也就是最富有艺术精神的一个时代。王羲之父子的字，顾恺之和陆探微的画，戴逵和戴颙的雕塑，嵇康的《广陵散》（琴曲），曹植、阮籍、陶潜、谢灵运、鲍照、谢朓的诗，郦道元、杨衒之的写景文，云岗、龙门壮伟的造像，洛阳和南朝的闳丽的寺院，无不是光芒万丈，前无古人，奠定了后代文学艺术的根基与趋向。

这时代以前——汉代，在艺术上过于质朴，在思想上定于一尊，统治于儒教；这时代以后——唐代，在艺术上过于成熟，在思想上又入于儒、佛、道三教的支配。只有这几百年间是精神上的大解放，人格上思想上的大自由。人心里面的美与丑，高贵与残忍，圣洁与恶魔，同样发挥到了极致。这也是中国周秦诸子以后第二度的哲学时代，一些卓超的哲学天才——佛教的大师，也是生在这个时代。

这是中国人生活史里点缀着最多的悲剧，富于命运的罗曼司的一个时期，八王之乱、五胡乱华、南北朝分裂，酿成社会秩序的大解体，旧礼教的总崩溃、思想和信仰的自由、艺术创造精神的勃发，使我们联想到西欧十六世纪的"文艺复兴"。这是强烈、矛盾、热情、浓于生命彩色的一个时代。

但是西洋"文艺复兴"的艺术（建筑、绘画、雕刻）所表现的美是浓郁的、华贵的、壮硕的；魏晋人则倾向简约玄澹，超然绝俗的哲学的美，晋人的书法是这美的最具体的表现。

这晋人的美，是这全时代的最高峰。《世说新语》一书记述得挺生动，能以简劲的笔墨画出它的精神面貌、若干人物的性格、时代的色彩和空气。文笔的简约玄澹尤能传神。撰述人刘义庆生于晋末，注释者刘孝标也是梁人；当时晋人的流风余韵犹未泯灭，所述的内容，至少在精神的传模方面，离真相不远（唐修《晋书》也多取材于它）。

要研究中国人的美感和艺术精神的特性，《世说新语》一书里有不少重要的资料和启示，是不可忽略的。今就个人读书札记粗略举出数点，以供读者参考，详细而有系统的发挥，则有待于将来。

（一）魏晋人生活上、人格上的自然主义和个性主义，解脱了汉代儒教统治下的礼法束缚，在政治上先已表现于曹操那种超道德观念的用人标准。一般知识分子多半超脱礼法观点直接欣赏人格个性之美，尊重个性价值。桓温问殷浩曰："卿何如我？"殷答曰："我与我周旋久，宁作我！"这种自我价值的发现和肯定，在西洋是文艺复兴以来的事。而《世说新语》上第六篇《雅量》、第七篇《识鉴》、第八篇《赏誉》、第九篇《品藻》、第十篇《容止》，都系鉴赏和形容"人格个性之美"的。而美学上的评赏，所谓"品藻"的对象乃在"人物"。中国美学竟是出发于"人物品藻"之美学。美的概念、范畴、形容词，发源于人格美的评赏。"君子比德于玉"，中国人对于人格美的爱赏渊源极早，而品藻人物的空气，已盛行于汉末。到"世说新语时代"则登峰造极了（《世说》载："温太真是过江第二流之高者。时名辈共说人物，第一将尽之间，温常失色。"即此可见当时人物品藻在社会上的势力）。

中国艺术和文学批评的名著，谢赫的《画品》，袁昂、庾肩吾的《画品》、钟嵘的《诗品》、刘勰的《文心雕龙》，都产生在这热闹的品藻人物的空气中。后来唐代司空图的《二十四诗品》，乃集我国美感范畴之大成。

（二）山水美的发现和晋人的艺术心灵。《世说》载东晋画家顾恺之从会稽还，人问山水之美，顾云："千岩竞秀，万壑争流，草木蒙笼其上，若云兴霞蔚。"这几句话不是后来五代北宋荆（浩）、关（仝）、董（源）、巨（然）等山水画境界的绝妙写照么？中国伟大的山水画的意境，已包具于晋人对自然美的发现中了！而《世说》载简文帝入华林园，顾谓左右曰："会心处不必在远，翳然林水，便自有濠濮间想也。觉鸟兽禽鱼自来亲人。"这不又是元人山水花鸟小幅，黄大痴、倪云林、钱舜举、王若水的画境吗？（中国南宗画派的精意在于表现一种潇洒胸襟，这也是晋人的流风余韵。）

晋宋人欣赏山水，由实入虚，即实即虚，超入玄境。当时画家宗炳云："山水质有而趣灵。"诗人陶渊明的"采菊东篱下，悠然见南山"，"此中有真意，欲辩已忘言"；谢灵运的"溟涨无端倪，虚舟有超越"；以及袁彦伯的"江山辽落，居然有万里之势"。王右军与谢太傅共登冶城，谢悠然远想，有高世之志。荀中郎登北固望海云："虽未睹三山，便自使人有凌云意。"晋宋人欣赏自然，有"目送归鸿，手挥五弦"，超然玄远的意趣。这使中国山水画自始即是一种"意境中的山水"。宗炳画所游山水悬于室中，对之云"抚琴动操，欲令众山皆响"！郭景纯有诗句曰"林无静树，川无停流"，阮孚评之云："泓峥萧瑟，实不可言，每读此文，辄觉神超形越。"这玄远幽深的哲学意味深透在当时人的美感和自然欣赏中。

晋人以虚灵的胸襟、玄学的意味体会自然，乃能表里澄澈，一片空明，建立最高的晶莹的美的意境！司空图《诗品》里曾形容艺术心灵为"空潭泻春，古镜照神"，此境晋人有之：

王羲之曰："从山阴道上行，如在镜中游！"

心情的朗澄，使山川影映在光明净体中！

王司州（修龄）至吴兴印渚中看，叹曰："非唯使人情开涤，亦觉日月清朗！"

司马太傅（道子）斋中夜坐，于时天月明净，都无纤翳，太傅叹以为佳，谢景重在坐，答曰："意谓乃不如

微云点缀。"太傅因戏谢曰:"卿居心不净,乃复强欲滓
秽太清邪?"

这样高洁爱赏自然的胸襟,才能够在中国山水画的演进中产
生元人倪云林那样"洗尽尘滓,独存孤迥","潜移造化而与天游",
"乘云御风,以游于尘埃之表"(皆恽南田评倪画语),创立一个
玉洁冰清、宇宙般幽深的山水灵境。晋人的美的理想,很可以注
意的,是显著的追慕着光明鲜洁、晶莹发亮的意象。他们赞赏人
格美的形容词像"濯濯如春月柳""轩轩如朝霞举""清风朗月""玉
山""玉树""磊砢而英多""爽朗清举",都是一片光亮意象。甚
至于殷仲堪死后,殷仲文称他"虽不能休明一世,足以映彻九
泉"。形容自然界的如"清露晨流,新桐初引",形容建筑的如"遥
望层城,丹楼如霞"。庄子的理想人格"藐姑射仙人,绰约若处
子,肌肤若冰雪",不是这晋人的美的意象的源泉么?桓温谓谢
尚"企脚北窗下,弹琵琶,故自有天际真人想"。天际真人是晋
人理想的人格,也是理想的美。

晋人风神潇洒,不滞于物,这优美的自由的心灵找到一种最
适宜于表现他自己的艺术,这就是书法中的行草。行草艺术纯系
一片神机,无法而有法,全在于下笔时点画自如,一点一拂皆有
情趣,从头至尾,一气呵成,如天马行空,游行自在。又如庖丁
之中肯綮,神行于虚。这种超妙的艺术,只有晋人萧散超脱的心
灵,才能心手相应、登峰造极。魏晋书法的特色,是能尽各字的
真态。"钟繇每点多异,羲之万字不同。""晋人结字用理,用理
则从心所欲不逾矩。"唐张怀瓘《书议》评王献之书云:

子敬之法，非草非行，流便于行草；又处于其中间，无藉因循，宁拘制则，挺然秀出，务于简易。情驰神纵，超逸优游，临事制宜，从意适便。有若风行雨散，润色开花，笔法体势之中，最为风流者也！逸少秉真行之要，子敬执行草之权，父之灵和，子之神俊，皆古今之独绝也。

他这一段话不但传出行草艺术的真精神，且将晋人这自由潇洒的艺术人格形容尽致。中国独有的美术书法——这书法也是中国绘画艺术的灵魂——是从晋人的风韵中产生的。魏晋的玄学使晋人得到空前绝后的精神解放，晋人的书法是这自由的精神人格最具体最适当的艺术表现。这抽象的音乐似的艺术才能表达出晋人的空灵的玄学精神和个性主义的自我价值。欧阳修云：

余尝喜览魏晋以来笔墨遗迹，而想前人之高致也！所谓法帖者，其事率皆吊哀、候病、叙睽离、通讯问，施于家人朋友之间，不过数行而已。盖其初非用意，而逸笔余兴，淋漓挥洒，或妍或丑，百态横生，披卷发函，烂然在目，使骤见惊绝，徐而视之，其意态如无穷尽，使后世得之，以为奇玩，而想见其为人也！

个性价值之发现，是“世说新语时代”的最大贡献，而晋人的书法是这个性主义的代表艺术。到了隋唐，晋人书艺中的“神理"凝成了"法",于是"智永精熟过人,惜无奇态矣"。

(三)晋人艺术境界造诣的高,不仅是基于他们的意趣超越,深入玄境,尊重个性,生机活泼,更主要的还是他们的"一往情深"!无论对于自然,对探求哲理,对于友谊,都有可述:

> 王子敬云:"从山阴道上行,山川自相映发,使人应接不暇。若秋冬之际,尤难为怀!"

好一个"秋冬之际,尤难为怀!"

> 卫玠总角时问乐令"梦"。乐云:"是想。"卫曰:"形神所不接而梦,岂是想邪?"乐云:"因也。未尝梦乘车入鼠穴,捣齑啖铁杵,皆无想无因故也。"卫思因经日不得,遂成病。乐闻,故命驾为剖析之。卫即小差。乐叹曰:"此儿胸中,当必无膏肓之疾!"

卫玠姿容极美,风度翩翩,而因思索玄理不得,竟至成病,这不是柏拉图所说的富有"爱智的热情"么?

晋人虽超,未能忘情,所谓"情之所钟,正在我辈"(王戎语)!是哀乐过人,不同流俗。尤以对于朋友之爱,里面富有人格美的倾慕。《世说》中《伤逝》一篇记述颇为动人。

> 庾文康亡,何扬州临葬云:"埋玉树著土中,使人情何能已已!"

35

伤逝中犹具悼惜美之幻灭的意思。

  顾长康拜桓宣武墓，作诗云："山崩溟海竭，鱼鸟将何依？"人问之曰："卿凭重桓乃尔，哭之状其可见乎？"顾曰："鼻如广莫长风，眼如悬河决溜！"

  顾彦先平生好琴，及丧，家人常以琴置灵床上，张季鹰往哭之，不胜其恸，遂径上床，鼓琴，作数曲竟，抚琴曰："顾彦先颇复赏此不？"因又大恸，遂不执孝子手而出。

  桓子野每闻清歌，辄唤"奈何"，谢公闻之，曰："子野可谓一往有深情。"

  王长史登茅山，大恸哭曰："琅邪王伯舆，终当为情死！"

  阮籍时率意独驾，不由路径，车迹所穷，辄痛哭而返。

深于情者，不仅对宇宙人生体会到至深的无名的哀感，扩而充之，可以成为耶稣、释迦的悲天悯人；就是快乐的体验也是深入肺腑，惊心动魄；浅俗薄情的人，不仅不能深哀，且不知所谓真乐：

王右军既去官，与东土人士营山水弋钓之乐。游名

山，泛沧海，叹曰："我卒当以乐死！"

晋人富于这种宇宙的深情，所以在艺术文学上有那样不可企及的成就。顾恺之有三绝：画绝、才绝、痴绝。其痴尤不可及！陶渊明的纯厚天真与侠情，也是后人不能到处。

晋人向外发现了自然，向内发现了自己的深情。山水虚灵化了，也情致化了。陶渊明、谢灵运这般人的山水诗那样的好，是由于他们对于自然有那一股新鲜发现时身入化境浓醋忘我的趣味；他们随手写来，都成妙谛，境与神会，真气扑人。谢灵运的"池塘生春草"也只是新鲜自然而已。然而扩而大之，体而深之，就能构成一种泛神论宇宙观，作为艺术文学的基础。孙绰《天台山赋》云："恣语乐以终日，等寂默于不言，浑万象以冥观，兀同体于自然。"又云："游览既周，体静心闲，害马已去，世事都捐，投刃皆虚，目牛无全，凝想幽岩，朗咏长川。"在这种深厚的自然体验下，产生了王羲之的《兰亭序》，鲍照《登大雷岸与妹书》，陶弘景、吴均的《叙景短札》，郦道元的《水经注》，这些都是最优美的写景文学。

（四）我说魏晋时代人的精神是最哲学的，因为是最解放的、最自由的。

支公好鹤，往剡东山，有人遗其双鹤。少时翅长欲

飞。支意惜之，乃铩其翮。鹤轩翥不复能飞，乃反顾翅

垂头，视之如有懊丧之意。林曰："既有凌霄之姿，何肯

为人作耳目近玩！"养令翩成，置使飞去。

晋人酷爱自己精神的自由，才能推己及物，有这意义伟大的动作。这种精神上的真自由、真解放，才能把我们的胸襟像一朵花似的展开，接受宇宙和人生的全景，了解它的意义，体会它的深沉的境地。近代哲学上所谓"生命情调""宇宙意识"，遂在晋人这超脱的胸襟里萌芽起来（使这时代容易接受和了解佛教大乘思想）。

> 卫洗马初欲渡江，形神惨悴，语左右曰："见此茫茫，不觉百端交集，苟未免有情，亦复谁能遣此？"

后来初唐陈子昂《登幽州台歌》："前不见古人，后不见来者。念天地之悠悠，独怆然而涕下！"不是从这里脱化出来？而卫玠的一往情深，更令人心恸神伤，寄慨无穷。（然而孔子在川上，曰："逝者如斯夫，不舍昼夜！"则觉更哲学，更超然，气象更大。）

> 谢太傅与王右军曰："中年伤于哀乐，与亲友别，辄作数日恶。"

人到中年才能深切地体会到人生的意义、责任和问题，反省到人生的究竟，所以哀乐之感得以深沉。但丁的《神曲》起始于中年的徘徊歧路，是具有深意的。

桓温北征，经金城，见前为琅邪时种柳，皆已十围，

慨然曰："木犹如此，人何以堪？"攀枝执条，泫然流泪。

桓温武人，情致如此！庾子山著《枯树赋》，末尾引桓大司马曰："昔年种柳，依依汉南；今看摇落，凄怆江潭，树犹如此，人何以堪？"他深感到桓温这话的凄美，把它敷演成一首四言的抒情小诗了。

然而王羲之的《兰亭诗》："仰视碧天际，俯瞰渌水滨。寥阒无涯观，寓目理自陈。大哉造化工，万殊莫不均。群籁虽参差，适我无非新"，真能代表晋人这纯净的胸襟和深厚的感觉所启示的宇宙观。"群籁虽参差，适我无非新"两句尤能写出晋人以新鲜活泼自由自在的心灵领悟这世界，使触着的一切呈露新的灵魂、新的生命。于是"寓目理自陈"，这理不是机械的陈腐的理，乃是活泼泼的宇宙生机中所含至深的理。王羲之另有两句诗云："争先非吾事，静照在忘求。""静照"是一切艺术及审美生活的起点。这里，哲学彻悟的生活和审美生活，源头上是一致的。晋人的文学艺术都浸润着这新鲜活泼的"静照在忘求"和"适我无非新"的哲学精神。大诗人陶渊明的"日暮天无云，春风扇微和"，"即事多所欣"，"良辰入奇怀"，写出这丰厚的心灵"触着每秒光阴都成了黄金"。

（五）晋人的"人格的唯美主义"和友谊的重视，培养成为一种高级社交文化如"竹林之游，兰亭禊集"等。玄理的辩论和人物的品藻是这社交的主要内容。因此谈吐措辞的隽妙，空前绝后。

晋人书札和小品文中隽句天成，俯拾即是。陶渊明的诗句和文句的隽妙，也是这"世说新语时代"的产物。陶渊明散文化的诗句又遥遥地影响着宋代散文化的诗派。苏、黄、米、蔡等人们的书法也力追晋人萧散的风致。但总嫌做作夸张，没有晋人的自然。

（六）晋人之美，美在神韵（人称王羲之的字韵高千古）。神韵可说是"事外有远致"，不沾滞于物的自由精神（目送归鸿，手挥五弦）。这是一种心灵的美，或哲学的美，这种事外有远致的力量，扩而大之可以使人超然于死生祸福之外，发挥出一种镇定的大无畏的精神来：

> 谢太傅盘桓东山，时与孙兴公诸人泛海戏。风起浪涌，孙（绰）王（羲之）诸人色并遽，便唱使还。太傅神情方王，吟啸不言。舟人以公貌闲意说，犹去不止。既风转急浪猛，诸人皆喧动不坐。公徐曰："如此，将无归。"众人即承响而回。于是审其量足以镇安朝野。

美之极，即雄强之极。王羲之书法人称其字势雄逸，如龙跳天门，虎卧凤阙。淝水的大捷植根于谢安这美的人格和风度中。谢灵运泛海诗"溟涨无端倪，虚舟有超越"，可以借来体会谢公此时的境界和胸襟。

枕戈待旦的刘琨，横江击楫的祖逖，雄武的桓温，勇于自新的周处、戴渊，都是千载下懔懔有生气的人物。桓温过王敦墓，叹曰："可儿！可儿！"心焉向往那豪迈雄强的个性，不拘泥于世俗观念，而赞赏"力"，力就是美。

40

庾道季说：

> 廉颇、蔺相如虽千载上死人，懔懔如有生气。曹
> 蜍、李志虽见在，厌厌如九泉下人。人皆如此，便可结
> 绳而治。但恐狐狸猯狢啖尽！

这话何其豪迈、沉痛。晋人崇尚活泼生气，蔑视世俗社会中的伪君子、乡原①、战国以后二千年来中国的"社会栋梁"。

（七）晋人的美学是"人物的品藻"，引例如下：

> 王武子、孙子荆各言其土地之美。王云："其地坦而
> 平，其水淡而清，其人廉且贞。"孙云："其山崔巍以嵯
> 峨，其水泙渫而扬波，其人磊砢而英多。"

> 桓大司马（温）病，谢公往省病，从东门入，桓公
> 遥望叹曰："吾门中久不见如此人！"

> 嵇康身长七尺八寸，风姿特秀，见者叹曰："萧萧肃
> 肃，爽朗清举。"
> 或云："肃肃如松下风，高而徐引。"山公云："嵇叔
> 夜之为人也，岩岩若孤松之独立，其醉也，傀俄若玉山
> 之将崩！"

---

① 乡原：也作"乡愿"。指乡里言行不一、伪善欺世的人。

41

海西时，诸公每朝，朝堂犹暗，唯会稽王来，轩轩如朝霞举。

谢太傅问诸子侄："子弟亦何预人事，而正欲其佳？"诸人莫有言者。车骑（谢玄）答曰："譬如芝兰玉树，欲使其生于阶庭耳。"

人有叹王恭形茂者，曰："濯濯如春月柳。"

刘尹云："清风朗月，辄思玄度。"

拿自然界的美来形容人物品格的美，例子举不胜举。这两方面的美——自然美和人格美——同时被魏晋人发现。人格美的推重已滥觞于汉末，上溯至孔子及儒家的重视人格及其气象。"世说新语时代"尤沉醉于人物的容貌、器识、肉体与精神的美。所以"看杀卫玠"，而王羲之——他自己被时人目为[①]"飘如游云，矫如惊龙"——见杜弘治叹曰："面如凝脂，眼如点漆，此神仙中人也！"

而女子谢道韫亦神情散朗，奕奕有林下风。根本《世说》里面的女性多能矫矫脱俗，无脂粉气。

总前言之，这是中国历史上最有生气，活泼爱美，美的成就

---

① 目为：看作。

极高的一个时代。美的力量是不可抵抗的，见下一段故事：

> 桓宣武平蜀，以李势妹为妾，甚有宠，尝著斋后。主（温尚明帝女南康长公主）始不知，既闻，与数十婢拔白刃袭之。正值李梳头，发委藉地，肤色玉曜，不为动容，徐徐结发，敛手向主，神色闲正，辞甚凄婉，曰："国破家亡，无心至此，今日若能见杀，乃是本怀！"主于是掷刀前抱之："阿子，我见汝亦怜，何况老奴！"遂善之。

话虽如此，晋人的美感和艺术观，就大体而言，是以老庄哲学的宇宙观为基础，富于简淡、玄远的意味，因而奠定了一千五百年来中国美感——尤以表现于山水画、山水诗的基本趋向。

中国山水画的独立，起源于晋末。晋宋山水画的创作，自始即具有"澄怀观道"的意趣。画家宗炳好山水，凡所游历，皆图之于壁，坐卧向之，曰："老病俱至，名山恐难遍游，惟当澄怀观道，卧以游之。"他又说："圣人含道应物，贤者澄怀味像；人以神法道而贤者通，山水以形媚道而仁者乐。"他这所谓"道"，就是这宇宙里最幽深最玄远却又弥沦万物的生命本体。东晋大画家顾恺之也说绘画的手段和目的是"迁想妙得"。这"妙得"的对象也即是那深远的生命，那"道"。

中国绘画艺术的重心——山水画，开端就富于这玄学意味（晋人的书法也是这玄学精神的艺术），它影响着一千五百年，使中国绘画在世界上成一独立的体系。

他们的艺术的理想和美的条件是一味绝俗。庾道季见戴安道所画行像①，谓之曰："神明太俗，由卿世情未尽！"以戴安道之高，还说是世情未尽，无怪他气得回答说："唯务光当免卿此语耳！"

然而也足见当时美的标准树立得很严格，这标准也就一直是后来中国文艺批评的标准："雅""绝俗"。

这唯美的人生态度还表现于两点，一是把玩"现在"，在刹那的现量的生活里求极量的丰富和充实，不为着将来或过去而放弃现在价值的体味和创造：

> 王子猷尝暂寄人空宅住，便令种竹。或问："暂住何烦尔？"王啸咏良久，直指竹曰："何可一日无此君！"

二则美的价值是寄于过程的本身，不在于外在的目的，所谓"无所为而为"的态度。

> 王子猷居山阴，夜大雪，眠觉开室命酌酒，四望皎然，因起彷徨，咏左思《招隐》诗。忽忆戴安道，时戴在剡，即便乘小船就之。经宿方至，造门不前而返。人问其故，王曰："吾本乘兴而行，兴尽而返，何必见戴？"

这截然地寄兴趣于生活过程的本身价值而不拘泥于目的，显示了晋人唯美生活的典型。

----

① 行像：行乐图。

44

（八）晋人的道德观与礼法观。孔子是中国二千年礼法社会和道德体系的建设者。创造一个道德体系的人，也就是真正能了解这道德的意义的人。孔子知道道德的精神在于诚，在于真性情、真血性，所谓"赤子之心"。扩而充之，就是所谓"仁"。一切的礼法，只是它托寄的外表。舍本执末，丧失了道德和礼法的真精神真意义，甚至于假借名义以便其私，那就是"乡原"，那就是"小人之儒"。这是孔子所深恶痛绝的。孔子曰："乡原，德之贼也。"又曰："女为君子儒，无为小人儒！"他更时常警告人们不要忘掉礼法的真精神真意义。他说："人而不仁如礼何？人而不仁如乐何？"子于是日哭，则不歌。食于丧者之侧，未尝饱也。这伟大的真挚的同情心是他的道德的基础。他痛恶虚伪。他骂："巧言令色鲜矣仁！"他骂："礼云、礼云，玉帛云乎哉！"然而孔子死后，汉代以来，孔子所深恶痛绝的"乡原"支配着中国社会，成为"社会栋梁"，把孔子至大至刚、极高明的中庸之道化成弥漫社会的庸俗主义、妥协主义、折中主义、苟安主义，孔子好像预感到这一点，他所以极力赞美狂狷而排斥乡原。他自己也能超然于礼法之表追寻活泼泼的真实的丰富的人生。他的生活不但"依于仁"，还要"游于艺"。他对于音乐有最深的了解并有过最美妙、最简洁而真切的形容。他说：

　　乐，其可知也！始作，翕如也。从之，纯如也。皦如也。绎如也。以成。

他欣赏自然的美，他说：

仁者乐山，智者乐水。

他有一天问他几个弟子的志趣。子路、冉有、公西华都说过了，轮到曾点，他问道：

"点，尔何如？"鼓瑟希，铿尔，舍瑟而作，对曰："异乎三子者之撰！"子曰："何伤乎？亦各言其志也。"曰："莫春者，春服既成，冠者五六人，童子六七人，浴乎沂，风乎舞雩，咏而归！"

夫子喟然叹曰："吾与点也！"

孔子这超然的、蔼然的、爱美爱自然的生活态度，我们在晋人王羲之的《兰亭序》和陶渊明的田园诗里见到遥遥嗣响的人，汉代的俗儒钻进利禄之途，乡原满天下。魏晋人以狂狷来反抗这乡原的社会，反抗这桎梏性灵的礼教和士大夫阶层的庸俗，向自己的真性情、真血性里掘发人生的真意义、真道德。他们不惜拿自己的生命、地位、名誉来冒犯统治阶级的奸雄假借礼教以维持权位的恶势力。曹操拿"败伦乱俗，讪谤惑众，大逆不道"的罪名杀孔融。司马昭拿"无益于今，有败于俗，乱群惑众"的罪名杀嵇康。阮籍佯狂了，刘伶纵酒了，他们内心的痛苦可想而知。这是真性情、真血性和这虚伪的礼法社会不肯妥协的悲壮剧。这是一班在文化衰堕时期替人类冒险争取真实人生真实道德的殉道者。他们殉道时何等的勇敢，从容而美丽：

> 嵇康临刑东市，神气不变，索琴弹之，奏《广陵
> 散》，曲终曰："袁孝尼尝请学此散，吾靳固不与，《广陵
> 散》于今绝矣！"

以维护伦理自命的曹操枉杀孔融，屠杀到孔融七岁的小女、九岁的小儿，谁是真的"大逆不道"者？

道德的真精神在于"仁"，在于"恕"，在于人格的优美。《世说》载：

> 阮光禄（裕）在剡，曾有好车，借者无不皆给。有
> 人葬母，意欲借而不敢言。阮后闻之，叹曰："吾有车而
> 使人不敢借，何以车为？"遂焚之。

这是何等严肃的责己精神！然而不是由于畏人言、畏于礼法的责备，而是由于对自己人格美的重视和伟大同情心的流露。

> 谢奕作剡令，有一老翁犯法，谢以醇酒罚之，乃至
> 过醉，而犹未已。太傅（谢安）时年七八岁，著青布绔，
> 在兄膝边坐，谏曰："阿兄，老翁可念，何可作此！"奕
> 于是改容，曰："阿奴欲放去耶？"遂遣之。

谢安是东晋风流的主脑人物，然而这天真仁爱的赤子之心实是他伟大人格的根基。这使他忠诚谨慎地支持东晋的危局至于

数十年。淝水之役，苻坚发戎卒六十余万、骑二十七万，大举入寇，东晋危在旦夕。谢安指挥若定，遣谢玄等以八万兵一举破之。苻坚风声鹤唳，草木皆兵，仅以身免。这是军事史上空前的战绩，诸葛亮在蜀没有过这样的胜利！

一代枭雄，不怕遗臭万年的桓温，也不缺乏这英雄的博大的同情心：

> 桓公入蜀，至三峡中，部伍中有得猿子者，其母缘岸哀号，行百余里不去，遂跳上船，至便即绝。破视其腹中，肠皆寸寸断。公闻之，怒，命黜其人。

晋人既从性情的直率和胸襟的宽仁建立他的新生命，摆脱礼法的空虚和顽固，他们的道德教育遂以人格的感化为主。我们看谢安这段动人的故事：

> 谢虎子尝上屋熏鼠。胡儿（虎子之子）既无由知父为此事，闻人道痴人有作此者，戏笑之。时道此非复一过。太傅既了己（指胡儿自己）之不知，因其言次语胡儿曰："世人以此谤中郎（虎子），亦言我共作此。"胡儿懊热，一月，日闭斋不出。太傅虚托引己之过，以相开悟，可谓德教。

我们现代有这样精神伟大的教育家吗？所以：

> 谢公夫人教儿，问太傅："那得初不见君教儿？"答
> 曰："我常自教儿！"

这正是像谢公称赞褚季野的话：

> 褚季野虽不言，而四时之气亦备！

他确实在教，并不姑息，但他着重在体贴入微的潜移默化，不欲伤害小儿的羞耻心和自尊心：

> 谢遏年少时好著紫罗香囊垂覆手。太傅患之，而不
> 欲伤其意；乃谲与赌，得即烧之。

这态度多么慈祥，而用意又何其严格！谢玄为东晋立大功，救国家于垂危，足见这教育精神和方法的成绩。

当时文俗之士所最仇疾的阮籍，行动最为任诞，蔑视礼法也最为彻底。然而正在他身上我们看出这新道德运动的意义和目标。这目标就是要把道德的灵魂重新建筑在热情和率真之上，摆脱陈腐礼法的外形。因为这礼法已经丧失了它的真精神，变成阻碍生机的桎梏，被奸雄利用作政权工具，借以锄杀异己。（曹操杀孔融）

> 阮籍当葬母，蒸一肥豚，饮酒二斗，然后临诀。直
> 言："穷矣！"举声一号，吐血数升，废顿良久。

49

他拿鲜血来灌溉道德的新生命！他是一个壮伟的丈夫。容貌瑰杰，志气宏放，傲然独得，任性不羁，当其得意，忽忘形骸，"时人多谓之痴"。这样的人，无怪他的诗"旨趣遥深，反覆零乱，兴寄无端，和愉哀怨，杂集于中"。他的咏怀诗是《古诗十九首》以后第一流的杰作。他的人格坦荡谆至，虽见嫉于士大夫，却能见谅于酒保：

> 阮公邻家妇有美色，当垆酤酒。阮与王安丰常从妇饮酒。阮醉便眠其妇侧。夫始殊疑之，伺察终无他意。

这样解放的自由的人格是洋溢着生命，神情超迈，举止历落，态度恢廓，胸襟潇洒：

> 王司州（修龄）在谢公坐，咏："入不言兮出不辞，乘回风兮载云旗！"（九歌句）语人云："当尔时觉一坐无人！"

> 桓公读高士传，至于陵仲子，便掷去曰："谁能作此溪刻自处？"

这不是善恶之彼岸的超然的美和超然的道德吗？

"振衣千仞冈，濯足万里流！"晋人用这两句诗写下他的千古风流和不朽的豪情！

康德美学思想评述

康德（1724—1804），德国资产阶级的学者，德国古典唯心主义哲学的第一个著名代表。当时的德国和西欧其他国家比起来是一个落后的国家，德国资产阶级是一个眼光短浅、怯懦怕事的阶级。它的革命虽然是不彻底的，但毕竟在观念上进行了反封建的斗争，马克思曾说康德哲学是"法国革命的德国理论"。康德承认客观存在着"自在之物"，但又说这"自在之物"是我们的认识能力所不能把握到的。康德哲学中有着明显的两重性，他在一定程度上表明他企图调和唯物主义和唯心主义。但是这种调和归根到底是想在唯心主义、即他所称的先验的唯心主义的基础上来进行的。在美学里表现得尤其显著。康德是十八世纪末十九世纪初的德国唯心主义哲学的奠基人，也是德国唯心主义美学体系的奠基人。

康德的美学又是他在和以前的唯理主义美学（继承着莱布尼茨、沃尔夫哲学系统的鲍姆加登）和英国经验主义的美学（以布尔克为代表）的争论中发展和建立起来的，所以是一个极其复杂矛盾的体系。

我们先要简略地叙述一下康德和这两方面的关系，才能理解这个复杂的美学体系。

一

康德在他的美学著述里，对于他以前的美学家只提到过德国的鲍姆加登（Baumgarten）和英国的布尔克（E.Burke），一个是德国唯理主义的继承者，一个是英国经验主义的心理分析的思想家。我们先谈谈德国唯理主义的美学从莱布尼茨到鲍姆加登的发展。鲍氏是沃尔夫（Wolff）的弟子，但沃尔夫对美学未有发挥，而他所继承的莱布尼茨却颇有些重要的美学上的见解，构成德国唯理主义美学的根基。

莱布尼茨继承着和发展着十七世纪笛卡尔、斯宾诺莎等人唯理主义的世界观，企图用严整的数学体系来统一关于世界的认识，达到对于物理世界清楚明朗的完满的理解。但是感官直接所面对的感性的形象世界是我们一切认识活动的出发点。这形象世界和清楚明朗、论证严明的数理世界比较起来似乎是朦胧、暧昧、不够清晰的，莱布尼茨把它列入模糊的表象世界，这是"低级的"感性认识。但是这直观的暧昧的感性认识里仍然反映着世界的和谐与秩序，这种认识达到完满的境界时，即完满地映射出世界的和谐、秩序时，这就不但是一种真，也是一种美了。于是关于"感性认识"的科学同时就成了美学。Asthetik 一字，现在所谓的美学，原来就是关于感性认识的科学。莱氏的继承者鲍姆加登不但是把当时一切关于这方面的探究聚拢起来，第一次系统化成为一门新科学，并且给它命名为 Asthetik，后来人们就沿用这个名字发展了这门新科学——美学。这是鲍姆加登在美学史上的重要贡献。虽然他自己的美学著作还是很粗浅的，规模初具，内容贫乏，他自己对于造型艺术及音乐艺术并无所知，只根据演说学和诗学来谈美。他在这里是从唯理主义的哲学走到美学，因而建立了美学的科学。美即是真，尽管只是一种模糊的真，因而美学被收入科学系统的大门，并且填补了唯理主义哲学体系的一个漏洞、一个缺陷，那就是感性世界里的逻辑。同时也配合了当时文艺界古典主义重视各门文艺里的法则、规律的方向，也反映了当时上升的资产阶级反封建、反传统、重视理性、重视自然法则（即理性法则）的新兴阶级的意识。而在各门文学艺术里找规律，这至今也正是我们美学的主要任务。

现在略略介绍一下鲍姆加登（1714—1762）美学的大意，因为它直接影响着康德。

鲍氏在莱氏哲学原理的基础上，结合着当时英国经验主义美学"情感论"的影响，创造了一个美学体系，带着折中主义的印痕。鲍氏认为感性认识的完满，感性圆满地把握了的对象就是美。他认为：

（1）感觉里本是暧昧、朦胧的观念，所以感觉是低级的认识形式。

（2）完满（或圆满）不外乎多样性中的统一，部分与整体的调和完善。单个感觉不能构成和谐，所以美的本质是在它的形式里，即多样性中的统一里，但它有客观基础，即它反映着客观宇宙的完满性。

（3）美既是仅恃感觉上不明了的观念成立的，那么，明了的理论的认识产生时，就可取美而消灭之。

（4）美是和欲求相伴着的，美的本身既是完满，它也就是善，善是人们欲求的对象。

单纯的印象，如颜色，不是美，美成立于一个多样统一的协调里。多样性才能刺激心灵，产生愉快。多样性与统一性（统一性令人易于把握）是感性的直观认识所必需的，而这里面存在着美的因素。美就是这个形式上的完满，多样中的统一。

再者，这个中心概念"完满"（Vollkommenheit）可以从另一个角度来看。这就是低级的、感性的、直观的认识和高级的、概念的知识之间的关系和分歧点。在感性的、直观的认识里，我们直接面对事物的形象，而在清晰的概念的思维中，亦即象征性质（通过文字）的思维中，我们直接的对象是字、概念，更多过于具体的事物形象。审美的直观的思想是直接面对事物而少和符号交涉的，因此，它就和情绪较为接近。因人的情绪是直接系着于具体事物的，较少系着于抽象的东西。另外，概念的认识渗透进事物的内容，而直接观照的、和情绪相接的对象则更多在物的形式方面，即外表的形象。鉴赏判断不像理性判断以真和善为对象，而是以美，亦即形式。艺术家创造这种形式，把多样性整理、统一起来，使人一目了然，容易把握，引起人的情绪上的愉快，这就是审美的愉快。艺术作品的直观性和易把握性或"思想的活泼性"，照鲍姆加登的后继者 G.E.Meyer 所说，是"审美的光亮"。假使感性的清晰达到最高峰时，就诞生"审美的灿烂"。

鲍氏美学总结地说来，就是：（1）因一切美是感性里表现的完满，而这完满即是多样中的统一，所以美存在于形式；（2）一切的美作为多样的东西是组成的东西（交错为文）；（3）在组成物之中间是统制着规定的关系，即多样的协调而为一致性的；（4）一切的美仅是对感觉而存在，而一个清晰的逻辑的分析会取消了（扬弃了）它；（5）没有美不同时和我对它的占有欲结合着，因完满是一好事，不完满是坏事；（6）美的真正目的在于刺激起要求，或者因我所要求的只是快适，故美产生着快乐。

鲍氏是沃尔夫的最著名的弟子，康德在他的前批判哲学的时期受沃尔夫影响甚大。他把鲍氏看作当时最重要的形而上学者，而且把鲍氏的教科书（逻辑）作为他的课堂讲演的底本，就在他的批判哲学时期也曾如此，虽然他在讲课里已批判了鲍氏，反对着鲍氏。

鲍氏区分着美学（Asthetik）作为感性认识的理论，逻辑作为理性认识的理论。这名词也为康德在他的《纯粹理性批判》里所运用，康德区分为"先验的逻辑"和"先验的美学"，即"先验的感性理论"。在这章里康德说明着感觉直观里的空间时间的先验本质。我们可以说，康德哲学以为整个世界是现象，本体不可知。这直观的现象世界也正是审美的境界，我们可以说，康德是完全拿审美的观点，即现象地来把握世界的。他是第一个建立了一个完备的资产阶级的美学体系的，而他却把他的美学著作不命名为"美学"。他把"美学"这一名词用在他的认识论的著作里，即关于感性认识的阐述的部分，这是很有趣的，也可以见到鲍姆加登的影响。康德也继承了鲍氏把美基于情感的说法，而反对他的完满的感性认识即是美的理论。康德把认识活动和审美活动划分为意识的两个不同的领域，因而阉割了艺术的认识功用和艺术的思想性，而替现代反动美学奠下了基础。他继承了鲍氏的形式主义和情感论扩张而为他的美学体系。

二

美学思想从意大利文艺复兴传播到法国，在那里建立了唯理主义的美学体系，然后在德国得到了完成。在十八世纪的上半期，艺术创造和审美思想的条件有了变动，于是英国首先领导了新的美学的方向。这里也是首先有了社会秩序的变革为前提的。1688年英国资产阶级革命的成功改变了人们的生活情调，也就影响到艺术和美学的思想。在这个工业、商业兴盛和资产阶级在政治上获得自由的英国，独立了的受教育的资产阶级开始自觉它的地位，封建的王侯不再具有绝对的支配人们精神思想的势力。文学里开始表现资产阶级的理想人物和贵族并驾齐驱。在欧洲资产阶级的自由发源地荷兰的十七世纪的绘画里，尤其在大画家伦勃朗的油画里直率地表现着现实界的、生活力旺盛的各色人物，不再顾到贵族的仪表风度。荷兰的风俗画描绘着单纯的素朴的社会生活情状。在英国的文学里，这种新的精神倾向也占了上风，和当时的美学观念、文艺批评联系着。英国的新上升的资产阶级需要一种文学艺术，帮助它培养和教育资产阶级新式的人物、新思想和新道德。美学家阿狄生有一次在伦敦街头看着熙熙攘攘、匆匆忙忙的人们感动地说道："这些人大半是过着一种虚假的生活。"他要使他们成为真正的人，这就是不再是通过宗教，而是通过审美和文化教养出来的人。这时在文艺复兴以来壮丽的气派、华贵的建筑和绘画以外，也为新兴的中产阶级产生了合乎幽静家庭生活的、对人们亲切的风景和人物的油画。对于自然的爱好成为普遍的风气。就像在哲学家斯宾诺莎、莱布尼茨、歇夫斯伯尼的哲学里，自然界从宗教思想的束缚里解放出来，成为独立研究的对象一样，绘画里也使大自然成为独立表现的主题，不再是人物的陪衬。在克劳德·洛伦（法）、鲁夷斯代尔、荷伯玛（荷兰）等人的风景画里，人对自然的感觉愈益亲切，注意到细节，和当时的大科学家毕封、林耐等人一致。十八世纪这种趣味的转变是和许多热烈的美学辩论相伴着。英国流行着报刊里的讨论，法国狄德洛写文章报道着绘画展览。德国莱辛和席勒的戏剧是和无数的争辩讨论的文章交织着，歌德和席勒的通信多半讨论着文艺创作问题。这时一些学院哲学以外的思想家注重各种艺术的感性材料和表现特点的研究，如莱辛的《拉奥孔》区别文学与绘画的界限，想从这里获得各种艺术的发展规律。所以从心理分析来把握审美现象在此时是一条比较踏实的科学地研究美学问题的道路，而这一方面主要是先由英国的哲学家发展着的。

荷姆（Home），生于 1696 年，是苏格兰思想界最兴盛时代的学者。1762 年开始发表他的《批评的原则》（*Elements of criticism*）是心理学的美学奠基的著作。一百多年后，1876 年，德国的费希勒尔搜集他自己的论文发表，名为《美学初阶》。在这二书里见到一百年间心理分析的美学的发展。荷姆的主要美学著作即是《批评的原则》（1763 年译成德文，1864 年铿里士堡《学术与政治报》上刊出一书评，可能出自康德之手。见 Schlapp：《康德鉴赏力批判的开始》），是分析美与艺术的著作。由于他在分析里和美学概念的规定里的完备，这书在当时极被人重视。这是十八世纪里最成熟和完备的一部对于美的分析的研究。莱辛、赫尔德、康德、席勒都曾利用过它。他对席勒启发了审美教育的问题。

荷姆的分析是以美的事物给予我们的深刻的丰富印象为对象。他首先见到美的印象所引起的心灵活动是单纯依据自然界审美对象或过程的某一规定的性质。审美地把握对象的中心是情感，于是分析情感是首要的任务。当时一般思想趋势是注意区分人的情绪与意志，审美的愉快和道德的批判。布尔克已经强调出审美的静观态度和意志动作的区别。荷姆从心理学的理解来把审美的愉快归引到最单纯的元素即无利益感的情绪，亦即从这里不产生出欲求来的情绪。他因此逐渐发展出关于情绪作为心灵生活的一个独立区域的学说，后来康德继承了它而把这个学说系统化。康德严格地把情绪作为与认识和意志欲望区分开来的领域，这在荷姆还并没有陷入这种错误观点。不过他也以为一个美丽的建筑或风景唤起我们心中一种无欲求心的静的欣赏，但他认为我们若想完全理解审美印象的性质，就须把一个实际存在的事物所激起的情绪和一个对象仅在"意境"里所激起的情绪（如在绘画或音乐里）区别开来。意境对于现实的关系就像回忆对于所回忆的东西的关系。它（这意境）在绘画里较在文学里强烈些，在舞台的演出里又较绘画里强烈些。荷姆所发现的这"意境"概念是后来一切关于"美学的假相"学说的根源。不过在荷姆这"意境"概念的意义是较为积极的，不像后来的是较为消极性的（即过于重视艺术境界和现实的不同点）。

但这种对美感的心理分析或心理描述引起了一个问题，即审美印象的普遍有效性问题，审美的判断是在怎样的范围内能获得普遍的同意？休谟曾在他的论文里发挥了鉴赏（趣味）标准的概念。这个重要的概念，荷姆在他的著作里继续发展了。康德更是从这里建立他的先验的唯心主义的美学，而完全转到主观主义方面来。荷姆还有一些重要的分析都影响着后来康德美学及其他人的美学研究，我们不多谈了。

现在谈谈布尔克。康德在他的《判断力批判》里直接提到他的前辈美学家的地方极少，但却提到了英国的思想家布尔克（1729—1797）。布尔克著有《关于我们壮美及优美观念来源的哲学研究》（1756 年，在他以前 1725 年已有赫切森（Hutscheson）的《关于我们的美的及品德的观念来源的研究》）。

英国的美学家和法国不同，他们对于美，不爱固定的规则而爱令人惊奇的东西，在新奇的刺激以外又注意"伟大"的力量，认为"伟大"的力量是不能用理智来把握的。因此艺术的创造和欣赏没有整体的心灵活动和想象力的活动是不行的。

康德在《判断力批判》里简单地叙述了布尔克的见解，并且赞许着说："作为心理学的注释，这些对于我们心意现象的分析极其优美，并且是对于经验的人类学的最可爱的研究提供了丰富的资料。"

康德从他以前的德国唯理主义美学和英国心理分析的美学中吸取了他的美学理论的源泉。他的美学像他的批判哲学一样，是一个极复杂的难懂的结构，再加上文字句法的冗长晦涩，令人望而生畏。读他的书并不是美的享受，翻译它更是麻烦。

三

1790 年康德在完成了他的《纯粹理性批判》(对知识的分析)和《实践理性批判》(对道德，即善的意志的研究)以后，为了补足他的哲学体系的空隙，发表了他的《判断力批判》(包含着对审美判断的分析)。

但早在 1764 年，他已写了《关于优美感与壮美感的考察》，内容是一系列的在美学、道德学、心理学区域内的极细微的考察，用了通俗易懂的、吸引人的、有时具有风趣的文字泛论到民族性、人的性格、倾向、两性等等方面。

康德尚无意在这篇文章里提供一个关于优美及壮美的科学的理论，只是把优美感和壮美感在心理学上区分开来。"壮美感动着人，优美摄引着人。"他从壮美里又分别了不同的种类，如恐怖性的壮美、高贵、灿烂等。可注意的特点是他对道德的美学论证建立在"对人性的美和尊严的感觉上"。这里又见到英国思想家歇夫斯伯尼的影响。

《判断力批判》(1790 年第 1 版，1793 年第 2 版)，这书是把两系列各自的独立的思考，由于一个共同观点（即"合目的性"的看法）结合在一起来研究的。即一方面是有机体生命界的问题，另一方面是美和艺术的问题。但是在《纯粹理性批判》里，康德尚认为"把对美的批判提升到理性原理之下和把美的法则提升到科学是一个不可能实现的愿望"。但是他在他所做的哲学的系统的研究进展中，使他在 1787 年认为在"趣味（鉴赏）"领域里也可以发现先验的原理，这是他在先认为是不可能的事。

这种把"鉴赏的批判"和"目的论的自然观的批判"结合在一起的企图到 1789 年才完全实现。工作加快地进行，1790 年就出版了《判断力批判》，完成康德的批判哲学的体系〔康德所谓批判（Kritik），就是分析、检查、考察。批判的对象在康德首先就是人对于对象所下的判断。分析、检查、考察这些判断的意义、内容、效力范围，就是康德批判哲学的任务〕。康德的《判断力批判》第一部分是"审美判断力批判"。此中第一章第一节，美的分析；第二节，壮美（或崇高）的分析；第二章，审美判断力的辩证法。现在我主要的是介绍一下"美的分析"里的大意，然后也略介绍一下他的论壮美（崇高）。

我们先在总的方面略为概括地谈一谈康德论审美的原理，这是相当抽象、不太好懂的。

康德的先验哲学方法从事于阐发先验地可能性的知识（即具有普遍性和必然性的知识）。美学问题是他的批判哲学里普遍原理的特殊地运用于艺术领域。和科学的理论里的先验原理（即认识的诸条件）及道德实践里的先验原理相并，产生着第三种的先验方法在艺术领域里。艺术和道德一样古老，比科学更早。康德美学的基本问题不是美学的个别的特殊的问题，而是审美的态度。照他的说法，即那"鉴赏（或译趣味）判断"是怎样构成的，它和知识判断及道德的判断的区分在哪里？它在我们的意识界里哪一方向和哪一方面中获得它的根基和支持？

康德美学的突出处和新颖点即是他第一次在哲学历史里严格地系统地为"审美"划出一独自的领域，即人类心意里的一个特殊的状态，即情绪。这情绪表现为认识与意志之间的中介体，就像判断力在悟性和理性之间。他在审美领域里强调了"主观能动性"。康德一般地在情绪后附加上"快乐及不快"的词语，亦即愉快及不愉快的情绪，但这个附加词并不能算作真正的特征。特征是在于这情绪的纯主观性质，它和那作为客观知觉的感觉区别着。在这意义里，康德说："鉴赏没有一客观的原则。"此外这个情绪是和对于快适的单纯享受的感觉以及另一方对于善的道德的情绪有根本的差别。

美学是研究"鉴赏里的愉快"，是研究一种无利益兴趣和无概念（思考）却仍然具有普遍性和直接性的愉快。审美的情绪须放弃那通过悟性的概念的固定化，因它产生于自由的活动，不是诸单个的表象的，而是"心意诸能力"全体的活动。在"美"里是想象力和悟性，在"壮美"里是想象力和理性。审美的真正的辨别不是愉快，愉快是随着审美评判之后来的，而是那适才所描述的心意状态的"普遍传达性"。这是它和快适感区别的地方。

因这个心意状态绝不应听从纯粹个人趣味的爱好，那样，美学不能成为科学。鉴赏判断也要纳入法则里，因它要求着"普遍有效性"，尽管只是主观的普遍有效性。它要求着别人的同意，认为别人也会有同样的愉快（美的领略）。如果他（指别人）目前尚不能，在美学教育之后会启发了他的审美的共通感，而承认他以前是审美修养不够，并不是像"快适"那样各人有私自的感觉，不强人同，不与人争辩。所以人类是具有审美的"共通感"（Gemeinsein）的。这共通感表示：每个人应该对我的审美判断同意，假使它正确的话（尽管事实上并不一定如此）。因而我的审美判断具有"代表性"（样本性）的有效性。当然按照它的有效价值也只具有一个调节性的，而非构造性的"理想的"准则。一言以蔽之，是一理念（Idee）。对康德，理念（或译观念）是总括性的理性概念，最高级的统一的思想，对行为和思想的指导观念，在经验世界里没有一对象能完全符合它。审美的诸理念是有别于科学理论上的诸理念的，它们不像这些理念那样是表明（立证）的"理性理念"，而是不能曝示的，即不能归纳进概念里去的想象力的直观，没有语言文字能说出、能达到。它是"无限"的表现，它内里包含着"不能指名的思想富饶"。它是建基于超感性界的地盘上的那个仅能被思索的实体，我们的一切精神机能把它作为它们的最后根源而汇流其中，以便实现我们的精神界的本性所赋予我们最后的目的，这就是理性"使自己和自身协合"。超过了这一点，审美原理就不能再使人理解的了（康德再三这样说着）。

　　创造这些审美理念的机能，康德名之为"天才"，我们内部的超感性的天性通过天才赋予艺术以规律，这是康德对审美原理的唯心主义的论证。

四

一个判断的宾词若是"美",这就是表示我们在一个表象上感到某一种愉快,因而称该物是"美"。所以每一个把对象评定为美的判断,即是基于我们的某一种愉快感。这愉快作为愉快来说,不是表象的一个属性,而只是存在于它对我们的关系中,因此不能从这一表象的内容里分析出来,而是由主体加到客体上面的,必须把这主观的东西和那客观的表象相结合。因此这判断在康德的术语里,即是所谓"综合判断",而不是分析判断。

但不是每一令人愉快的表象都是美。因此审美判断所表达的愉快必须具有特性。

问题是:什么是美?即审美判断的基础在哪里?这一宾词所加于那表象的是什么?这些归结于下列问题:审美的愉快和一切其他种类的愉快的区分在哪里?对这一问题的回答就说出了"美或鉴赏判断的性质",这是"美的分析"的第一个主题。

美以外如快适,如善,如有益,都是令人愉快的表象。康德进一步把它们分辨开来,说它们对于我们的关系是和美对于我们的关系不同的。康德哲学注重"批评"(Kritik)亦即分析,他偏重别的工作,结果把原来联系着的对象割裂开来,而又不能辩证地把握到矛盾的统一。这造成他的哲学里和美学里的许多矛盾和混乱,这造成他的思想的形而上学性。

快适表现于多种的丰富的感受,如可爱的、柔美曼妙的、令人开心的、快乐的等等，是一种感性的愉快的表现，而善和有益是实践生活里的表现。快适的感觉不是系于被感觉的对象，而是系于我自己的感觉状况，它们仅是主观的。如果我们下一判断说："这园地是绿色的"，这宾词"绿"是隶属于那被我们觉知的客体"园地"的。如果我们判断："这园地是舒适的"，这就是说出我看见这园地时我的感觉被激动的样式和状态。"快适是给诸感官在感觉里愉快的"，它给予愉快而不通过概念（思维）。对于善和有益的愉快是另一种类的。有益即是某物对某一事一物好。善却与此相反，它是在本身上好，这就是只是为了自身的原因、自身的目的而实现、进行的。有益的是工具，善是目的，并且是最后目的。二者都是我们感到愉快的对象，却是在实践里的满足，它们联系着我们的意志、欲望，通过目的的概念，它们服务于这个目的。有益的作为手段、工具，善作为终极目的，前者是间接的，后者是直接的。康德说："善是那由于理性的媒介通过单纯的概念令人满意的。我们称呼某一些东西为了什么事好（有益的），它只是作为手段令人愉快的，另一种是在自身好，这是自身令人愉快满意的。"善不仅是实践方面的，且进一步是道德的愉快。

但二者的令人愉快是以客体的实际存在为前提，人当饥渴时，绘画上的糕饼、鱼肉、水果是不能令人愉快的，它们徒然是一种刺激。除非吃饱了，不渴了，画上的食品是令人愉快的，像十七世纪荷兰画家常爱画的一些佳作。一个人的善行如果是伪装的，不但不引起道德上的满意，反而令人厌恶。除非我们被欺骗，信以为真（即认为是客观存在着）的时候。这就是说我们对于它们的客观存在是感兴趣的，有着利害关系的。

但在对于美的现象的关系中却不关注那实物的存在，对画上的果品并不要求它的实际存在，而只是玩味它的形象，它的色彩的调和，线条的优美，就是说，它的形式方面，它的形象。康德说："人须丝毫不要坚持事物的存在，而是要在这方面淡漠，以便在鉴赏的事物里表现为裁判者。"总结起来，康德认为美是具有一种纯粹直观的性质，首先要和生活的实践分开来。他说："一个关于美的判断，即使渗入极微小的利害关系，都具有强烈的党派性，它就绝不是纯鉴赏判断。因此，要在鉴赏中做个评判者，就不应从利害的角度关心事物的存在，在这方面应抱淡漠的态度。"

照康德的意见，在纯粹美感里，不应渗进任何愿望、任何需要、任何意志活动。审美感是无私心的，纯是静观的，他静观的对象不是那对象里的会引起人们的欲求心或意志活动的内容，而只是它的形象，它的纯粹的形式。所以图案、花边、阿拉伯花纹正是纯粹美的代表物。康德美学把审美和实践生活完全割裂开来，必然从审美对象抽掉一切内容，陷入纯形式主义，把艺术和政治割离开来，反对艺术活动中的党派性。它成为现代最反动的形式主义艺术思想的理论源泉了。

康德认为人在纯粹的审美里绝不是在求知，求发现普遍的规律、客观的真理，而是在静观地赏玩形象、物的形式方面的表现。审美的判断不是认识的判断，所以美不但和快适、善、有益区分开来，也和真区分开来。他反对在他以前的英国美学里（如布尔克）的感觉主义，只在人们的心理中的快感里面寻找美的原因，把美和心理的快适（快活舒适）等同起来。他也反对唯理主义思想家（如鲍姆加登）把美等同于真，即感性里的完满认识，或善，即完满。他要把一切杂质全洗刷掉，求出纯洁的美感。他用"批判"即"分剖"的方法来研究人类的认识作用，称作"纯粹理性批判"，研究纯洁的直观、纯洁的悟性，在道德哲学里探讨纯洁的意志等等。他的这种洗刷干净的方法，追求真理的纯洁性，像十七世纪里的物理学家、数学家的分析学（数学是他们的，也是康德的科学理想），但却把有血有肉的、生在社会关系里的人的丰富多彩的意识抽空了（抽象化了）；更是把思想富饶、意趣多方的艺术创作、文学结构抽空了。损之又损，纯洁又纯洁，结果只剩下花边图案，阿拉伯花纹是最纯粹的、最自由的、独立无靠的美了。剩下来的只是抽空了一切内容和意义的纯形式。他说：

> 花，自由的素描，无任何意图地相互缠绕着的、被人称作簇叶饰的纹线，它们并不意味着什么，并不依据任何一定的概念，但却令人愉快满意。

康德喜欢追求纯粹、纯洁，结果陷入形式主义主观主义的泥坑，远离了丰富多彩的现实生活和现实生活里的斗争，梦想着"永久的和平"。美学到了这里，空虚到了极点，贫乏到了极点，恐怕不是他始料所及的吧！而客观事实反击了过来，康德不能不看到这一点，但是他的主观唯心主义使他不能用唯物辩证法来走出这个死胡同，于是不顾自相矛盾地又反过来说："美是道德的善的象征。"想把道德的内容拉进纯形式里来，忘了当初气势汹汹的分疆划界的工作了。

我们以上已经叙述过康德就"性质"这一契机来考察美的判断。他总结着说：

> 鉴赏（趣味，即审美的判断）是凭借完全无利害观念的快感和不快感，对某一对象或它的表现方式的一种判断力。

鉴赏判断的第二契机就是按照量上来看的。这就是问一个真正的审美判断，譬如说这风景是美的，这首诗是美的，说出这判断的人是不是想，这个判断只表达我个人的感觉，像我吃菜时的口味那样。如果别人说，我觉得这菜不好吃，我并不同他争辩，争辩也无益，我承认各人有各人的口味，不必强同。康德认为根据个人的私人的趣味的判断，是夹杂着个人的利害兴趣的，不是像那无利害关系，超出了个人欲求范围的审美判断。因此对于审美判断，我们会认为它不仅仅是代表着个人的兴趣、嗜好，而是反映着人类的一种普遍的共同的对于客体的形象的情绪的反应。因此会认为这个判断应该获得人人公共的首肯（假使我这判断是正确的话），这就是提出了普遍同意的要求，认为真正的（正确的）审美判断应是普遍有效的，而不局限于个人。如果别人不承认，那就要么是我这判断并不正确，应当重新考虑修改。如果审查了仍自以为是完全正确的，那就会是别人的审美修养、鉴赏力不够，将来他的鉴赏力提高了，一定会承认我这个判断的。许多大艺术家发现了新的美，把它表现出来，当时可能得不到人们的承认，他却仍然相信将来定有知音，因而坚持下去，不怕贫困和屈辱，像伦勃朗那样。这里康德所主张的审美判断在"量"的方面是具有普遍性的，可以提出普遍同意的要求，不像在饮食里各人具有他自己个别的口味，是不能坚持这个普遍性的要求的（虽然孟子曾说过："口之于味也，有同嗜焉。"）。

康德认为审美判断具有普遍性，因为美感是不带有利益兴趣因而是自由的、无私的。它不像快适那样基于私人条件，因而审美的判断者以为每个人都会作出同样的判断的。但是在审美判断里对于每个人的有效性不是像伦理判断那样根据概念，因此它不能具有客观的普遍有效性，而仅能具有主观的普遍有效性。而这个之所以可能，是因为审美情绪不是先行于对于对象的判断，而是产生于全部心意能力总的活动，内心自觉到理知活动与想象力的和谐，感觉它作为"静观的愉悦"。

在这里见到康德的所谓美感完全是基于主体内部的活动，即理知活动与想象力的谐和、协调，不是走出主观以外来把握客观世界里的美。这和康德的物自体不可知论，和他的主观唯心论是一致的。

就审美判断中的第三个契机，即所看到的"目的的关系"这一范畴来考察审美判断。康德认为美是一对象的形式方面所表现的合目的性而不去问他的实际目的，即他所说的"合目的性而无目的"（无所为而为），也就是我们在对象上观照它在形式上所表现的各部分间有机的合目的性的和谐，我们要停留在这完美的多样中统一的表象的鉴赏里，不去问这对象自身的存在和它的实际目的。如果我们从表面的合目的性的形式进而探究或注意它的存在和它的目的，那么，它就会引起我们实际的利益感而使我们离开了静观欣赏的状态了。所以最纯粹的审美对象是一朵花，是阿拉伯花纹等等。这里充分说明了康德美学中的形式主义。但是，康德也不能无视一切伟大文艺作品里所包含着的内容价值，它们里面所表现的对人们生活的影响，它们的教育意义。所以康德又自相矛盾地大谈"美是'道德的善'的象征"。并且说："只有在这个意义里（这是一种对于每个人是自然的关系，这并且是每个人要求别人作为义务的），美给人愉快时要求着另一种赞许，即人要同时自己意识到某一种高贵化和提升到单纯官能印象的享受之上去，并且别种价值也依照他的判断力的一个类似的原则来评价。"后来诗人席勒的美学继承康德发展了审美教育问题的研究（德国十八世纪大音乐家乔·弗·亨德尔说得好："如果我的音乐只能使人愉快，那我感到很遗憾，我的目的是使人高尚起来。"）。于是康德又自相矛盾地提出了自由（自在）的美和挂上的（系属着的）美的区分。自由的美不先行肯定那概念，说对象应该是什么；那挂上的美（系属着的美）却先行肯定这概念和对象依照那概念的完满性（例如画上的一个人物就要圆满地表现出关于那个人的概念内容，即典型化）。一个对象里的丰富多样集合于使它可能的内在目的之下，我们对于它的审美快感是基于一个概念的，也就是依照这个概念要求这概念的丰富内容能在形象上充分表达出来。

对于"自由"的美，如一花纹图案、一朵花的快感是直接和那对象的形象联系着，而不是先经过思想，先确定那对象的概念，问它"是什么"，而是纯粹欣赏和玩味它的形式里的表现。

如果对象是在一个确定的概念的条件下被判断为美的，那么，这个鉴赏判断里就基于这概念包含着对于那个"对象"的完满性或内在的合目的性的要求，这个审美判断就不再是自由的和纯粹的鉴赏判断了。康德哲学的批判工作是要区别出纯粹的审美判断来，那只剩有对"自由美"的判断，也即是对于纯粹形式美的判断，如花纹等。而一切伟大的文学艺术作品都是他所说的"系属着的美"或"挂上的美"，即在形式的美上挂上了许多别的价值，如真和善等。在这里又见到康德美学里的矛盾和复杂，和它的形式主义倾向。最后，依照判断中第四个契机"情状"的范畴来考察，即按照对于对象所感到愉快的情状来看。美对于快感具有必然性的关系，但这种必然性不是理论性和客观性的，也不是实践性的（如道德）。这种必然性在一个审美判断里被思考着时只能作为例证式的，这就是说作为一个普遍规律的一个例证，而这个普遍规律却是人们不能指说明白的（不像科学的理论的规律，也不像道德规律）。审美的共通感作为我们的认识诸力（理知和想象力）的自由游戏是一个理想的标准，在它的前提下，一个和它符合着的判断表白出对一对象的快感能够有理由构成对每个人的规律，因为这原理虽然只是主观性的，却是主观的普遍性，是对于每个人具含着必然性的观念。康德这一段思想难懂，但却极重要。

如果把上面康德美学里所说的一切对于美的规定总结起来就可以说："美是……无利益兴趣的，对于一切人，单经由它的形式，必然地产生快感的对象。"这是康德美感分析的结果。康德把审美的人从他的整个人的活动、他的斗争的生活里、他的经济的社会的政治的生活里抽象出来，成为一个纯粹静观着的人。康德把艺术作品从它的丰富内容，它的深刻动人的政治价值、社会价值、教育价值、经济价值、战斗性中抽象出来，成为单纯形式。这时康德以为他执行了和完成了他的"审美批判力批判的工作"。

所以康德的美学不是从艺术实践和艺术理论中来，而是从他的批判哲学的体系中来，作为他的批判哲学体系中的一个组成部分。

康德美学的主要目标是想勾出美的特殊的领域来，以便把它和真和善区别开来，所以他分析的结果是：纯粹的美只存在"单纯形式"里即在纯粹的无杂质、无内容的形式的结构里，而花纹图案就成了纯美的典范。但康德在美感的实践里却不能不知道这种抽空了内容的美在现实中几乎是不存在的，就是极简单的纯形式也会在我们心意里引起一种不能指名的"意义感"，引起一种情调，假使它能被认为是美的话。如果它只是几何学里的形，如三角、正方形等，不引起任何情调时，也就不能算作美学范围内的"纯形式"了。

而且不止于此，人类在生活里常常会遭遇到惊心动魄、震撼胸怀的对象，或在大自然里，或在人生形象、社会形象里，它们所引起的美感是和"纯粹的美感"有共同之处——因同是在审美态度里所接受的对象——却更有大大不同之处。这就是它们往往突破了形式的美的结构，甚至于恍惚憰怪。自然界里的狂风暴雨、飞沙走石，文学艺术里面如莎士比亚伟大悲剧里的场面，人物和剧情（《马克白司》《里查第三》[1]《李尔王》等剧），是不能纳入纯美范畴的。这种我们大致可列入壮美（或崇高）的现象，事实上这类现象在人生和文艺里比纯美的境界更多得多，对人生也更有意义。康德自己便深深地体验到这个。他常说：世界上有两个最崇高的东西，这就是夜间的星空和人心里的道德律。所以康德不能不在纯粹美的分析以后提出壮美（崇高）来做美学研究的

---

[1] 今译《麦克白》《里查三世》。

对象。何况他的先辈布尔克、荷姆在审美学的研究里已经提出了这纯美和壮美的区别而加以探讨了。

"会当凌绝顶，一览众山小"（杜甫《望岳》），美学研究到壮美（崇高），境界乃大，眼界始宽。研究到悲剧美，思路始广，体验乃深。

康德认为，许多自然物可以被称为是优美的，但它们不能是真正的壮美（崇高）的。一个自然物仅能作为崇高的表象（表现），因真正的壮美是不存在感性的形式里的。对自然物的优美感是基于物的形式，而形式是成立在界限里的（有轮廓范围）。壮美却能在一个无边无垠的对象里找到。这种"无限"可能在一个物象身上见到，也可能由这物象引起我们这种想象。优美的快感联系着"质"，壮美的快感联系着"量"。自然物的优美是它的形式的合目的性，这就是说这对象的形式对于我的判断力的活动是合适的，符合着的，好像是预先约定着的。在我的观照中引动我的壮美（崇高）感的对象，光就它的形式来看，也有些可能是符合着我的判断力的形式的，例如希腊的庙宇，罗马城的彼得大教堂，米开朗琪罗的摩西石像等古典艺术。但壮美的现象对于我们的想象力显示来得强暴，使我们震惊、失措、彷徨。然而，越是这样，越使我们感到壮伟、崇高。崇高不只是存在于被狂飙激动的怒海狂涛里，而更是进一步通过这现象在我们心中所激起的情感里。这时我们情感摆脱了感性而和"观念"连结活动着。这些观念含着更高一级的"合目的性"。对于自然界的"优美"，我们须在外界寻找一个基础，而对"崇高"只能在内心和思想形式里寻找根源，正是这思想形式把崇高输送到大自然里去的。

康德区分两类壮美，数学的和力学的壮美。当人们对一对象发生壮美感时，是伴着心情的激动的，而在纯美感里心情是平静的愉悦。那心情的激动，当它被认为是"主观合目的"时，它是经由想象力联系到认识机能，或是联系到欲求机能。在第一种场合里想象力伴着的情调是数学的，即联系于量的评价。在第二种场合里，想象力伴着的情调是力学的，即是产生于力的较量。在两种场合里都赋予对象以壮美的性质。

当我们在数量的比较中向前进展，从男子的高度到一个山的高，从那里到地球的直径，到天河及星云系统，越来越广大的单位，于是自然界里一切伟大东西相形之下都成了渺小，实际上只是在我们的无止境的想象力面前显得渺小，整个自然界对于无限的理性来说成了消逝的东西。歌德诗云："一切消逝者，只是一象征。"它即是"无限"的一个象征，一个符号而已。因此，量的无限、数学上的大，人类想象力全部使用也不能完全把握它，而在它面前消失了自己，它是超出我们感性里的一切尺度了。

壮美的情绪是包含着想象力不能配合数量的无止境时所产生的不快感，同时却又产生一种快感，即是我们理性里的"观念"，是感性界里的尺度所万万不能企及的，配合不上的。在壮美感里我们是前恭而后倨。

力学上的壮美是自然在审美判断中作为"力量"来感触的。但这力量在审美状态中对我们却没有实际的势力，它对于我们作为感性的人固然能引起恐怖，但又激发起我们的力量，这力量并不是自然界的而是精神界的，这力量使我们把那恐怖焦虑之感看作渺小。因此，当关涉到我们的（道德的）最高原则的坚持或放弃时，那势力不再显示为要我们屈服的强大压力，我们在心里感觉到这些原则的任务的壮伟是超越了自然之上。这壮伟作为全面的真正的伟大，只存在我们自己的情调中。

在这里我们见到壮美（崇高）和道德的密切关系。

康德本想把"美"从生活的实践中孤立起来研究，这是形而上学的方法。但现实生活的体验提出了辩证思考的要求。只有唯物辩证法才能全面地、科学地解决美的与艺术的问题。

五

康德生活着的时代在德国是多么富有文学艺术的活跃，在他以前有艺术理论家温克尔曼，对我们启发了希腊的高尚的美的境界，有理论家及创作家莱辛，他是捍卫着现实主义的文艺战士。在康德同时更有伟大的现实主义诗人歌德，现实主义的文艺理论家赫尔德尔。（在他以后有发展和改进了他的美学思想的大诗人席勒和哲学家黑格尔。）这些人的美学思想都是从文学艺术的理论探究中来的，而康德却对他们似乎熟视无睹，从来不提到他们。他对当时轰轰烈烈的文艺界的创造，歌德等人的诗、戏曲、小说，贝多芬、莫扎特等人的音乐，都似乎不感兴趣，从来不提到他们。而他自己却又是第一个替近代资产阶级的哲学建立了一个美学体系的，而这个美学体系却又发生了极大的影响，一直影响到今天的资产阶级的反动美学。这真是值得我们注意和探究的问题。深入地考察和批判康德美学是一个复杂的而又重要的工作，尚待我们的努力。

中国诗画中所表现的空间意识

现代德国哲学家斯宾格勒（O.Spengler）在他的名著《西方之衰落》里面曾经阐明每一种独立的文化都有它的基本象征物，具体地表象它的基本精神。在埃及是"路"，在希腊是"立体"，在近代欧洲文化是"无尽的空间"。这三种基本象征都是取之于空间境界，而它们最具体的表现是在艺术里面。埃及金字塔里的甬道，希腊的雕像，近代欧洲的最大油画家伦勃朗（Rembrandt）的风景，是我们领悟这三种文化的最深的灵魂之媒介。

我们若用这个观点来考察中国艺术，尤其是画与诗中所表现的空间意识，再拿来同别种文化作比较，是一极有趣味的事。我不揣浅陋作了以下的尝试。

西洋十四世纪文艺复兴初期油画家梵埃格（Van Eyck）的画极注重写实、精细地描写人体、画面上表现屋宇内的空间，画家用科学及数学的眼光看世界。于是透视法的知识被发挥出来，而用之于绘画。意大利的建筑家勃鲁纳莱西（Brunellec）在十五世纪的初年已经深通透视法。阿卜柏蒂在他 1436 年出版的《画论》里第一次把透视的理论发挥出来。

中国十八世纪雍正、乾隆时，名画家邹一桂对于西洋透视画法表示惊异而持不同情的态度，他说："西洋人善勾股法，故其绘画于阴阳远近，不差锱黍，所画人物、屋树，皆有日影。其所用颜色与笔，与中华绝异。布影由阔而狭，以三角量之。画宫室于墙壁，令人几欲走进。学者能参用一二，亦其醒法。但笔法全无，虽工亦匠，故不入画品。"

邹一桂认为西洋的透视的写实的画法"笔法全无，虽工亦匠"，只是一种技巧，与真正的绘画艺术没有关系，所以"不入画品"。而能够入画品的画，即能"成画"的画，应是不采取西洋透视法的立场，而采沈括所说的"以大观小之法"。

早在宋代，一位博学家沈括在他的名著《梦溪笔谈》里就曾讥评大画家李成采用透视立场"仰画飞檐"，而主张"以大观小之法"。他说：

> 李成画山上亭馆及楼阁之类，皆仰画飞檐。其说以谓"自下望上，如人立平地望塔檐间，见其榱桷"。此论非也。大都山水之法，盖以大观小，如人观假山耳。若同真山之法，以下望上，只合见一重山，岂可重重悉见，兼不应见其溪谷间事。又如屋舍，亦不应见中庭及巷中事。若人在东立，则山西便合是远境。人在西立，则山东却合是远境。似此如何成画？李君盖不知以大观小之法，其间折高、折远，自有妙理，岂在掀屋角也？

沈括以为画家画山水，并非如常人站在平地上在一个固定的地点，仰首看山；而是用心灵的眼，笼罩全景，从全体来看部分，"以大观小"。把全部景界组织成一幅气韵生动、有节奏有和谐的艺术画面，不是机械的照相。这画面上的空间组织，是受着画中全部节奏及表情所支配。"其间折高折远，自有妙理"。这就是说须服从艺术上的构图原理，而不是服从科学上算学的透视法原理。他并且以为那种依据透视法的看法只能看见片面，看不到全面，所以不能成画。他说"似此如何成画"？他若是生在今日，简直会不承认西洋传统的画是画，岂不有趣？

这正可以拿奥国近代艺术学者芮格（Riegl）所主张的"艺术意志说"来解释。中国画家并不是不晓得透视的看法，而是他的"艺术意志"不愿在画面上表现透视看法，只摄取一个角度，而采取了"以大观小"的看法，从全面节奏来决定各部分，组织各部分。中国画法六法上所说的"经营位置"，不是依据透视原理，而是"折高折远自有妙理"。全幅画面所表现的空间意识，是大自然的全面节奏与和谐。画家的眼睛不是从固定角度集中于一个透视的焦点，而是流动着飘瞥上下四方，一目千里，把握全境的阴阳开合、高下起伏的节奏。中国最大诗人杜甫有两句诗表出这空、时意识说："乾坤万里眼，时序百年心。"《中庸》上也曾说："诗云鸢飞戾天，鱼跃于渊，言其上下察也。"

中国最早的山水画家六朝刘宋时的宗炳（公元五世纪）曾在他的《画山水序》里说山水画家的事务是：

身所盘桓，目所绸缪。

以形写形，以色貌色。

画家以流盼的眼光绸缪于身所盘桓的形形色色。所看的不是一个透视的焦点，所采的不是一个固定的立场，所画出来的是具有音乐的节奏与和谐的境界。所以宗炳把他画的山水悬在壁上，对着弹琴，他说：

抚琴动操，欲令众山皆响！

山水对他表现一个音乐的境界，就如他的同时的前辈那位大诗人音乐家嵇康，也是拿音乐的心灵去领悟宇宙、领悟"道"。嵇康有名句云：

目送归鸿，手挥五弦。

俯仰自得，游心太玄。

中国诗人、画家确是用"俯仰自得"的精神来欣赏宇宙，而跃入大自然的节奏里去"游心太玄"。晋代大诗人陶渊明也有诗云：

俯仰终宇宙，不乐复何如！

用心灵的俯仰的眼睛来看空间万象，我们的诗和画中所表现的空间意识，不是像那代表希腊空间感觉的有轮廓的立体雕像，不是像那表现埃及空间感的墓中的直线甬道，也不是那代表近代欧洲精神的伦勃朗的油画中渺茫无际追寻无着的深空，而是"俯仰自得"的节奏化的音乐化了的中国人的宇宙感。

《易经》上说："无往不复，天地际也。"这正是中国人的空间意识！

这种空间意识是音乐性的（不是科学的算学的建筑性的）。它不是用几何、三角测算来的，而是由音乐舞蹈体验来的。中国古代的所谓"乐"是包括着舞的。所以唐代大画家吴道子请裴将军舞剑以助壮气。

宋郭若虚《图画见闻志》上说：

> 唐开元中，将军裴旻居丧，诣吴道子，请于东都天宫寺画神鬼数壁，以资冥助。道子答曰："吾画笔久废，若将军有意，为吾缠结，舞剑一曲，庶因猛厉，以通幽冥！"旻于是脱去缞服，若常时装束，走马如飞，左旋右转，掷剑入云，高数十丈，若电光下射。旻引手执鞘承之，剑透室而入。观者数千人，无不惊栗。道子于是援毫图壁，飒然风起，为天下之壮观。道子平生绘事，得意无出于此。

与吴道子同时的大书家张旭也因观公孙大娘的剑器舞而书法大进。宋朝书家雷简夫因听着嘉陵江的涛声而引起写字的灵感。雷简夫说：

余偶昼卧，闻江涨瀑声。想波涛翻翻，迅驶掀搕，高下蹙逐奔去之状，无物可寄其情，遽起作书，则心中之想尽在笔下矣！

节奏化了的自然，可以由中国书法艺术表达出来，就同音乐舞蹈一样。而中国画家所画的自然也就是这音乐境界。他的空间意识和空间表现就是"无往不复的天地之际"。不是由几何、三角所构成的西洋的透视学的空间，而是阴阳明暗高下起伏所构成的节奏化了的空间。董其昌说

远山一起一伏则有势，疏林或高或下则有情，此画之诀也。

有势有情的自然是有声的自然。中国古代哲人曾以音乐的十二律配合一年十二月节季的循环。《吕氏春秋·大乐》篇说：

万物所出，造于太一，化于阴阳。萌芽始震，凝寒以形。形体有处，莫不有声。声出于和，和出于适。和适，先王定乐，由此而生。

唐代诗人韦应物有诗云：

万物自生听，太空恒寂寥。

唐诗人沈佺期的《范山人画山水歌》^①云（见佩文斋书画谱）：

> 山峥嵘，水泓澄。漫漫汗汗一笔耕。一草一木栖神
> 明。忽如空中有物，物中有声。复如远道望乡客，梦绕
> 山川身不行！

这是赞美范山人所画的山水好像空中的乐奏，表现一个音乐化的空间境界。宋代大批评家严羽在他的《沧浪诗话》里说唐诗人的诗中境界："如空中之音，相中之色，水中之月，镜中之像，言有尽而意无穷。"西人约柏特（Joubert）也说："佳诗如物之有香，空之有音，纯乎气息。"又说："诗中妙境，每字能如弦上之音，空外余波，袅袅不绝。"（据钱钟书译）

这种诗境界，中国画家则表之于山水画中。苏东坡论唐代大画家兼诗人王维说：

> 味摩诘之诗，诗中有画。观摩诘之画，画中有诗。

王维的画我们现在不容易看到（传世的有两三幅）。我们可以从诗中看他画境，却发现他里面的空间表现与后来中国山水画的特点一致！

王维的辋川诗有一绝句云：

---

① 《范山人画山水歌》是顾况的诗。

北坨湖水北，杂树映朱栏，
逶迤南川水，明灭青林端。

在西洋画上有画大树参天者，则树外人家及远山流水必在地平线上缩短缩小，合乎透视法。而此处南川水却明灭于青林之端，不向下而向上，不向远而向近。和青林朱栏构成一片平面。而中国山水画家却取此同样的看法写之于画面。使西人诧中国画家不识透视法。然而这种看法是中国诗中的通例，如：

暗水流花径，春星带草堂。

卷帘唯白水，隐几亦青山。

白波吹粉壁，青嶂插雕梁。

——以上（唐）杜甫

天回北斗挂西楼。

檐飞宛溪水，窗落敬亭云。

——以上（唐）李白

水国舟中市，山桥树杪行。

——（唐）王维

窗影摇群动，墙阴载一峰。

——（唐）岑参

秋景墙头数点山。

——（唐）刘禹锡

窗前远岫悬生碧，帘外残霞挂熟红。

——（唐）罗虬

树杪玉堂悬。

——（唐）杜审言

江上晴楼翠霭开，满帘春水满窗山。

——（唐）李群玉

碧松梢外挂青天。

——（唐）杜牧

　　玉堂坚重而悬之于树杪，这是画境的平面化。青天悠远而挂之于松梢，这已经不止于世界的平面化，而是移远就近了。这不是西洋精神的追求无穷，而是饮吸无穷于自我之中！孟子曰："万物皆备于我矣，反身而诚，乐莫大焉。"宋代哲学家邵雍于所居作便坐，曰"安乐窝"，两旁开窗曰"日月牖"。正如杜甫诗云：

江山扶绣户，日月近雕梁。

深广无穷的宇宙来亲近我，扶持我，毋庸我去争取那无穷的空间，像浮士德那样野心勃勃、彷徨不安。

中国人对无穷空间这种特异的态度，阻碍中国人去发明透视法。而且使中国画至今避用透视法。我们再在中国诗中征引那饮吸无穷空时于自我，网罗山川大地于门户的例证：

云生梁栋间，风出窗户里。

——（东晋）郭璞

绣甍结飞霞，璇题纳明月。

——（六朝）鲍照

窗中列远岫，庭际俯乔林。

——（六朝）谢朓

栋里归白云，窗外落晖红。

——（六朝）阴铿

画栋朝飞南浦云，珠帘暮卷西山雨。

——（唐）王勃

窗含西岭千秋雪，门泊东吴万里船。

——（唐）杜甫

天入沧浪一钓舟。

——（唐）杜甫

欲回天地入扁舟。

——（唐）李商隐

大壑随阶转，群山入户登。

——（唐）王维

隔窗云雾生衣上，卷幔山泉入镜中。

——（唐）王维

山月临窗近，天河入户低。

——（唐）沈佺期

山翠万重当槛出，水光千里抱城来。

——（唐）许浑

三峡江声流笔底，六朝帆影落樽前。

山随宴坐图画出，水作夜窗风雨来。

——（宋）米芾

一水护田将绿绕，两山排闼送青来。

——（宋）王安石

满眼长江水，苍然何郡山？

向来万里意，今在一窗间。

——（宋）陈与义

江山重复争供眼，风雨纵横乱入楼。

——（宋）陆游

水光山色与人亲。

——（宋）李清照

帆影多从窗隙过，溪光合向镜中看。

——（清）叶令仪

云随一磬出林杪，窗放群山到榻前。

——（清）谭嗣同

　　而明朝诗人陈眉公的含晖楼诗（咏日光）云："朝挂扶桑枝，暮浴咸池水，灵光满大千，半在小楼里。"更能写出万物皆备于我的光明俊伟的气象。但早在这些诗人以前，晋宋的大诗人谢灵运（他是中国第一个写纯山水诗的）已经在他的《山居赋》里写出这网罗天地于门户、饮吸山川于胸怀的空间意识。中国诗人多爱从窗户庭阶，词人尤爱从帘、屏、栏杆、镜以吐纳世界景物。我们有"天地为庐"的宇宙观。老子曰："不出户，知天下。不窥牖，见天道。"庄子曰："瞻彼阕者，虚室生白。"孔子曰："谁能出不由户，何莫由斯道也？"中国这种移远就近、由近知远的空间意识，已经成为我们宇宙观的特色了。谢灵运《山居赋》里说：

> 抗北顶以葺馆，瞰南峰以启轩，
>
> 罗曾崖于户里，列镜澜于窗前。
>
> 因丹霞以颓楣，附碧云以翠椽。
>
> ——《宋书·谢灵运传》

六朝刘义庆的《世说新语》载：

> 简文帝（东晋）入华林园，顾谓左右曰："会心处不必在远，翳然林木，便自有濠濮间想也。觉鸟兽禽鱼，自来亲人！"

晋代是中国山水情绪开始与发达时代。阮籍登临山水，尽日忘归。王羲之既去官，游名山，泛沧海，叹曰："我卒当以乐死！"山水诗有了极高的造诣（谢灵运、陶渊明、谢朓等），山水画开始奠基。但是顾恺之、宗炳、王微已经显示出中国空间意识的特质了。宗炳主张"身所盘桓，目所绸缪，以形写形，以色

88

貌色"。王微主张"以一管之笔拟太虚之体"。而人们遂能"以大观小"又能"小中见大"。人们把大自然吸收到庭户内。庭园艺术发达极高。庭园中罗列峰峦湖沼，俨然一个小天地。后来宋僧道灿的重阳诗句："天地一东篱，万古一重久。"正写出这境界。而唐诗人孟郊更歌唱这天地反映到我的胸中，艺术的形象是由我裁成的，他唱道：

> 天地入胸臆，吁嗟生风雷。
>
> 文章得其微，物象由我裁！

东晋陶渊明则从他的庭园悠然窥见大宇宙的生气与节奏而证悟到忘言之境。他的《饮酒》诗云：

> 结庐在人境，而无车马喧。
>
> 问君何能尔？心远地自偏。
>
> 采菊东篱下，悠然见南山。
>
> 山气日夕佳，飞鸟相与还。
>
> 此中有真意，欲辨已忘言。

中国人的宇宙概念本与庐舍有关。"宇"是屋宇，"宙"是由"宇"中出入往来。中国古代农人的农舍就是他的世界。他们从屋宇得到空间观念。从"日出而作，日入而息"（击壤歌），由宇中出入而得到时间观念。空间、时间合成他的宇宙而安顿着他的生活。他的生活是从容的，是有节奏的。对于他空间与时间是不能分割的。春夏秋冬配合着东南西北。这个意识表现在秦汉的哲学思想里。时间的节奏（一岁十二月二十四节）率领着空间方位（东南西北等）以构成我们的宇宙。所以我们的空间感觉随着我们的时间感觉而节奏化了、音乐化了！画家在画面所欲表现的不只是一个建筑意味的空间"宇"，而须同时具有音乐意味的时间节奏"宙"。一个充满音乐情趣的宇宙（时空合一体）是中国画家、诗人的艺术境界。画家、诗人对这个宇宙的态度是像宗炳所说的"身所盘桓，目所绸缪，以形写形，以色貌色"。六朝刘勰在他的名著《文心雕龙》里也说到诗人对于万物是：

> 目既往还，心亦吐纳。……情往似赠，兴味如答。

"目所绸缪"的空间景是不采取西洋透视看法集合于一个焦点，而采取数层视点以构成节奏化的空间。这就是中国画家的"三远"之说。"目既往还"的空间景是《易经》所说"无往不复，天地际也"。我们再分别论之。

宋画家郭熙所著《林泉高致·山川训》云：

> 山有三远：自山下而仰山巅，谓之高远。自山前而窥山后，谓之深远。自近山而望远山，谓之平远。高远之色清明，深远之色重晦，平远之色有明有晦。高远之势突兀，深远之意重叠，平远之意冲融而缥缥缈缈。其人物之在三远也，高远者明了，深远者细碎，平远者冲澹。明了者不短，细碎者不长，冲澹者不大。此三远也。

西洋画法上的透视法是在画面上依几何学的测算构造一个三进向的空间的幻景。一切视线集结于一个焦点（或消失点）。正如邹一桂所说："布影由阔而狭，以三角量之。画宫室于墙壁，令人几欲走进。"而中国"三远"之法，则对于同此一片山景"仰山巅，窥山后，望远山"，我们的视线是流动的、转折的。由高转深，由深转近，再横向于平远，成了一个节奏化的行动。郭熙又说："正面溪山林木，盘折委曲，铺设其景而来，不厌其详，所以足人目之近寻也。傍边平远，峤岭重叠，勾连缥缈而去，不厌其远，所以极人目之旷望也。"他对于高远、深远、平远，用俯仰往还的视线，抚摩之，眷恋之，一视同仁，处处流连。这与西洋透视法从一固定角度把握"一远"，大相径庭。而正是宗炳所说的"身所盘桓，目所绸缪"的境界。苏东坡诗云："赖有高楼能聚远，一时收拾与闲人。"真能说出中国诗人、画家对空间的吐纳与表现。

由这"三远法"所构的空间不复是几何学的科学性的透视空间，而是诗意的创造性的艺术空间。趋向着音乐境界，渗透了时间节奏。它的构成不依据算学，而依据动力学。清代画论家华琳名之曰"推"。（华琳生于乾隆五十六年，卒于道光三十年）华琳在他的《南宗抉秘》里有一段论"三远法"，极为精彩。可惜还不为人所注意。兹不惜篇幅，详引于下，并略加阐扬。华琳说：

旧谱论山有三远云："自下而仰其巅曰高远，自前而窥其后曰深远，自近而望及远曰平远。"此三远之定名也。又云："远欲其高，当以泉高之，远欲其深，当以云深之。远欲其平，当以烟平之。"此三远之定法也。乃吾见诸前辈画，其所作三远，山间有将泉与云颠倒用之者。又或有泉与云与烟一无所用者。而高者自高，深者自深，平者自平。于旧谱所论，大相径庭，何也？因详加揣测，悉心临摹，久而顿悟其妙。盖有推法焉！局架独耸，虽无泉而已具自高之势。层次加密，虽无云而已有可深之势。低徧其形，虽无烟而已成必平之势。高也深也平也，因形取势。胎骨既定，纵欲不高不深不平而不可得。惟三远为不易！然高者由卑以推之，深者由浅以推之，至于平则必不高，仍须于平中之卑处以推及高。平则必不深，亦须于平中之浅处以推及深。推之法得，斯远之神得矣！（按："推"是由线纹的力的方向及组织以引动吾人空间深远平之感入。不由几何形线的静的透视的秩序，而由生动线条的节奏趋势以引起空间感觉。如中国书法所引起的空间感。我名之为力线律动所构的空间境。如现代物理学所说的电磁也）但以堆叠为推，以穿研为推则不可！或曰："将何以为推乎？"余曰："似离而合四字实推之神髓。（按：似离而合即有机的统一。化空间为生命境界，成了力线律动的原野）假使以离为推，致彼此间隔，则是以形推，非以神推也。（按：西洋透视法是以离为推也）且亦有离开而仍推不远者！况通幅丘壑无处处间隔之理，亦不可无离开之神。若处处合成一片，高与深与平，又皆不远矣。似离而合，无遗蕴矣！"或又曰："似离而合，毕竟以何法取之？"余曰："无他，疏密其笔，浓淡其墨，上下四旁，明晦借映。以阴可以推阳，以阳亦可以推阴。直观之如决流之推波。睨视之如行云之推月。无往非以笔推，无往非以墨推。似离而合之法得，即推之法得。远之法亦即尽于是矣。"乃或曰："凡作画何处不当疏密其笔，浓淡其墨，岂独推法用之乎？"不知遇当推之势，作者自宜别有经营。于疏密其笔，浓淡其墨之中，又绘出一段斡旋神理。倒转乎缩地勾魂之术。捉摸于探幽扣寂之乡。似于他处之疏密浓淡，其作用较为精细。此是悬解，难以专注。必欲实实指出，又何异以泉以云以烟者拘泥之见乎？

华琳提出"推"字以说明中国画面上"远"之表出。"远"不是以堆叠穿砑的几何学的机械式的透视法表出。而是由"似离而合"的方法视空间如一有机统一的生命境界。由动的节奏引起我们跃入空间感觉。直观之如决流之推波，睨视之如行云之推月。全以波动力引起吾人游于一个"静而与阴同德，动而与阳同波"（庄子语）的宇宙。空时意识油然而生，不待堆叠穿砑，测量推度，而自然涌现了！这种空间的体验有如鸟之拍翅，鱼之泳水，在一开一合的节奏中完成。所以中国山水的布局以三四大开合表现之。

中国人的最根本的宇宙观是《易经》上所说的"一阴一阳之谓道"。我们画面的空间感也凭借一虚一实、一明一暗的流动节奏表达出来。虚（空间）同实（实物）联成一片波流，如决流之推波。明同暗也联成一片波动，如行云之推月。这确是中国山水画上空间境界的表现法。而王船山所论王维的诗法，更可证明中国诗与画中空间意识的一致。王船山《诗绎》里说："右丞妙手能使在远者近，抟虚成实，则心自旁灵，形自当位。"使在远者近，就是像我们前面所引各诗中移远就近的写景特色。我们欣赏山水画，也是抬头先看见高远的山峰，然后层层向下，窥见深远的山谷，转向近景林下水边，最后横向平远的沙滩小岛。远山与近景构成一幅平面空间节奏，因为我们的视线是从上至下的流转曲折，是节奏的动。空间在这里不是一个透视法的三进向的空间，以作为布置景物的虚空间架，而是它自己也参加进全幅节奏，受全幅音乐支配着的波动。这正是抟虚成实，使虚的空间化为实的生命。于是我们欣赏的心灵，光被四表，格于上下。"神理流于两间，天地供其一目。"（王船山论谢灵运诗语）而万物之形在这新观点内遂各有其新的适当的位置与关系。这位置不是依据几何、三角的透视法所规定，而是如沈括所说的"折高折远自有妙理"。不在乎掀起屋角以表示自下望上的透视。而中国画在画台阶、楼梯时反而都是上宽而下窄，好像是跳进画内站到阶上去向下看。而不是像西画上的透视是从欣赏者的立脚点向画内看去，阶梯是近阔而远狭，下宽而上窄。西洋人曾说中国画是反透视的。他不知我们是从远向近看、从高向下看，所以"折高折远自有妙理"，另是一套构图。我们从既高且远的心灵的眼睛"以大观小"，俯仰宇宙，正如明朝沈灏《画麈》里赞美画中的境界说：

称性之作，直参造化。盖缘山河大地，品类群生，
皆自性现。其间卷舒取舍，如太虚片云，寒塘雁迹而已。

画家胸中的万象森罗，都从他的及万物的本体里流出来，呈
现于客观的画面。它们的形象位置一本乎自然的音乐，如片云舒
卷，自有妙理，不依照主观的透视看法。透视学是研究人站在一
个固定地点看出去的主观景界，而中国画家、诗人宁采取"俯仰
自得，游心太玄"，"目既往还，心亦吐纳"的看法，以达到"澄
怀味像"。（画家宗炳语）这是全面的客观的看法。

早在《易经·系辞》的传里已经说古代圣哲是"仰则观象
于天，俯则观法于地，观鸟兽之文与地之宜。近取诸身，远取诸
物"。俯仰往还，远近取与，是中国哲人的观照法，也是诗人的
观照法。而这观照法表现在我们的诗中画中，构成我们诗画中空
间意识的特质。

诗人对宇宙的俯仰观照由来已久，例证不胜枚举。汉苏武
诗："俯观江汉流，仰视浮云翔。"魏文帝诗："俯视清水波，仰看
明月光。"曹子建诗："俯降千仞，仰登天阻。"晋王羲之《兰亭
诗》："仰视碧天际，俯瞰渌水滨。"又《兰亭集序》："仰观宇宙
之大，俯察品类之盛，所以游目骋怀，足以极视听之娱，信可乐
也。"谢灵运诗："仰视乔木杪，俯聆大壑淙。"而左太冲的名句
"振衣千仞冈，濯足万里流"，也是俯仰宇宙的气概。诗人虽不
必直用俯仰字样，而他的意境是俯仰自得、游目骋怀的。诗人、
画家最爱登山临水。"欲穷千里目，更上一层楼"，是唐诗人王之

涣名句。所以杜甫尤爱用"俯"字以表现他的"乾坤万里眼，时序百年心"。他的名句如："游目俯大江""层台俯风渚""扶杖俯沙渚""四顾俯层巅""展席俯长流""傲睨俯峭壁""此邦俯要冲""江缆俯鸳鸯""缘江路熟俯青郊""俯视但一气，焉能辨皇州"等，用"俯"字不下十数处。"俯"不但联系上下远近，且有笼罩一切的气度。古人说：赋家之心，包括宇宙。诗人对世界是抚爱的、关切的，虽然他的立场是超脱的、洒落的。晋唐诗人把这种观照法递给画家，中国画中空间境界的表现遂不得不与西洋大异其趣了。

中国人与西洋人同爱无尽空间（中国人爱称太虚太空无穷无涯），但此中有很大的精神意境上的不同。西洋人站在固定地点，由固定角度透视深空，他的视线失落于无穷，驰于无极。他对这无穷空间的态度是追寻的、控制的、冒险的、探索的。近代无线电、飞机都是表现这控制无限空间的欲望。而结果是彷徨不安，欲海难填。中国人对于这无尽空间的态度却是如古诗所说的："高山仰止，景行行止，虽不能至，而心向往之。"人生在世，如泛扁舟，俯仰天地，容与中流，灵屿瑶岛，极目悠悠。中国人面对着平远之境而很少是一望无边的，像德国浪漫主义大画家菲德烈希（Friedrich）所画的杰作《海滨孤僧》那样，代表着对无穷空间的怅望。在中国画上的远空中必有数峰蕴藉，点缀空际，正如元人张秦娥诗云："秋水一抹碧，残霞几缕红，水穷云尽处，隐隐两三峰。"或以归雁晚鸦掩映斜阳。如陈国材诗云："红日晚天三四雁，碧波春水一双鸥。"我们向往无穷的心，须能有所安顿，归返自我，成一回旋的节奏。我们的空间意识的象征不是埃及的直线甬道，不是希腊的立体雕像，也不是欧洲近代人的无尽空间，而是潆洄委曲，绸缪往复，遥望着一个目标的行程（道）！我们的宇宙是时间率领着空间，因而成就了节奏化、音乐化了的"时空合一体"。这是"一阴一阳之谓道"。《诗经》上蒹葭三章很能表出这境界。其第一章云："蒹葭苍苍，白露为霜。所谓伊人，在水一方。溯洄从之，道阻且长。溯游从之，宛在水中央。"而我们前面引过的陶渊明的《饮酒》诗尤值得我们再三玩味：

> 采菊东篱下，悠然见南山。
>
> 山气日夕佳，飞鸟相与还。
>
> 此中有真意，欲辨已忘言。

　　中国人于有限中见到无限，又于无限中回归有限。他的意趣不是一往不返，而是回旋往复的。唐代诗人王维的名句云："行到水穷处，坐看云起时。"韦庄诗云："去雁数行天际没，孤云一点净中生。"储光羲的诗句云："落日登高屿，悠然望远山，溪流碧水去，云带清阴还。"以及杜甫的诗句："水流心不竞，云在意俱迟。"都是写出这"目既往还，心亦吐纳，情往似赠，兴来如答"的精神意趣。"水流心不竞"是不像欧洲浮士德精神的追求无穷。"云在意俱迟"，是庄子所说的"圣人达绸缪，周遍一体也"。也就是宗炳"目所绸缪"的境界。中国人抚爱万物，与万物同其节奏："静而与阴同德，动而与阳同波"（《庄子》语）。我们宇宙既是一阴一阳、一虚一实的生命节奏，所以它根本上是虚灵的时空合一体，是流荡着的生动气韵。哲人、诗人、画家，对于这世界是"体尽无穷而游无朕"（《庄子》语）。"体尽无穷"是已经证入生命的无穷节奏，画面上表出一片无尽的律动，如空中的乐奏。"而游无朕"，即是在中国画的底层的空白里表达着本体"道"（无朕境界）。庄子曰："瞻彼阙（空处）者，虚室生白。"这个虚白不是几何学的空间间架，死的空间，所谓顽空，而是创化万物的永恒运行着的道。这"白"是"道"的吉祥之光（见《庄子》）。宋朝苏东坡之弟苏辙在他《论语解》内说得好：

> 贵真空，不贵顽空。盖顽空则顽然无知之空，木石是也。若真空，则犹之天焉！湛然寂然，元无一物，然四时自尔行，百物自尔生。粲为日星，溽为云雾。沛为雨露，轰为雷霆。皆自虚空生。而所谓湛然寂然者自若也。

苏东坡也在诗里说："静故了群动，空故纳万境。"这纳万境与群动的空即是道。即是老子所说"无"，也就是中国画上的空间。老子曰：

> 道之为物，惟恍惟惚。
> 惚兮恍兮，其中有象。
> 恍兮恍兮，其中有物。
> 窈兮冥兮，其中有精。
> 其精甚真，其中有信。
>
> ——《老子·二十一章》

这不就是宋代的水墨画，如米芾云山所表现的境界吗？

杜甫也自夸他的诗"篇终接混茫"。庄子也曾赞"古之人在混茫之中"。明末思想家兼画家方密之自号"无道人"。他画山水淡烟点染，多用秃笔，不甚求似。尝戏示人曰："此何物？正无道人得'无'处也！"

中国画中的虚空不是死的物理的空间间架，俾物质能在里面移动，反而是最活泼的生命源泉。一切物象的纷纭节奏从它里面流出来！我们回想到前面引过的唐诗人韦应物的诗；"万物自生听，太空恒寂寥。"王维也有诗云："徒然万象多，澹尔太虚缅。"都能表明我所说的中国人特殊的空间意识。

而李太白的诗句："地形连海尽，天影落江虚"，更有深意。有限的地形接连无涯的大海，是有尽融入无尽。天影虽高，而俯落江面，是自无尽回注有尽，使天地的实相变为虚相，点化成一片空灵。宋代哲学家程伊川曰："冲漠无朕，而万象昭然已具。"昭然万象以冲漠无朕为基础。老子曰："大象无形。"诗人、画家由纷纭万象的摹写以证悟到"大象无形"。用太空、太虚、无、混茫，来暗示或象征这形而上的道，这永恒创化着的原理。中国山水画在六朝初萌芽时，画家宗炳绘所游历山川于壁上曰："老病俱至，名山恐难遍游，唯当澄怀观道，卧以游之！"这"道"就是实中之虚，即实即虚的境界。明画家李日华说："绘画必以微茫惨淡为妙境，非性灵廓彻者未易证入，以虚淡中含意多耳！"

宗炳在他的《画山水序》里已说到"山水质有而趋灵"。所以明代徐文长赞夏圭的山水卷说："观夏圭此画，苍洁旷迥，令人

99

舍形而悦影！"我们想到老子说过："五色令人目盲。"又说："玄之又玄，众妙之门"（玄，青黑色），也是舍形而悦影，舍质而趋灵。王维在唐代彩色绚烂的风气中高唱"画道之中水墨为上"。连吴道子也行笔磊落，于焦墨痕中略施微染，轻烟淡彩，谓之吴装。当时中国画受西域影响，壁画色彩，本是浓丽非常。现在敦煌壁画，可见一斑。而中国画家的"艺术意志"却舍形而悦影，走上水墨的道路。这说明中国人的宇宙观是"一阴一阳之谓道"，道是虚灵的，是出没太虚自成文理的节奏与和谐。画家依据这意识构造他的空间境界，所以和西洋传统的依据科学精神的空间表现自然不同了。宋人陈涧上赞美画僧觉心说："虚静师所造者道也。放乎诗，游戏乎画，如烟云水月，出没太虚，所谓风行水上，自成文理者也。"（见邓椿《画继》）

中国画中所表现的万象，正是出没太虚而自成文理的。画家由阴阳虚实谱出的节奏，虽涵泳在虚灵中，却绸缪往复，盘桓周旋，抚爱万物，而澄怀观道。清初周亮工的《读画录》中载庄淡庵题凌又蕙画的一首诗，最能道出我上面所探索的中国诗画所表现的空间意识。诗云：

性僻羞为设色工，聊将枯木写寒空。

洒然落落成三径，不断青青聚一丛。

人意萧条看欲雪，道心寂历悟生风。

低回留得无边在，又见归鸦夕照中。

中国人不是向无边空间作无限制的追求，而是"留得无边在"，低回之，玩味之，点化成了音乐。于是夕照中要有归鸦。"众鸟欣有托，吾亦爱吾庐。"（陶渊明诗）我们从无边世界回到万物，回到自己，回到我们的"宇"。"天地入吾庐"，也是古人的诗句。但我们却又从"枕上见千里，窗中窥万室"（王维诗句）神游太虚，超鸿蒙，以观万物之浩浩流衍，这才是沈括所说的"以大观小"！

清代布颜图在他的《画学心法问答》里一段话说得好：

> 问布置之法，曰：所谓布置者，布置山川也。宇宙之间，惟山川为大。始于鸿蒙，而备于大地。人莫究其所以然。但拘拘于石法树法之间，求长觅巧，其为技也不亦卑乎？制大物必用大器。故学之者当心期于大。必先有一段海阔天空之见存于有迹之内，而求于无迹之先。无迹者鸿蒙也，有迹者大地也。有斯大地而后有斯山川，有斯山川而后有斯草木，有斯草木而后有斯鸟兽生焉，黎庶居焉。斯固定理昭昭也。今之学者必须意在笔先，铺成大地，创造山川。其远近高卑，曲折深浅，皆令各得其势而不背，则格制定矣。

又说：

> 学经营位置而难于下笔？以素纸为大地，以炭朽为鸿钧，以主宰为造物。用心目经营之，谛视良久，则纸上生情，山川恍惚，即用炭朽钩定，转视则不可复得

矣！此易之所谓寂然不动感而后通也。

这是我们先民的创造气象！对于现代的中国人，我们的山川大地不仍是一片音乐的和谐吗？我们的胸襟不应当仍是古画家所说的"海阔从鱼跃，天高任鸟飞"吗？我们不能以大地为素纸，以学艺为鸿钧，以良知为主宰，创造我们的新生活新世界吗？

中国书法里的美学思想

唐代孙过庭《书谱》里说：

> 羲之写《乐毅》则情多怫郁，书《画赞》则意涉瑰奇，《黄庭经》则怡怿虚无，《太师箴》又纵横争折，暨乎《兰亭》兴集，思逸神超，私门诚誓，情拘志惨，所谓涉乐方笑，言哀已叹。

人愉快时，面呈笑容，哀痛时放出悲声，这种内心情感也能在中国书法里表现出来，像在诗歌音乐里那样。别的民族写字还没有能达到这种境地的。中国的书法何以会有这种特点？

唐代韩愈在他的《送高闲上人序》里说：

> 张旭善草书，不治他技，喜怒窘穷，忧悲愉佚，怨恨思慕，酣醉，无聊，不平，有动于心，必于草书焉发

之。观于物，见山水崖谷，鸟兽虫鱼，草木之花实，日月列星，风雨水火，雷霆霹雳，歌舞战斗，天地事物之变，可喜可愕，一寓于书，故旭之书变动犹鬼神，不可端倪，以此终其身而名后世。

张旭的书法不但抒写自己的情感，也表出自然界各种变动的形象。但这些形象是通过他的情感所体会的，是"可喜可愕"的；他在表达自己的情感中同时反映出或暗示着自然界的各种形象。或借着这些形象的概括来暗示着他自己对这些形象的情感。这些形象在他的书法里不是事物的刻画，而是情景交融的"意境"，像中国画，更像音乐，像舞蹈，像优美的建筑。

现在我们再引一段书家自己的表白。后汉大书法家蔡邕说："凡欲结构字体，皆须像其一物，若鸟之形，若虫食禾，若山若树，纵横有托，运用合度，方可谓书。"元代赵子昂写"子"字时，先习画鸟飞之形"𛀁"，使子字有这鸟飞形象的暗示。他写"为"字时，习画鼠形数种，穷极它的变化，如𝓭𝓫𝓼。他从"为"字得到"鼠"形的暗示，因而积极地观察鼠的生动形象，吸取着深一层的对生命形象的构思，使"为"字更有生气、更有意味、内容更丰富。这字已不仅是一个表达概念的符号，而是一个表现生命的单位，书家用字的结构来表达物象的结构和生气勃勃的动作了。

这个生气勃勃的自然界的形象，它的本来的形体和生命，是由什么构成的呢？常识告诉我们：一个有生命的躯体是由骨、肉、筋、血构成的。"骨"是生物体最基本的间架，由于骨，一个生物体才能站立起来和行动。附在骨上的筋是一切动作的主持者，筋是我们运动感的源泉。敷在骨筋外面的肉，包裹着它们而使一个生命体有了形象。流贯在筋肉中的血液营养着、滋润着全部形体。有了骨、筋、肉、血，一个生命体诞生了。中国古代的书家要想使"字"也表现生命，成为反映生命的艺术，就须用他所具有的方法和工具在字里表现出一个生命体的骨、筋、肉、血的感觉来。但在这里不是完全像绘画，直接模示客观形体，而是通过较抽象的点、线、笔画，使我们从情感和想象里体会到客体形象里的骨、筋、肉、血，就像音乐和建筑也能通过诉之于我们情感及身体直感的形象来启示人类的生活内容和意义。[①]

中国人写的字，能够成为艺术品，有两个主要因素：一是由于中国字的起始是象形的，二是中国人用的笔。许慎《说文·序》解释文字的定义说：仓颉之初作书，盖依类象形，故谓之文，其

[①] 明人丰坊的《笔诀》里说："书有筋骨血肉，筋生于腕，腕能悬，则筋骨相连而有势，骨生于指，指能实，则骨体坚定而不弱。血生于水，肉生于墨，水须新汲，墨须新磨，则燥湿停匀而肥瘦适可。然大要先知笔缺，斯众美随之矣。"近人丁文隽对这段话解说得很清楚，他说："于人，骨所以支形体，筋所以司动转。骨贵劲健而筋贵灵活，故书，点画劲健者谓之有骨，软弱者谓之无骨。点画灵活者谓之有筋，呆板者谓之无筋。欲求点画之劲健。必须毫无虚发，墨无旁溢，功在指实，故曰骨生于指。欲求点画之灵活，必须纵横无疑，提顿从心，功在暑腕，故曰筋生于腕。点画劲健飞动则见刚柔之情，生动静之态，自然神完气足。故曰筋骨相连而有势，势即赅刚柔动静之情态而言之也。夫书以点画为形，以水墨为质者也。于人，筋骨血肉同属于质，于书，则筋骨所以状其点画，属于形，血肉所以言其水墨，属于质。无质则形不生，无水墨则点画不成。水湿而清，其性犹血。故曰血生于水。墨浓而浊，其性犹肉，故曰肉生于墨，血贵燥湿合度，燥湿合度谓之血润。肉贵肥瘦适中，肥瘦适中谓之肉莹。血肉惟恐其多，多则筋骨不见。筋骨贵惟患其少，少则神气全无。必也四质停匀，始为尽善尽美。然非巧智兼优，心手双善者，不克臻此。"——作者原注

后形声相益，即谓之字，字者，言孳乳而浸多也（此依徐铉本，段玉裁据《左传正义》，补"文者物象之本"句），文和字是对待的。单体的字，像水木，是"文"，复体的字，像江河杞柳，是"字"，是由"形声相益，孳乳而浸多"来的。写字在古代正确的称呼是"书"。书者如也，书的任务是如，写出来的字要"如"我们心中对于物象的把握和理解。用抽象的点画表出"物象之"，这也就是说物象中的"文"，就是交织在一个物象里或物象和物象的相互关系里的条理：长短、大小、疏密、朝揖、应接、向背、穿插等等的规律和结构。而这个被把握到的"文"，同时又反映着人对它们的情感反应。这种"因情生文，因文见情"的字就升华到艺术境界，具有艺术价值而成为美学的对象了。

第二个主要因素是笔。书字从聿（yù），聿就是笔，篆文𦘒，像手把笔，笔杆下扎了毛。殷朝人就有了笔，这个特殊的工具才使中国人的书法有可能成为一种世界独特的艺术，也使中国画有了独特的风格。中国人的笔是把兽毛（主要用兔毛）捆缚起做成的。它铺毫抽锋，极富弹性，所以巨细收纵，变化无穷。这是欧洲人用管笔、钢笔、铅笔以及油画笔所不能比的。从殷朝发明了和运用了这支笔，创造了书法艺术，历代不断有伟大的发展，到唐代各门艺术，都发展到极盛的时候，唐太宗李世民独独宝爱晋人王羲之所写的《兰亭序》，临死时不能割舍，恳求他的儿子让他带进棺去。可以想见在中国艺术最高峰时期中国书法艺术所占的地位了。这是怎样可能的呢？

我们前面已说过是基于两个主要因素，一是中国字在起始的时候是象形的，这种形象化的意境在后来"孳乳浸多"的"字体"

里仍然潜存着、暗示着。在字的笔画里、结构里、章法里，显示着形象里面的骨、筋、肉、血，以至于动作的关联。后来从象形到谐声，形声相益，更丰富了"字"的形象意境，像江字、河字，令人仿佛目睹水流，耳闻汩汩的水声。所以唐人的一首绝句若用优美的书法写了出来，不但是使我们领略诗情，也同时如睹画境。诗句写成对联或条幅挂在壁上，美的享受不亚于画，而且也是一种综合艺术，像中国其他许多艺术那样。

中国文字成熟可分三期：一、纯图画期；二、图画佐文字期；三、纯文字期。[1]纯图画期，是以图画表达思想，全无文字。如鼎文（殷文存上，一上）：

凸像一人抱小儿，作为"尸"来祭祀祖先。礼："君子抱孙不抱子。"

又如瓯文（殷文存，下廿四，下）：

像一人持钺献俘的情形。

叶玉森的《铁云藏龟拾遗》里第六页影印殷墟甲骨上一字为猿猴形，神态毕肖，可见殷人用笔画抓住"物象之本""物象之文"的技能。

像这类用图画表达思想的例子很多。后来到"图画佐文字时期"，在一篇文字里往往夹杂着鸟兽等形象，我们说中国书画同源是有根据的。而且在整个书画史上，画和书法的密切关系始终保持着。要研究中国画的特点，不能不研究中国书法。我从前曾经说过，写西方美术史，往往拿西方各时代建筑风格的变迁做骨

---

[1] 胡小石：《古文变迁论》，解放前南京中央大学《文艺丛刊》第 1 卷第 1 期。又《书艺略论》，《江海学刊》1961 年第 7 期。

干来贯串，中国建筑风格的变迁不大，不能用来区别各时代绘画雕塑风格的变迁。而书法却自殷代以来，风格的变迁很显著，可以代替建筑在西方美术史中的地位，凭借它来窥探各个时代艺术风格的特征。这个工作尚待我们去做，这里不过是一个提议罢了。

我们现在谈谈中国书艺里的用笔、结体、章法所表现的美学思想。我们在此不能多谈到书法用笔的技术性方面的问题。这方面，古人已讲得极多了。我只谈谈用笔里的美学思想。中国文字的发展，由模写形象里的"文"，到孳乳浸多的"字"，象形字在量的方面减少了，代替它的是抽象的点线笔画所构成的字体。通过结构的疏密、点画的轻重、行笔的缓急，表现作者对形象的情感，发抒自己的意境，就像音乐艺术从自然界的群声里抽出纯洁的"乐音"来，发展这乐音间相互结合的规律。用强弱、高低、节奏、旋律等有规则的变化来表现自然界、社会界的形象和自心的情感。近代法国大雕刻家罗丹曾经对德国女画家萝斯蒂兹说："一个规定的线（文）通贯着大宇宙，赋予了一切被创造物。如果他们在这线里面运行着，而自觉着自由自在，那是不会产生出任何丑陋的东西来的。希腊人因此深入地研究了自然，他们的完美是从这里来的，不是从一个抽象的'理念'来的。人的身体是一座庙宇，具有神样的诸形式。"又说："表现在一胸像造形里的要务，是寻找那特征的线纹。低能的艺术家很少具有这胆量单独地强调出那要紧的线，这需要一种决断力，像仅有少数人才能具有的那样。"①

我们古代伟大的先民就属于罗丹所说的少数人。古人传述仓

①　海伦·萝斯蒂兹著《罗丹在谈话和书信中》一书。——作者原注

颉造字时的情形说:"颉首四目,通于神明,仰观奎星圆曲之势,俯察龟文鸟迹之象,博采众美,合而为字。"仓颉并不是真的有四只眼睛,而是说他象征着人类从猿进化到人,两手解放了,全身直立,因而双眼能仰观天文、俯察地理,好像增加了两个眼睛,他能够全面地、综合地把握世界,透视那通贯着大宇宙赋予了万物的规定的线,因而能在脑筋里构造概念,又用"文""字"来表示这些概念。"人"诞生了,文明诞生了,中国的书法也诞生了。中国最早的文字就具有美的性质。邓以蛰先生在《书法之欣赏》里说得好:

> 甲骨文字,其为书法抑纯为符号,今固难言,然就书之全体而论,一方面固纯为横竖转折之笔画所组成,若后之施于真书之"永字八法",当然无此繁杂之笔调。他方面横竖转折却有其结构之意,行次有其左行右行之分,又以上下字连贯之关系,俨然有其笔画之可增可减,如后之行草书然者。至其悬针垂韭之笔致,横直转折,安排紧凑,四方三角等之配合,空白疏密之调和,诸如此类,竟能给一段文字以全篇之美观,此美莫非来自意境而为当时书家之精心结撰可知也。至于钟鼎彝器之款识铭词,其书法之圆转委婉,结体行次之疏密,虽有优劣,其优者使人觅之如仰观满天星斗,精神四射。古人言仓颉造字之初云:"颉首四目,通于神明,仰观奎星圆曲之势,俯察龟文鸟迹之象,博采众美,合而为字",今以此语形容吾人观看长篇钟鼎铭词如毛公

鼎、散氏盘之感觉，最为恰当。石鼓以下，又加以停匀整齐之美。至始皇诸刻石，笔致虽仍为篆体，而结体行次，整齐之外，并见端庄，不仅直行之空白如一，横行亦如之，此种整齐端庄之美至汉碑八分而至其极，凡此皆字之于形式之外，所以致乎美之意境也。

邓先生这段话说出了中国书法在创造伊始，就在实用之外，同时走上艺术美的方向，使中国书法不像其他民族的文字，停留在作为符号的阶段，而成为表达民族美感的工具。

现在从美学观点来考察中国书法里的用笔、结体和章法。

一、用笔

用笔有中锋、侧锋、藏锋、出锋，方笔、圆笔、轻重、疾徐等等区别，皆所以运用单纯的点画而成其变化，来表现丰富的内心情感和世界诸形象，像音乐运用少数的乐音，依据和声、节奏与旋律的规律，构成千万乐曲一样。但宋朝大批评家董逌在《广川画跋》里说得好："且观天地生物，特一气运化尔，其功用秘移，与物有宜，莫知为之者，故能成于自然。"他这话可以和罗丹所说的"一个规定的线通贯着大宇宙，赋予了一切被创造物。如果他们在这线里面运行着，而自觉着自由自在"相印证。所以千笔万笔，统于一笔，正是这一笔的运化尔！

罗丹在万千雕塑的形象里见到这一条贯注于一切中的"线"，

中国画家在万千绘画的形象中见到这一笔画，而大书法家却是运此一笔以构成万千的艺术形象，这就是中国历代丰富的书法。唐朝伟大的批评家和画史的创作者张彦远在《历代名画记》里论顾、陆、张、吴诸大画家的用笔时说："顾恺之之迹，紧劲联绵，循环超忽，调格逸易，风趋电疾，意存笔先，画尽意在，所以全神气也。昔张芝学崔瑗、杜度草书之法，因而变之，以成今草书之体势，一笔而成，气脉通连，隔行不断。唯王子敬（献之）明其深旨，故行首之字，往往继其前行，世上谓之一笔书。其后陆探微亦作一笔画，连绵不断，故知书画用笔同法。"张彦远谈到书画法的用笔时，特别指出这"一笔而成，气脉通连"，和罗丹所指出的通贯宇宙的一根线，一千年间，东西艺人，遥遥相印。可见中国书画家运用这"一笔"的点画，创造中国特有的丰富的艺术形象，是有它的艺术原理上的根据的。

但这里所说的一笔书、一笔画，并不真是一条不断的线纹，像宋人郭若虚在《图画见闻志》里所记述的戚文秀画水图里那样，"图中有一笔长五丈……自边际起，通贯于波浪之间，与众毫不失次序，超腾回折，实逾五丈矣。"而是像郭若虚所要说明的，"王献之能为一笔书，陆探微能为一笔画，无适（……意译为：并不是）一篇之文，一物之象而能一笔可就也。乃是自始及终，笔有朝揖，连绵相属，气脉不断。"这才是一笔画一笔书的正确的定义。所以古人所传的"永字八法"，用笔为八而一气呵成，血脉不断，构成一个有骨有肉有筋有血的字体，表现一个生命单位，成功一个艺术境界。

用笔怎样能够表现骨、肉、筋、血来，成为艺术境界呢？三国时魏国大书法家钟繇说道："笔迹者界也，流美者人也，……见万象皆类之。"笔蘸墨画在纸帛上，留下了笔迹（点画），突破了空白，创始了形象。石涛《画语录》第一章"一画章"里说得好：

> 太古无法，太朴不散，太朴一散，而法立矣。法于何立？立于一画。一画者众有之本，万象之根。……人能以一画具体而微，意明笔透。腕不虚则画非是，画非是则腕不灵。动之以旋，润之以转，居之以旷，出如截，入如揭，能圆能方，能直能曲，能上能下，左右均齐，凸凹突兀，断截横斜，如水之就下，如火之炎上，自然而不容毫发强也，用无不神而法无不贯也。理无不入而态无不尽也。信手一挥，山川、人物、鸟兽、草木、池榭、楼台，取形用势，写生揣意，运夢景显，露隐含人，不见其画之成画，不违其心之用心，盖自太朴散而一画之法立矣。一画之法立而万物著矣。

从这一画之笔迹，流出万象之美，也就是人心内之美。没有人，就感不到这美，没有人，也画不出、表不出这美。所以钟繇说："流美者人也。"所以罗丹说："通贯大宇宙的一条线，万物在它里面感到自由自在，就不会产生出丑来。"画家、书家、雕塑家创造了这条线（一画），使万象得以在自由自在的感觉里表现自己，这就是"美"！美是从"人"流出来的，又是万物形象里节奏旋律的体现。所以石涛又说：

夫画者从于心者也。山川人物之秀错，鸟兽草木之性情，池榭楼台之矩度，未能深入其理，曲尽其态，终未得一画之洪规也。行远登高，悉起肤寸，此一画收尽鸿蒙之外，即亿万万笔墨，未有不始于此而终于此，惟听人之握取之耳！

所以中国人这支笔，开始于一画，界破了虚空，留下了笔迹，既流出人心之美，也流出万象之美。罗丹所说的这根通贯宇宙、遍及于万物的线，中国的先民极早就在书法里、在殷墟甲骨文、在商周钟鼎文、在汉隶八分、在晋唐的真行草书里，做出极丰盛的、创造性的反映了。

人类从思想上把握世界，必须接纳万象到概念的网里，纲举而后目张，物物明朗。中国人用笔写象世界，从一笔入手，但一笔画不能摄万象，须要变动而成八法，才能尽笔画的"势"，以反映物象里的"势"。禁经云："八法起于隶字之始，自崔（瑗）张（芝）钟（繇）王（羲之）传授所用，该于万字而为墨道之最。"又云："昔逸少（王羲之）攻书多载，廿七年偏攻永字。以其备八法之势，能通一切字也。"隋僧智永欲存王氏典型，以为百家法祖，故发其旨趣。智永的永字八法是：

、侧法第一（如鸟翻然侧下）

一 勒法第二（如勒马之用缰）

丨 努法第三（用力也）

亅 趯法第四（趯音剔，跳貌与跃同）

丿 策法第五（如策马之用鞭）

113

丿 掠法第六（如篦之掠发）

丿 啄法第七（如鸟之啄物）

乀 磔法第八（磔音窄，裂牲谓之磔，笔锋开张也）

八笔合成一个"永"字。宋人姜白石《续书谱》说："真书用笔，自有八法，我尝采古人之字，列之为图，今略言其指。点者，字之眉目，全借顾盼精神，有向有背，所贵长短合宜，结束坚实。八者，字之手足，伸缩异度，变化多端，要如鱼翼鸟翅，有翩翩自得之状。乚丿者，字之步履，欲其沉实。"这都是说笔画的变形多端，总之，在于反映生命的运动。这些生命运动在宇宙线里感得自由自在，呈"翩翩自得之状"，这就是美。但这些笔画，由于悬腕中锋，运全身之力以赴之，笔迹落纸，一个点不是平铺的一个面，而是有深度的，它是螺旋运动的终点，显示着力量，跳进眼帘。点，不称"点"而称为"侧"，是说它的"势"，左顾右瞰，欹侧不平。卫夫人笔阵图里说："点如高峰坠石，磕磕然实如崩也。"这是何等石破天惊的力量。一个横画本说是横，而称为"勒"，是说它的"势"，牵缰勒马，跃然纸上。钟繇云："笔迹者界也，流美者人也。""美"就是势、是力、就是虎虎有生气的节奏。这里见到中国人的美学倾向于壮美，和谢赫的《画品》里的见地相一致。

一笔而具八法，形成一字，一字就像一座建筑，有栋梁椽柱，有间架结构。西方美学从希腊的庙堂抽象出美的规律来。如均衡、比例、对称、和谐、层次、节奏等等，至今成为西方美学里美的形式的基本范畴，是西方美学首先要加以分析研究的。我们从古人论书法的结构美里也可以得到若干中国美学的范畴，这就可以拿来和西方美学里的诸范畴作比较研究，观其异同，以丰富世界的美学内容，这类工作尚有待我们开始来做。现在我们谈谈中国书法里的结构美。

二、结构

字的结构，又称布白，因字由点画连贯穿插而成，点画的空白处也是字的组成部分，虚实相生，才完成一个艺术品。空白处应当计算在一个字的造形之内，空白要分布适当，和笔画具同等的艺术价值。所以大书法家邓石如曾说书法要"计白当黑"，无笔墨处也是妙境呀！这也像一座建筑的设计，首先要考虑空间的分布，虚处和实处同样重要。中国书法艺术里这种空间美，在篆、隶、真、草、飞白里有不同的表现，尚待我们钻研；就像西方美学研究哥提式①、文艺复兴式、巴洛刻②式建筑里那些不同的空间感一样。空间感的不同，表现着一个民族、一个时代、一个阶级，在不同的经济基础上，社会条件里不同的世界观和对生活最深的体会。

商周的篆文、秦人的小篆、汉人的隶书八分、魏晋的行草、唐人的真书、宋明的行草，各有各的姿态和风格。古人曾说"晋人尚韵，唐人尚法，宋人尚意，明人尚态"，这是人们开始从字形的结构和布白里见到各时代风格的不同。（书法里这种不同的

---

① 哥提式：今译"哥特式"。
② 巴洛刻：今译"巴洛克"。

风格也可以在它们同时代的其他艺术里去考察）

"唐人尚法"，所以在字体上真书特别发达（当然有它的政治原因、社会基础，现在不多述），他们研究真书的字体结构也特别细致。字体结构中的"法"，唐人的探讨是有成就的。人类是依据美的规律来创造的，唐人所述的书法中的"法"，是我们研究中国古代的美感和美学思想的好资料。

相传唐代大书法家欧阳询曾留下真书字体结构法三十六条。（故宫现在藏有他自己的墨迹《梦奠帖》）由于它的重要，我不嫌累赘，把它全部写出来，供我们研究中国美学的同志们参考，我觉得我们可以从它们开始来窥探中国美学思想里的一些基本范畴。我们可以从书法里的审美观念再通于中国其他艺术，如绘画、建筑、文学、音乐、舞蹈、工艺美术等。我以为这有美学方法论的价值。但一切艺术中的法，只是法，是要灵活运用，要从有法到无法，表现出艺术家独特的个性与风格来，才是真正的艺术。艺术是创造出来，不是"如法炮制"的。何况这三十六条只是适合于真书的，对于其他书体应当研究它们各自的内在的美学规律。现在介绍欧阳询的结字三十六法，是依据戈守智所纂著的《汉溪书法通解》。他自己的阐发也很多精义，这里引述不少，不一一注出。

（1）**排叠**

字欲其排叠，疏密停匀，不可或阔或狭，如"壽藥畫筆麗羸爨"之字，系旁言旁之类，八法所谓分间布白，又曰调匀点画是也。

戈守智说：排者，排之以疏其势。叠者，叠之以密其间也。大凡字之笔画多者，欲其有排特之势。不言促者，欲其字里茂

116

密，如重花叠叶，笔笔生动，而不见拘苦繁杂之态。则排叠之所以善也。故曰"分间布白"，谓点画各有位置，则密处不犯而疏处不离。又曰"调匀点画"，谓随其字之形体，以调匀其点画之大小与长短疏密也。

李淳亦有堆积二例，谓堆者累累重叠，欲其铺匀。积者，緫緫繁紊，求其整饬。"晶品晶磊"堆之例也。"爨鬱靈廮"积之例也。而别置"壽疊畫量"为匀画一例。"馨聲繁繫"为错综一例，俱不出排叠之法。

（2）避就

避密就疏，避险就易，避远就近。欲其彼此映带得宜，如"庐"字上一撇既尖，下一撇不应相同。"俯"字一笔向下，一笔向左。"逢"字下"辶"拔出，则上笔作点，亦避重叠而就简径也。

（3）顶戴

顶戴者，如人戴物而行，又如人高妆大髻，正看时，欲其上下皆正，使无偏侧之形。旁看时，欲其玲珑松秀，而见结构之巧。如"臺""響""營""帶"。戴之正势也。高低轻重，纤毫不偏。便觉字体稳重。"聳""藝""髫""鴛"，戴之侧势也。长短疏密，极意作态，便觉字势峭拔，又此例字，尾轻则灵，尾重则滞，不必过求匀称，反致失势。（戈守智）

（4）穿插

穿者，穿其宽处。插者，插其虚处也。如"中"字以竖穿之。"册"字以画穿之。"爽"字以撇穿之。皆穿法也。"曲"字以竖插之，"爾"字以"乂"插之。"密"字以点啄插之。皆插法也。（戈）

117

（5）向背

向背，左右之势也。向内者向也。向外者背也。一内一外者，助也。不内不外者，并也。如"好"字为向，"北"字为背，"腿"字助右，"剔"字助左，"赃""棘"之字并立。（戈）

（6）偏侧

一字之形，大都斜正反侧，交错而成，然皆有一笔主其势者。陈绎曾所谓以一为主，而七面之势倾向之也。下笔之始，必先审势。势归横直者正。势归斜侧戈勾者偏。（戈）

（7）挑撤

连者挑，曲者撤。挑者取其强劲，撤者意在虚和。如"戈弋丸气），曲直本是一定，无可变易也。又如"献勵"之撇，婉转以附左，"省炙"之撇，曲折以承上，此又随字变化，难以枚举也。（戈）

（8）相让

字之左右，或多或少，须彼此相让，方为尽善。如"馬旁糸旁鳥旁"诸字，须左边平直，然后右边可作字，否则妨碍不便。如"蠻"字以中央言字上画短，让两糸出，如"辮"字以中央力字近下，让两辛字出。又如"嗚呼"字，口在左者，宜近上，"和""扣"字，口在右者，宜近下。使不妨碍然后为佳。

（9）补空

补空，补其空处，使与完处相同，而得四满方正也。又疏势不补，惟密势补之。疏势不补者，谓其势本疏而不整。如"少"字之空右。"戈"字之空左。岂可以点撤补方。密势补之者，如智永千字文书"埵"字，以左画补右。欧因之以书"聖"字。法帖中此类甚多，所以完其神理，而调匀其八边也。

又如"年"字谓之空一，谓二画之下，须空出一画地位，而后置第三画也。

"丕"字谓之豁二，谓一画之下，须空出两画地位，而后置二画也。"烹"字谓之隔三，谓了字中勾，须空三画地位，而后置下四点也。右军云"实处就法，虚处藏神"，故又不得以匀排为补空。（戈）

（按：此段说出虚实相生的妙理，补空要注意"虚处藏神"。补空不是取消虚处，而正是留出空处，而又在空处轻轻着笔，反而显示出虚处，因而气韵流动，空中传神，这是中国艺术创造里一条重要的原理。贯通在许多其他艺术里面）

（10）覆盖

覆盖者，如宫室之覆于上也。宫室取其高大。故下面笔画不宜相著，左右笔势意在能容，而复之尽也。

如"寶容"之类，点须正，画须圆明，不宜相著与上长下短也。

薛绍彭曰：篆多垂势而下含，隶多仰势而上逞。

（11）贴零

如"令今冬寒"之类是也。贴零者因其下点零碎，易于失势，故拈贴之也。疏则字体宽懈，蹙则不分位置。

（12）粘合

字之本相离开者，即欲粘合，使相著顾揖乃佳。如诸偏旁字"卧鑿非門"之类是也。

索靖曰：譬夫和风吹林，偃草扇树，枝条顺气，转相比附。

赵孟頫曰毋似束薪，勿为冻蝇。徐渭曰：字有惧其疏散而一味扭结，不免束薪冻蝇之似。

（13）捷速

李斯曰用笔之法，先急回，后疾下，如鹰望鹏逝，信之自然，不复重改，王羲之曰一字之中须有缓急，如乌字下，首一点，点须急，横直即须迟，欲乌之急脚，斯乃取形势也。"風鳳"等字亦取腕势，故不欲迟也。《书法三昧》曰"風"字两边皆圆，名金剪刀。

（14）满不要虚

如"園圓國回包南隔目四勾"之类是也。莫云卿曰为外称内，为内称外，"國圓"等字，内称外也。"齒幽"等，外称内也。

（15）意连

字有形断而意连者如"之以心必小川州水求"之类是也。字有形体不交者，非左右映带，岂能连络，或有点画散布，笔意相反者，尤须起伏照应，空处连络，使形势不相隔绝，则虽疏而不离也。（戈）

（16）复冒

复冒者，注下之势也，务在停匀，不可偏侧欹斜。凡字之上大者，必复冒其下，如"雨"字头，"穴"字头之类是也。

（17）垂曳

垂者垂左，曳者曳右也。皆展一笔以疏宕之。使不拘挛，凡字左缩者右垂，右缩者左曳，字势所当然也。垂如"卿鄉都夘军"之美。曳如"水支欠皮更之走民也"之类是也（曳，徐也，引也，牵也）。（戈）

（18）**借换**

如《醴泉铭》"祕"字，就"示"字右点作"必"字左点，此借换也。又如"鹅"字写作"鵞"之类，为其字难结体，故互换如此，亦借换也。作字必从正体，借换之法，不得已而用之。（戈）

（19）**增减**

字之有难结体者或因笔画少而增添，或因笔画多而减省。（按：六朝人书此类甚多）

（20）**应副**

字之点画稀少者，欲其彼此相映带，故必得应副相称而后可。又如"龍詩讐轉"之类，必一画对一画，相应亦相副也。

更有左右不均者各自调匀，"瓊曉註軸"一促一疏。相让之中，笔意亦自相应副也。

（21）**撑拄**

字之独立者必得撑拄，然后劲健可观，如"丁亭手亨宁于矛予可司弓永下卉草巾千"之类是也。

凡作竖，直势易，曲势难，如"千永下草"之字挺拔而笔力易劲，"亨矛宁弓"之字和婉而笔势难存，故必举一字之结束而注意为之，宁迟毋速，宁重毋佻，所谓如古木之据崖，则善矣。

（按：舞蹈也是"和婉而形势难存"的，可在这里领悟劲健之理："宁重毋佻。"）

（22）**朝揖**

朝揖者，偏旁凑合之字也。一字之美，偏旁凑成，分拆看时，各自成美。故朝有朝之美，揖有揖之美。正如百物之状，活

动圆备，各各自足，众美具也。（戈）王世贞曰凡数字合为一字者，必须相顾揖而后联络也。（按：令人联想双人舞）

（23）救应

凡作一字，意中先已构一完成字样，跃跃在纸矣。及下笔时仍复一笔顾一笔，失势者救之，优势者应之，自一笔至十笔廿笔，笔笔回顾，无一懈笔也。（戈）

解缙曰上字之与下字，左行之与右行，横斜疏密，各有攸当，上下连延，左右顾瞩，八面四方，有如布阵，纷纷纭纭，斗乱而不乱，浑浑沌沌，形圆而不可破。

（24）附丽

字之形体有宜相附近者，不可相离，如"影形飞起超歙勉"，凡有"文旁欠旁"者之类。以小附大，以少附多。

附者立一以为正，而以其一为附也。凡附丽者，正势既欲其端凝，而旁附欲其有态，或婉转而流动，或拖沓而偃蹇，或作势而趋先，或迟疑而托后，要相体以立势，并因地以制宜，不可拘也。如"廟飛澗胤嫄愿導影形獸"之类是也。（戈）（按：此段可参考建筑中装饰部分）

（25）回抱

回抱向左者如"曷丐易匊"之类，向右者如"艮鬼包旭它"之类是也。回抱者，回锋向内转笔勾抱也。太宽则散漫而无归，太紧，则逼窄而不可以容物，使其宛转勾环，如抱冲和之气，则笔势浑脱而力归手腕，书之神品也。（戈）

（26）包裹

谓如"園圃圈"之类，四围包裹也。"尚向"上包下，"幽凶"

122

下包上。"匮匡"左包右，"甸匈"右包左之类是也。包裹之势要以端方而得流利为贵。非端方之难，端方而得流利之为难。

（27）小成大

字之大体犹屋之有墙壁也。墙壁既毁，安问纱窗绣户，此以大成小之势不可不知。然亦有极小之处而全体结束在此者。设或一点失所，则若美人之病一目。一画失势，则如壮士之折一股。此以小成大之势，更不可不知。

字以大成小者，如"門辶"之类。明人项穆曰："初学之士先立大体，横直安置，对待布白，务求匀齐方正，此以大成小也。"以小成大，则字之成形极其小。如"孤"字只在末后一捺，"宁"字只在末后一亅，"欠"字只在末后一点之类是也。《书诀》云："一点成一字之规，一字乃通篇之主。"

（28）小大成形

谓小字大字各有形势也。东坡曰："大字难于密结而无间，小字难于宽绰而有余。"若能大字密结，小字宽绰，则尽善尽美矣。

（29）小大与大小

《书法》曰大字促令小，小字放令大，自然宽猛得宜。譬如"曰"字之小，难与"國"字，同大，如"一""二"字之疏，亦欲字画与密者相间，必当思所以位置排布，令相映带得宜，然后为上。或曰谓上小下大，上大下小，欲其相称，亦一说也。

李淳曰："长者原不喜短，短者切勿求长。如'自目耳茸'与'白曰白四'是也。大者既大，而妙于攒簇，小者虽小，而贵在丰严，如'囊橐'与'厶工'之类是也。"米芾曰："字有大小相称。且如写'太一之殿'，作四窠分，岂可将'一'字肥满一窠以配殿字乎？盖自有相称，大小不展促也。余尝书'天慶之觀'，'天''之'字皆四笔，'慶''觀'字多画，俱在下。各随其相称写之，挂起气势自带过，皆如大小一般，真有飞动之势也。"

（30）各自成形

凡写字，欲其合为一字亦好，分而异体亦好，由其能各自成形也。

（31）相管领

以上管下为"管"，以前领后之为"领"。由一笔而至全字，彼此顾盼，不失位置。由一字以至全篇，其气势能管束到底也。

（32）应接

字之点画欲其互相应接。两点者如"小八↑"自相应接，三点者如"糸"则左朝右，中朝上，右朝左。四点者如"然""無"二字，则两旁两点相应，中间相接。

张绅说："古之写字，正如作文。有字法，有章法，有篇法。终篇结构，首尾相应。故羲之能为一笔书，谓《楔序》自'永'字至'文'字，笔意顾盼，朝向偃仰，阴阳起伏，笔笔不断，人不能也。"

（33）褊

魏风"维是褊心"狭陋之意也。又衣小谓之褊。故曰收敛紧密也。盖欧书之不及锺王者以其褊，而其得力亦在于褊。褊者欧之本色也。然如化度，九成，未始非冠裳玉佩，气度雍雍，既不寒俭而亦不轻浮。（戈）

（34）左小右大

左小右大，左荣右枯，皆执笔偏右之故。大抵作书须结体平正，若促左宽右，书之病也。

此一节乃字之病，左右大小，欲其相停。人之结字，易于左小而右大，故此与下二节，皆著其病也。

(35) **左高右低 左短右长**

此二节皆字之病。

(36) **却好**

谓其包裹斗凑，不致失势，结束停当，皆得其宜也。

却好，恰到好处也。戈守智曰："诸篇结构之法，不过求其却好。疏密却好，排叠是也。远近却好，避就是也。上势却好，顶戴，覆冒，覆盖是也。下势却好，贴零，垂曳，撑拄是也。对代者，分亦有情，向背朝揖，相让，各自成形之却好也。联络者，交而不犯，粘合，意连，应副，附丽，应接之却好也。实则串插，虚则管领，合则救应，离则成形。因乎其所本然者而却好也。互换其大体，增减其小节，移实以补虚，借彼以益此。易乎其所同然者而却好也。揽者屈己以和，抱者虚中以待，谦之所以却好也。包者外张其势，满者内固其体，盈之所以却好也。褊者紧密，偏者偏侧，捷者捷速，令用时便非弊病，笔有大小，体有大小，书有大小，安置处更饶区分。故明结构之法，方得字体却好也。至于神妙变化在己，究亦不出规矩外也。"

（按：这段"却好"总结了书法美学，值得我们细玩）

这一自古相传欧阳询的结体三十六法，是从真书的结构分析出字体美的构成诸法，一切是以美为目标。为了实现美，不怕依据美的规律来改变字形，就像希腊的建筑，为了创造美的形象，也改变了石柱形，不按照几何形学的线。我们古代美学里所阐明的美的形式的范畴在这里可以找到一些具体资料，这是对我们美学史研究者很有意义的事。这类的美学范畴，在别的艺术门类里，应当也可以发掘和整理出来。（在书法范围内，草书、篆书、隶书又有它们各自的美学规律，更应进行研究。）还有一层，中国书法里结体的规律，正像西洋建筑里结构规律那样，它们启示着西洋古希腊及中古哥特式艺术里空间感的形式，中国书法里的结体也显示着中国人的空间感的形式。我以前在另一文里说过："中国画里的空间构造，既不是凭借光影的烘染衬托，也不是移写雕像立体及建筑里的几何透视，而是显示一种类似音乐或舞蹈所引起的空间感型。确切地说，就是一种'书法的空间创造'。"

我们研究中国书法里的结体规律，是应当从这一较广泛、较深入的角度来进行的。这是一个美学的课题，也是一个意识形态史的课题。

从字体的个体结构到一幅整篇的章法，是这结构规律的扩张和应用。现在我们略谈章法，更可以窥探中国人的空间感的特征。

三、章法

以上所述字体结构三十六法里有"相管领"与"应接"二条，已不是专论单个字体，同时也是一篇文字全幅的章法了。戈守智说：

> 凡作字者，首写一字，其气势便能管束到底，则此一字便是通篇之领袖矣。假使一字之中有一二懈笔，即

不能管领一行，一幅之中有几处出入，即不能管领一幅，此管领之法也。应接者，错举一字而言也。（按："错举"即随便举出一个字）如上字作如何体段，此字便当如何应接，右行作如何体段，此字又当如何应接。假使上字连用大捺，则用翻点以承之。右行连用大捺，则用轻掠以应之，行行相向，字字相承，俱有意态，正如宾朋杂坐，交相应接也。又管领者如始之倡，应接者如后之随也。

"相管领"好像一个乐曲里的主题，贯穿着和团结着全曲于不散，同时表出作者的基本乐思。"应接"就是在各个变化里相互照应，相互联系。这是艺术布局章法的基本原则。

我前曾引述过张绅说："古之写字，正如作文。有字法，有章法，有篇法。终篇结构，首尾相应。故羲之能为一笔书，谓《禊序》（即《兰亭序》）自'永'字至'文'字，笔意顾盼，朝向偃仰，阴阳起伏，笔笔不断，人不能也。"王羲之的《兰亭序》，不仅每个字结构优美，更注意全篇的章法布白，前后相管领，相接应，有主题，有变化。全篇中有十八个"之"字，每个结体不同，神态各异，暗示着变化，却又贯穿和联系着全篇。既执行着管领的任务，又于变化中前后相互接应，构成全幅的联络，使全篇从第一字"永"到末一字"文"一气贯注，风神潇洒，不黏不脱，表现王羲之的精神风度，也标出晋人对于美的最高理想。毋怪唐太宗和唐代各大书法家那样宝爱它了。他们临写兰亭时，各有他不同的笔意，褚摹欧摹神情两样，但全篇的章法，分行布白，不敢稍有移动，兰亭的章法真具有美的典型的意义了。

王羲之题卫夫人《笔阵图》说：

> 夫欲书者，先干研墨，凝神静思，预想字形大小，偃仰平直，振动令筋脉相连，意在笔前，然后作字。若平直相似，状若算子（即算盘上的算子），上下方整，前后齐平，此不是书，但得其点画尔！

这段话指出了后世馆阁体、干禄书的弊病。我们现在爱好魏晋六朝的书法，北碑上不知名的人各种跌脱不羁的结构，它们正暗合羲之的指示。然而羲之的兰亭仍是千古绝作，不可企及。他自己也不能写出第二幅来，这里是创造。

从这种"创造"里才能涌出真正的艺术意境。意境不是自然主义地模写现实，也不是抽象的空想的构造。它是从生活的极深刻的和丰富的体验，情感浓郁，思想沉挚里突然地创造性地冒了出来的。音乐家凭它来制作乐调，书家凭它写出艺术性的书法，每一篇的章法是一个独创，表出独特的风格，丰富了人类的艺术收获。我们从《兰亭序》里欣赏到中国书法的美，也证实了羲之对于书法的美学思想。

至于殷代甲骨文、商周铜器款识，它们的布白之美，早已被人们赞赏。铜器的"款识"虽只寥寥几个字，形体简纶，而布白巧妙奇绝，令人玩味不尽，愈深入地去领略，愈觉幽深无际，把握不住，绝不是几何学、数学的理智所能规划出来的。长篇的金文也能在整齐之中疏宕自在，充分表现书家的自由而又严谨的感觉。

殷初的文字中往往间以纯象形文字，大小参差、牝牡相衔，以全体为一字，更能见到相管领与接应之美。

中国古代商周铜器铭文里所表现章法的美，令人相信传说仓颉四目窥见了宇宙的神奇，获得自然界最深妙的形式的秘密。歌德曾论作品说："题材人人看得见，内容意义经过努力可以把握，而形式对大多数人是一秘密。"

我们要窥探中国书法里章法、布白的美，探寻它的秘密，首先要从铜器铭文入手。我现在引述郭宝钧先生《由铜器研究所见到之古代艺术》①里一段论述来结束我这篇小文。郭先生说：

> 铭文排列以下行而左（即右行）为常式。在契文（即殷文）有龟板限制，卜兆或左或右，卜辞应之，因有下行而右（即左行）之对刻，金铭有踵为之者。又有分段接读者，有顺倒相间者，有文字行列皆反书者，皆偶有例也。章法展延，以长方幅为多，行小者纵长，行多者横长，亦有应适地位，上下参差，呈错落之状者，有以兽环为中心，展列九十度扇面式，兼为装饰者（在器外壁），后世书法演为艺术品，张挂屏联，与壁画同重，于此已兆其朕。铭既下行，篆时一挥而下，故形成脉络相注之行气，而行与行间，在早期因字体结构不同，或长跨数字，或缩为一点，犄角错落，顾盼生姿。中晚

---

① 《文史》杂志，1944年2月第3卷，第3、4合刊

期或界划方格，渐趋整饬，不惟注意纵贯，且多顾及横平，开秦篆汉隶之端矣。铭文所在，在同一器类，同一时代，大抵有定所。如早期鼎甗鬲位内壁两耳间，角单足，盘簋位内底；角爵斝杯位鋬阴；戈矛斧瞿在柄内；觚在足下外底，均为骤视不易见，细察又易见之地。骤视不易见者，不欲伤表面之美也。细察又易见者，附铭识别之本意也，似古人对书画，有表里公私之辨认。画者世之所同也，因在表，唯恐人之不见，以彰其美，有一道同风之意焉。铭者己之所独也，因在里，唯恐人之遽见，以藏其私，有默而识之之意焉（以器容物，则铭文被淹，然若遗失则有识别）。此早期格局也。中期以铭文为宝书，尚巨制，器小莫容，集中鼎簋。以二者口阔底平，便施工也。晚期简帛盛行，金铭反简短，器尚薄制，铸者少，刻者多。为施工之便，故鬲移器口，鼎移外肩，壶移盖周，随工艺为转移。至各期具盖之器，大抵对铭，可互校以识新义。同组同铸之器，大抵同铭，如列鼎编钟，亦有互校之益。又有一铭分载多器者，齐侯七钟其适例（簋亦有此，见《澂秋馆》）。

铜器铭刻因适应各器的形状、用途及制造等等条件，变易它们的行列、方向、地位，于是受迫而呈现不同的形式，却更使它们丰富多样，增加艺术价值。令人见到古代劳动人民在创制中如何与美相结合。

中国古代的音乐寓言与音乐思想

寓言，是有所寄托之言。《史记》上说："庄周著书十余万言，大抵率寓言也。"庄周书里随处都见到用故事、神话来说出他的思想和理解。我这里所说的寓言包括神话、传说、故事。音乐是人类最亲密的东西，人有口有喉，自己会吹奏歌唱；有手可以敲打、弹拨乐器；有身体动作可以舞蹈。音乐这门艺术可以备于人的一身，无待外求。所以在人群生活中发展得最早，在生活里的势力和影响也最大。诗、歌、舞及拟容动作，戏剧表演，极早时就结合在一起。但是对我们最亲密的东西并不就是最被认识和理解的东西，所谓"百姓日用而不知"。所以古代人民对音乐这一现象感到神奇，对它半理解半不理解。尤其是人们在很早就在弦上管上发现音乐规律里的数的比例，那样严整，叫人惊奇。中国人早就把律、度、量、衡结合，从时间性的音律来规定空间性的度量，又从音律来测量气候，把音律和时间中的历结合起来。（甚至于凭音来测地下的深度，见《管子》）太史公在《史记》里说：

"阴阳之施化，万物之终始，既类旅于律吕，又经历于日辰，而变化之情可见矣。"变化之情除数学的测定外，还可从律吕来把握。

希腊哲学家毕达哥拉斯发现琴弦上的长短和音高成数的比例，他见到我们情感体验里最深秘难传的东西——音乐，竟和我们脑筋里把握得最清晰的数学有着奇异的结合，觉得自己是窥见宇宙的秘密了。后来西方科学就凭数学这把钥匙来启开大自然这把锁，音乐却又是直接地把宇宙的数理秩序诉之于情感世界，音乐的神秘性是加深了，不是减弱了。

音乐在人类生活及意识里这样广泛而深刻的影响，就在古代以及后来产生了许多美丽的音乐神话、故事传说。哲学家也用音乐的寓言来寄寓他的最深难表的思想，像庄子。欧洲古代，尤其是近代浪漫派思想家、文学家爱好音乐，也用音乐故事来表白他们的思想，像德国文人蒂克的小说。

我今天就是想谈谈音乐故事、神话、传说，这里面寄寓着古人对音乐的理解和思想。我总合地称它们作音乐寓言。太史公在《史记》上说庄子书中大抵是寓言，庄子用丰富、活泼、生动、微妙的寓言表白他的思想，有一段很重要的音乐寓言，我也要谈到。

先谈谈音乐是什么。《礼记》里《乐记》上说得好：

> 凡音之起，由人心生也。人心之动，物使之然也。感于物而动，故形于声。声相应，故生变，变成方，谓之音。比音而乐之，及干戚羽旄，谓之乐。

构成音乐的音，不是一般的嘈声、响声，乃是"声相应，故生变，变成方，谓之音"。是由一般声里提出来的，能和"声相应"，能"变成方"，即参加了乐律里的音。所以《乐记》又说："声成文，谓之音。"乐音是清音，不是凡响。由乐音构成乐曲，成功音乐形象。

这种合于律的音和音组织起来，就是"比音而乐之"，它里面含着节奏、和声、旋律。用节奏、和声、旋律构成的音乐形象，和舞蹈、诗歌结合起来，就在绘画、雕塑、文学等造型艺术以外，拿它独特的形式传达生活的意境，各种情感的起伏节奏。一个堕落的阶级，生活颓废，心灵空虚，也就没有了生活的节奏与和谐。他们的所谓音乐就成了嘈声杂响，创造不出旋律来表现有深度有意义的生命境界。节奏、和声、旋律是音乐的核心，它是形式，也是内容。它是最微妙的创造性的形式，也就启示着最深刻的内容，形式与内容在这里是水乳难分了。音乐这种特殊的表现和它的深厚的感染力使得古代人民不断地探索它的秘密，用神话、传说来寄寓他们对音乐的领悟和理想。我现在先介绍欧洲的两个音乐故事。一个是古代的，一个是近代的。

古代希腊传说着歌者奥尔菲斯的故事说：歌者奥尔菲斯，他是首先给予木石以名号的人，他凭借这名号催眠了它们，使它们像着了魔，解脱了自己，追随他走。他走到一块空旷的地方，弹起他的七弦琴来，这空场上竟涌现出一个市场。音乐演奏完了，旋律和节奏却凝住不散，表现在市场建筑里。市民们在这个由音乐凝成的城市里来往漫步，周旋在永恒的韵律之中。歌德谈到这段神话时，曾经指出人们在罗马彼得大教堂里散步也会有这同样的经验，会觉得自己是游泳在石柱林的乐奏的享受中。所以在十九世纪初，德国浪漫派文学家口里流传着一句话说："建筑是凝冻着的音乐。"说这话的第一个人据说是浪漫主义哲学家谢林，歌德认为这是一个美丽的思想。到了十九世纪中叶，音乐理论家和作曲家姆尼兹·豪普德曼把这句话倒转过来，他在他的名著《和声与节拍的本性》里称呼音乐是"流动着的建筑"。这话的意思是说音乐虽是在时间流逝里不停地演奏着，但它的内部却具有着极严整的形式，间架和结构，依顺着和声、节奏、旋律的规律，像一座建筑物那样。它里面有着数学的比例。我现在再谈谈近代法国诗人梵乐希写了一本论建筑的书，名叫《优班尼欧斯或论建筑》。这里有一段对话，是叙述一位建筑师和他的朋友费得诺斯在郊原散步时的谈话，他对费说："听呵，费得诺斯，这个小庙，离这里几步路，我替赫尔墨斯建造的，假使你知道，它对我的意义是什么？当过路的人看见它，不外是一个丰姿绰约的小庙，——一件小东西，四根石柱在一单纯的体式中，——我在它里面却寄寓着我生命里一个光明日子的回忆，啊，甜蜜可爱的变化呀！这个窈窕的小庙宇，没有人想到，它是一个珂玲斯女郎的数学的造像呀！这个我曾幸福地恋爱着的女郎，这小庙是很忠实地复示着她的身体的特殊的比例，它为我活着。我寄寓于它的，它回赐给我。"费得诺斯说："怪不得它有这般不可思议的窈窕呢！人在它里面真能感觉到一个人格的存在，一个女子的奇花初放，一个可爱的人儿的音乐的和谐。它唤醒一个不能达到边缘的回忆。而这个造型的开始——它的完成是你所占有的——已经足够解放心灵同时惊撼着它。倘使我放肆我的想象，我就要，你晓得，把它唤作一阕新婚的歌，里面夹着清亮的笛声，我现在已听到它在我内心里升起来了。"

这寓言里面有三个对象：

（一）一个少女的窈窕的躯体——它的美妙的比例，它的微妙的数学构造。

（二）但这躯体的比例却又是流动着的，是活人的生动的节奏、韵律；它在人们的想象里展开成为一出新婚的歌曲，里面夹着清脆的笛声，闪烁着愉快的亮光。

（三）这少女的躯体，它的数学的结构，在她的爱人的手里却实现成为一座云石的小建筑，一个希腊的小庙宇。这四根石柱由于微妙的数学关系发出音响的清韵，传出少女的幽姿，它的不可模拟的谐和正表达着少女的体态。艺术家把他的梦寐中的爱人永远凝结在这不朽的建筑里，就像印度的夏吉汗为纪念他的美丽的爱妻塔姬建造了那座闻名世界的塔姬后陵墓。这一建筑在月光下展开一个美不可言的幽境，令人仿佛见到夏吉汗的痴爱和那不可再见的美人永远凝结不散，像一出歌。

从梵乐希那个故事里，我们见到音乐和建筑和生活的三角关系。生活的经历是主体，音乐用旋律、和谐、节奏把它提高、深化、概括，建筑又用比例、匀衡、节奏，把它在空间里形象化。

这音乐和建筑里的形式美不是空洞的，而正是最深入地体现出心灵所把握到的对象的本质。就像科学家用高度抽象的数学方程式探索物质的核心那样。"真"和"美"，"具体"和"抽象"，在这里是出于一个源泉，归结到一个成果。

在中国的古代，孔子是个极爱音乐的人，也是最懂得音乐的人。《论语》上说他在齐闻韶，三月不知肉味。曰："不图为乐之至于斯也！"他极简约而精确地说出一个乐曲的构造。《论语·八佾》篇载：子语鲁太师乐曰："乐，其可知也！始作，翕如也。从之，纯如也。皦如也，绎如也。以成。"起始，众音齐奏。展开后，协调着向前演进，音调纯洁。继之，聚精会神，达到高峰，主题突出，音调响亮。最后，收声落调，余音袅袅，情韵不匮，乐曲在意味隽永里完成。这是多么简约而美妙的描述呀！

但是孔子不只是欣赏音乐的形式的美，他更重视音乐的内容的善。《论语·八佾》篇又记载："子谓韶，尽美矣，又尽善也。谓武，尽美矣，未尽善也。"这"善"不只是表现在古代所谓圣人的德行事功里，也表现在一个初生的婴儿的纯洁的目光里面。西汉刘向的《说苑》里记述一段故事说："孔子至齐郭门外，遇婴儿，其视精，其心正，其行端，孔子曰：'趣驱之，趣驱之，韶乐将作。'"他看见这婴儿的眼睛里天真圣洁，神一般的境界，非常感动，叫他的御者快些走近到他那里去，韶乐将升起了。他把这婴儿的心灵的美比作他素来最爱敬的韶乐，认为这是韶乐所启示的内容。由于音乐能启示这深厚的内容，孔子重视他的教育意义，他不要放郑声，因郑声淫，是太过，太刺激，不够朴质。他是主张文质彬彬的，主张绘事后素，礼同乐是要基于内容的美的。所以《子罕》篇记载他晚年说："吾自卫反鲁，然后乐正，雅颂各得其所。"他的正乐，大概就是将三百篇的诗整理得能上管弦，而且合于韶武雅颂之音。

孔子这样重视音乐，了解音乐，他自己的生活也音乐化了。

这就是生活里把"条理"、规律与"活泼的生命情趣"结合起来，就像音乐把音乐形式同情感内容结合起来那样。所以孟子赞扬孔子说："孔子，圣之时者也。孔子之谓集大成，集大成也者，金声而玉振之也。金声也者，始条理也。玉振之也者，终条理也。始条理者，智之事也。终条理者，圣之事也。智，譬则巧也，圣，譬则力也。由射于百步之外也，其至尔力也，其中，非尔力也"。力与智结合，才有"中"的可能。艺术的创造也是这样。艺术创作的完成，所谓"中"，不是简单的事。"其中，非尔力也"。光有力还不能保证它的必"中"呢！

从我上面所讲的故事和寓言里，我们看见音乐可能表达的三方面。（一）是形象的和抒情的：一个爱人的躯体的美可以由一个建筑物的数学形象传达出来，而这形象又好像是一曲新婚的歌。（二）是婴儿的一双眼睛令人感到心灵的天真圣洁，竟会引起孔子认为韶乐将作。（三）是孔子的丰富的人格是形式与内容的统一，始条理终条理，像一金声而玉振的交响乐。

《乐记》上说："歌者直己而陈德也。动己而天地应焉，四时和焉，星辰理焉，万物育焉。"中国古代人这样尊重歌者，不是和希腊神话里赞颂奥尔菲斯一样吗？但也可以从这里面看出它们的差别来。希腊半岛上城邦人民的意识更着重在城市生活里的秩序和组织，中国的广大平原的农业社会却以天地四时为主要环境，人们的生产劳动是和天地四时的节奏相适应。古人曾说，"同动谓之静"，这就是说，流动中有秩序，音乐里有建筑，动中有静。

希腊从梭龙到柏拉图都曾替城邦立法，着重在齐同划一，中国哲学家却认为"乐者天地之和，礼者天地之序"，"大乐与天地同和，大礼与天地同节"（《乐记》），更倾向着"和而不同"，气象宏廓，这就是更倾向"乐"的和谐与节奏。因而中国古代的音乐思想，从孔子的论乐、荀子的《乐论》到《礼记》里的《乐记》——《乐记》里什么是公孙尼子的原来的著作，尚待我们研究，但其中却包含着中国古代极为重要的宇宙观念、政教思想和艺术见解。就像我们研究西洋哲学必须理解数学、几何学那样，研究中国古代哲学也要理解中国音乐思想。数学与音乐是中西古代哲学思维里的灵魂呀！（两汉哲学里的音乐思想和嵇康的声无哀乐论都极重要）数理的智慧与音乐的智慧构成哲学智慧。中国在哲学发展里曾经丧失了数学智慧与音乐智慧的结合，堕入庸俗；西方在毕达哥拉斯以后割裂了数学智慧与音乐智慧。数学孕育了自然科学，音乐独立发展为近代交响乐与歌剧，资产阶级的文化显得支离破碎。社会主义将为中国创造数学智慧与音乐智慧的新综合，替人类建立幸福的丰饶的生活和真正的文化。

我们在《乐记》里见到音乐思想与数学思想的密切结合。《乐记》上《乐象》篇里赞美音乐，说它"清明像天，广大像地，终始像四时，周旋像风雨，五色成文而不乱，八风从律而不奸，百度得数而有常。小大相成，终始相生，倡和清浊，迭相为经，故乐行而伦清，耳目聪明，血气和平，移风易俗，天下皆宁"。在这段话里见到音乐能够表象宇宙，内具规律和度数，对人类的精神和社会生活有良好影响，可以满足人们在哲学探讨里追求真、善、美的要求。音乐和度数和道德在源头上是结合着的。《乐记·师乙》篇上说："夫歌者直己而陈德也。动己而天地应焉，四时和焉，星辰理焉，万物育焉。"德的范围很广，文治、武功、人的品德都是音乐所能陈述的德。所以《尚书·舜典》篇上说：

> 帝曰：夔，命汝典乐，教胄子，直而温，宽而栗，刚而无虐，简而无傲。诗言志，歌永言，声依永，律和声，八音克谐，无相夺伦，神人以和，夔曰于，予击石，拊石，百兽率舞。

关于音乐表现德的形象，《乐记》上记载有关于大武的乐舞的一段，很详细，可以令人想见古代乐舞的"容"，这是表象周武王的武功，里面种种动作，含有戏剧的意味。同戏不同的地方就是乐人演奏时的衣服和舞时动作是一律相同的。这一段的内容是："且夫武，始而北出，再成而灭商，三成而南，四成而南国是疆，五成分，周公左，召公右，六成复缀，以崇天子。夹振之而驷伐，盛威于中国也。分夹而进，事蚤济也。久立于缀，以待诸侯之至也。"郑康成注曰："成，犹奏也，每奏武曲，一终为一成。始奏，像观兵盟津时也。再奏，像克殷时也。三奏，像克殷有余力而返也。四奏，像南方荆蛮之国侵畔者服也。五奏，像周公召公分职而治也。六奏，像兵还振旅也。复缀，反位止也。驷，当为四，声之误也。每奏四伐，一击一刺为一伐。分犹部曲也，事，犹为也。济，成也。舞者各有部曲之列，又夹振之者，像用兵务于早成也。久立于缀，像武王伐纣待诸侯也。"（见《乐记·宾牟贾》篇）

我们在这里见到舞蹈、戏剧、诗歌和音乐的原始的结合。所以《乐象》篇文说：

> 德者，性之端也。乐者，德之华也。金石丝竹，乐
> 之器也。诗，言其志也。歌，咏其声也。舞，动其容
> 也。三者本于心，然后乐器从之。是故情深而文明，气
> 盛而化神，和顺积中，而英华发外，唯乐不可以为伪。

古代哲学家认识到乐韵境界是极为丰富而又高尚的，它是文化的集中和提高的表现。"情深而文明，气盛而化神，和顺积中，英华发外。"这是多么精神饱满，生活力旺盛的民族表现。"乐"的表现人生是"不可以为伪"，就像数学能够表示自然规律里的真那样，音乐表现生活里的真。

我们读到东汉傅毅所写的《舞赋》，它里面有一段细致生动的描绘，不但替我们记录了汉代歌舞的实况，表出这舞蹈的多彩而精妙的艺术性。而最难得的，是他描绘舞蹈里领舞女子的精神高超，意象旷远，就像希腊艺术家塑造的人像往往表现不凡的神境，高贵纯朴，静穆庄丽。但傅毅所塑造的形象却更能艳若春花，清如白鹤，令人感到华美而飘逸。这是在我以上所引述的几种音乐形象之外，另具一格的。我们在这些艺术形象里见到艺术净化人生，提高精神境界的作用。

王世襄同志曾把《舞赋》里这一段描绘译成语体文，刊载音乐出版社《民族音乐研究论文集》第一集。傅毅的原文收在《昭明文选》里，可以参看。我现在把译文的一段介绍于下，便于读者欣赏：

当舞台之上可以蹈踏出音乐来的鼓已经摆放好了，舞者的心情非常安闲舒适。她将神志寄托在遥远的地方，没有任何的挂碍。（原文：舒意自广，游心无垠，远思长想……）舞蹈开始的时候，舞者忽而俯身向下，忽而仰面向上，忽而跳过来，忽而跳过去。仪态是那样的雍容惆怅，简直难以用具体形象来形容。（原文：其始兴也，若俯若仰，若来若往，雍容惆怅，不可为象。）再舞了一会儿，她的舞姿又像要飞起来，又像在行走，又猛然耸立着身子，又忽地要倾斜下来。她不假思索的每一个动作，以至手的一指、眼睛的一瞥，都应着音乐的节拍。（原文：其少进也，若翔若行，若竦若倾，兀动赴度，指顾应声。）

　　轻柔的罗衣，随着风飘扬，长长的袖子，不时左右的交横，飞舞挥动，络绎不停，宛转袅绕，也合乎曲调的快慢。（原文：罗衣从风，长袖交横，骆驿飞散，飒擖合并。）她的轻而稳的姿势，好像栖歇的燕子，而飞跃时的疾速又像惊弓的鹄鸟。体态美好而柔婉，迅捷而轻盈，姿态真是美好到了极点，同时也显示了胸怀的纯洁。舞者的外貌能够表达内心——神志正在杳冥之处游行。（原文：鹍鹛燕居，拉揩鹄惊。绰约闲靡，机迅体轻，资绝伦之妙态，怀悫素之洁清，修仪操以显志兮，独驰思乎杳冥。）当她想到高山的时候，便真峨峨然有高山之势，想到流水的时候，便真洋洋然有流水之情。（原

141

文：在山峨峨，在水汤汤。）她的容貌随着内心的变化而改易，所以没有任何一点表情是没有意义而多余的。（原文：与志迁化，容不虚生。）乐曲中间有歌词，舞者也能将它充分表达出来，没有使得感叹激昂的情致受到减损。那时她的气概真像浮云般的高逸，她的内心，像秋霜般的皎洁。像这样美妙的舞蹈，使观众都称赞不止，乐师们也自叹不如。〔原文：明诗表指（同旨），嘳（同喟）息激昂。气若浮云，志若秋霜，观者增叹，诸工莫当。〕

　　单人舞毕，接着是数人的鼓舞，她们挨着次序，登上鼓，跳起舞来，她们的容貌服饰和舞蹈技巧，一个赛过一个，意想不到的美妙舞姿也层出不穷，她们望着般鼓则流盼着明媚的眼睛，歌唱时又露出洁白的牙齿，行列和步伐，非常整齐。往来的动作，也都有所象征的内容，忽而回翔，忽而高耸。真仿佛是一群神仙在跳舞，拍着节奏的策板敲个不住，她们的脚趾踏在鼓上，也轻疾而不稍停顿，正在跳得往来悠悠然的时候，倏忽之间，舞蹈突然中止。等到她们回身再开始跳的时候，音乐换成了急促的节拍，舞者在鼓上做出翻腾跪跌种种姿态，灵活委婉的腰肢，能远远地探出，深深地弯下，轻纱做成的衣裳，像蛾子在那里飞扬。跳起来，有如一群鸟，飞聚在一起，慢起来，又非常舒缓，婉转地流动，像云彩在那里飘荡，她们的体态如游龙，袖子像白色的云霓。当舞蹈渐终，乐曲也将要完的时候，她们慢慢地收敛舞容而拜谢，一个个欠着身子，含着笑容，退回到她们原来的行列中去。观众们都说真好看，没有一个不是兴高采烈的。（原文不全引了）

在傅毅这篇《舞赋》里见到汉代的歌舞达到这样美妙而高超的境界。领舞女子的"资绝伦之妙态，怀悫素之洁清，修仪操以显志，独驰思乎杳冥"。她的"舒意自广，游心无垠，远思长想，在山峨峨，在水汤汤，与志迁化，容不虚生，明诗表旨，喟息激昂，气若浮云，志若秋霜"。中国古代舞女塑造了这一形象，由傅毅替我们传达下来，它的高超美妙，比起希腊人塑造的女神像来，具有她们的高贵，却比她们更活泼，更华美，更有远神。

欧阳修曾说："闲和严静，趣远之心难形。"晋人就曾主张艺术意境里要有"远神"。陶渊明说："心远地自偏。"这类高逸的境界，我们已在东汉的舞女的身上和她的舞姿里见到。庄子的理想人物：藐姑射神人，绰约若处子，肌肤若冰雪，也体现在元朝倪云林的山水竹石里面。这舞女的神思意态也和魏晋人钟王的书法息息相通。王献之《洛神赋》书法的美不也是"翩若惊鸿，婉若游龙"，"神光离合，乍阴乍阳"，"皎若太阳升朝霞，灼若芙蕖出绿波"吗？（所引皆《洛神赋》中句）我们在这里不但是见到中国哲学思想、绘画及书法思想[1]和这舞蹈境界密切关联，也可以令人体会到中国古代的美的理想和由这理想所塑造的形象。这是

---

[1]　关于中国书法里的美学思想，我写了一文，请参考。书法里的形式美的范畴主要是从空间形象概括的，音乐美的范畴主要是从时间形象概括的，却可以相通。——作者原注

我们的优良传统，就像希腊的神像雕塑永远是欧洲艺术不可企及的范本那样。

关于哲学和音乐的关系，除掉孔子的谈乐，荀子的《乐论》，《礼记》里《乐记》，《吕氏春秋》《淮南子》里论乐诸篇，嵇康的《声无哀乐论》（这文可和德国十九世纪汉斯里克的《论音乐的美》作比较研究），还有庄子主张"视乎冥冥，听乎无声，冥冥之中，独见晓焉，无声之中，独闻和焉，故深之又深，而能物焉"（《天地》）。这是领悟宇宙里"无声之乐"，也就是宇宙里最深微的结构形式。在庄子，这最深微的结构和规律也就是他所说的"道"，是动的，变化着的，像音乐那样，"止之于有穷，流之于无止"。这道和音乐的境界是"逐丛生林，乐而无形，布挥而不曳，幽昏而无声，动于无方，居于窈冥……行流散徙，不主常声。……充满天地，包裹六极"（《天运》），这道是一个五音繁会的交响乐。"逐丛生林"，就是在群声齐奏里随着乐曲的发展，涌现繁富的和声。庄子这段文字使我们在古代"大音希声"，淡而无味的，使魏文侯听了昏昏欲睡的古乐而外，还知道有这浪漫精神的音乐。这音乐，代表着南方的洞庭之野的楚文化，和楚铜器漆器花纹声气相通，和商周文化有对立的形势，所以也和古乐不同。

庄子在《天运》篇里所描述的这一出"黄帝张于洞庭之野的咸池之乐"，却是和孔子所爱的北方的大舜的韶乐有所不同。《书经·舜典》上所赞美的乐是"声依永，律和声，八音克谐，无相夺伦，神人以和"的古乐，听了叫人"心气和平""清明在躬"。而咸池之乐，依照庄子所描写和他所赞叹的，却是叫人

144

"惧""怠""惑""愚"，以达于他所说的"道"。这是和《乐记》里所谈的儒家的音乐理想确正相反，而叫我们联想到十九世纪德国乐剧大师华格耐尔晚年精心的创作《巴希法尔》。这出浪漫主义的乐剧是描写阿姆伏塔斯通过"纯愚"巴希法尔才能从苦痛的罪孽的生活里解救出来。浪漫主义是和"惧""怠""惑""愚"有密切的姻缘。所以我觉得《庄子·天运》篇里这段对咸池之乐的描写是极其重要的，它是我们古代浪漫主义思想的代表作，可以和《书经·舜典》里那一段影响深远的音乐思想作比较观，尽管《书经》里这段话不像是尧舜时代的东西，《庄子》里这篇咸池之乐也不能上推到黄帝，两者都是战国时代的思想，但从这两派对立的音乐思想——古典主义的和浪漫主义的——可以见到那时音乐思想的丰富多彩、造诣精微，今天还有钻研的价值。由于它的重要，我现在把《庄子·天运》篇里这段全文引在下面：

> 北门成问于黄帝曰，帝张咸池之乐于洞庭之野，吾始闻之惧，复闻之怠，卒闻之而惑，荡荡默默，乃不自得。帝曰汝殆其然哉！吾奏之以人，征之以天，行之以礼义，建之以太清。……四时迭起，万物循生，一盛一衰，文武伦经。一清一浊，阴阳调和，流光其声，蛰虫始作。吾惊之以雷霆。其卒无尾，其始无首，一死一生，一偾一起，所常无穷，而一不可待。汝故惧也。吾又奏之以阴阳之和，烛之以日月之明，其声能短能长，能柔能刚，变化齐一，不主故常。在谷满谷，在坑满坑。涂却守神（意谓涂塞心知之孔隙，守凝一之精神），

以物为量。其声挥绰，其名高明。是故鬼神守其幽，日月星辰行其纪。吾止之于有穷，流之于无止（意谓流与止——顺其自然也）。子欲虑之而不能知也。望之而不能见也。逐之而不能及也。傥然立于四虚之道，倚于槁梧而吟，目之穷乎所欲见，力屈乎所欲逐，吾既不及已夫。（按：这正是华格耐尔音乐里"无止境旋律"的境界，浪漫精神的体现）形充空虚，乃至委蛇，汝委蛇故怠。（你随着它委蛇而委蛇，不自主动，故怠）吾又奏之以无怠之声，调之以自然之命。故若混。（按：此言重振主体能动性，以便和自然的客观规律相混合）逐丛生林，乐而无形，布挥而不曳（此言挥霍不已，似曳而未尝曳），幽昏而无声，动于无方，居于窈冥，或谓之死，或谓之生，或谓之实，或谓之荣，行流散徙，不主常声。世疑之，稽于圣人。圣人者达于情而遂于命也。天机不张，而五官皆备，此之谓天乐。无言而心悦。故有焱氏为之颂曰：听之不闻其声，视之不见其形，充满天地，苞裹六极，汝欲听之，而无接焉。尔故惑也。（此言主客合一，心无分别，有如暗惑）乐也者始于惧，惧故祟。（此言乐未大和，听之悚惧，有如祸祟）吾又次之以怠。怠故遁。（此言遁于忘我之塘，泯灭内外）卒于惑，惑故愚，愚故道。（内外双忘，有如愚述，符合老庄所说的道。大智若愚也）道可载而与之俱也。（人同音乐偕入于道）

老庄谈道，意境不同。老子主张"致虚极，守静笃，万物并作，吾以观其复"。他在狭小的空间里静观物的"归根""复命"。他在三十辐所共的一个毂的小空间里，在一个抟土所成的陶器的小空间里，在"凿户牖以为室"的小空间的天门的开合里观察到"道"。道就是在这小空间里的出入往复，归根复命。所以他主张守其黑，知其白，不出户，知天下。他认为"五色令人目盲，五音令人耳聋"，他对音乐不感兴趣。庄子却爱逍遥游。他要游于无穷，寓于无境。他的意境是广漠无边的大空间。在这大空间里作逍遥游是空间和时间的合一。而能够传达这个境界的正是他所描写的，在洞庭之野所展开的咸池之乐。所以庄子爱好音乐，并且是弥漫着浪漫精神的音乐，这是战国时代楚文化的优秀传统，也是以后中国音乐文化里高度艺术性的源泉。探讨这一条线的脉络，还是我们的音乐史工作者的课题。

以上我们讲述了中国古代寓言和思想里可以见到的音乐形象，现在谈谈音乐创作过程和音乐的感受。《乐府古题要解》里解说琴曲《水仙操》的创作经过说：

伯牙学琴于成连，三年而成。至于精神寂寞，情之专一，未能得也。成连曰："吾之学不能移人之情，吾之师有方子春在东海中。"乃赉粮从之，至蓬莱山，留伯牙曰："吾将迎吾师！"划船而去，旬日不返。伯牙心悲，延颈四望，但闻海水汩没，山林窅冥，群鸟悲号。仰天叹曰："先生将移我情！"乃援操而作歌云："繄洞庭兮流斯护，舟楫逝兮仙不还。移形素兮蓬莱山，欸钦伤宫仙不还。"伯牙遂为天下妙手。

"移情"就是移易情感，改造精神，在整个人格的改造基础上才能完成艺术的造就，全凭技巧的学习还是不成的。这是一个深刻的见解。

　　至于艺术的感受，我们试读下面这首诗。唐诗人郎士元《听邻家吹笙》诗云："凤吹声如隔彩霞，不知墙外是谁家，重门深锁无寻处，疑有碧桃千树花。"这是听乐时引起人心里美丽的意象："碧桃千树花。"但是这是一般人对于音乐感受的习惯，各人感受不同，主观里涌现出的意象也就可能两样。"知音"的人要深入地把握音乐结构和旋律里所潜伏的意义。主观虚构的意象往往是肤浅的。"志在高山，志在流水"时，作曲家不是模拟流水的声响和高山的形状，而是创造旋律来表达高山流水唤起的情操和深刻的思想。因此，我们在感受音乐艺术中也会使我们的情感移易，受到改造，受到净化、深化和提高的作用。唐诗人常建的《江上琴兴》一诗写出了这净化深化的作用。

> 江上调玉琴，一弦清一心，
> 泠泠七弦遍，万木澄幽阴。
> 能使江月白，又令江水深，
> 始知梧桐枝，可以徽黄金。

琴声使江月加白，江水加深。不是江月的白、江水的深，而是听者意识体验得深和纯净。明人石沆《夜听琵琶》诗云：

娉娉少妇未关愁，清夜琵琶上小楼。

裂帛一声江月白，碧云飞起四山秋！

音响的高亮，令人神思飞动，如碧云四起，感到壮美。这些都是从听乐里得到的感受。它使我们对于事物的感觉增加了深度，增加了纯净。就像我们在科学研究里通过高度的抽象思维，离开了自然的表面，反而深入到自然的核心，把握到自然现象最内在的数学规律和运动规律那样，音乐领导我们去把握世界生命万千形象里最深的节奏的起伏。庄子说："无声之中，独闻和焉。"所以我们在戏曲里运用音乐的伴奏才更深入地刻画出剧情和动作。希腊的悲剧原来诞生于音乐呀！

音乐使我们心中幻现出自然的形象，因而丰富了音乐感受的内容。画家诗人却由于在自然现象里意识到音乐境界而使自然形象增加了深度。六朝画家宗炳爱游山水，归来后把所见名山画在壁上，"坐卧向之。谓人曰：抚琴动操，欲令众山皆响"。唐初诗人沈佺期有《范山人画山水歌》云：

山峥嵘，水泓澄。漫漫汗汗一笔耕，一草一木栖神明。忽如空中有物，物中有声。复如远道望乡客，梦绕山川身不行！

身不行而能梦绕山川，是由于"空中有物，物中有声"，而这又是由于"一草一木栖神明"，才启示了音乐境界。

这些都是中国古代的音乐思想和音乐意象。

道家与古代时空意识

　　我对于古代时空意识的注意在解放前也曾转到道家老子、庄子的著作里。老子、庄子都是战国楚人，楚国大诗人屈原在《远游》里有几句诗说："道可受兮而不可传，其小无内兮，其大无垠，毋滑而魂兮，彼将自然。"荀子说："老子有见于诎（屈）无见于信（伸）。"（《荀子·非十二子》）我觉得老子、庄子和儒家《周易》里的思想相比较，他们较为倾向于"空间"意识，而缺乏《周易》里"时空统一体"的积极性、创造性、现实性，这是和农民的生产劳动相结合，反映农业生产的宇宙意识的。老、庄是脱离了生产实践的知识分子而对宇宙（空间、时间及动力）作静观的冥想。但是他二人虽同是道家，却有显著的不同之点。老子是从观察"其小无类"的空间出发："虚""无"，"奥""谷""门""牝（虚处）"，"希""夷""微""玄""几""橐""籥""盅（杯子）""容""玄牝之门""朴虽小，天下莫能臣""朴虽小，天下莫能破""常（空间的永恒的静）。老子曾说："见小曰明"，又说："知常曰明"，他所要见要知要明的是"小"，是"常"。从小的永恒的"空虚"，他见到宇宙的"道"，也由这里引申出人生的"道"。庄子说他是以"虚空不毁万物为实"，这就是拿万物在它里面活动而无损于它也无损于物的空间作为世界的实体。老子说："不出于户，以知天下，不窥于牖，以知天道。其出弥远，其知弥少。"老子从室内空间的观察，悟到宇宙的道理。所以他说："凿户牖以为室，当其无，有室之用也"，以此推见到"三十辐同一毂，当其无，有车之用也；埏埴以为器，当其无，有器之用也。"他说："道盅（盅，器虚也，就是一个杯子的空虚处）而用之，又弗盈，渊兮似万物之宗。"他说："天地之间，其犹橐籥乎，虚而不屈，动而愈出。"我们看见一个沉思冥想的哲学家随时随地见到各项器皿里"虚空"的主要作用，如车轮上的毂，街上铜铁匠用的风箱，饮水的杯子，居住的房间，他发现"虚空"是器成其为器的原理。这个"虚空"，他把它提高到形而上的"道"，用来说明形而下的"器"。他于是要"致虚极，守静笃，万物并作，吾以观其复"。他在不毁万物的"虚空"里观察万物的来往、成毁，而认定这"空间"是"常"，是万物的根源。他说："谷神不死（"谷神"即虚空的原理），是谓玄牝；玄牝之门是谓天地之根。绵绵若存，用之不勤。"这"虚空"已不复是散在各器里的虚空，而是提高到形而上的创造万物的"道"了。他说："道者，万物之奥。""奥"是堂屋角落里的空间，放置东西的所在。

空间的性质是闭、是阴、是静、是定，老子从这里引申出他的人生态度：守（"守静笃"，"守其母"），容，公，虚，啬，弱，柔，朴，抱一，雌，反，复，损，归，深，长久，同，和，素，正，等等。他形容这道体"虚空"的词语是：窈冥，恍惚，黑，混，奥，寂寞，雌，玄同，阴，母，微，希，夷，等等。庄子曾说"老子曰：'吾游心于物之初'"，这"物之初"正是这不毁万物的"虚空"。这是他的心所游的，我们在《老子》五千言里处处见到这种表现。但是这个"游"字，我们在《老子》书内找不到（而"归"字、"反"字、"守"字却常见），而《庄子》书这"游"字却泄露了庄子的秘密。而且他所说的"老子以虚空不毁万物为寔"这句话更适合于他自己的"虚空"观念，因为这里正是"大而无垠"的、包罗万物的虚空，并不是老子的"凿户牖以为室""橐籥""三十辐同一毂"里的刚巧"其小无类"的虚空。

庄子在《天下》篇里自叙说："独与天地精神往来而不敖倪于万物（这就是'虚空不毁万物'）……彼其充实不可以已，上与造物者游，而下与外死生无终始者为友，其于本也，宏大而辟，深闳而肆……"这和老子在他的精神自画像里那孤独寂寞的思想家正相反："荒兮其未央哉！众人熙熙，如享太牢，如春登台，我独泊兮其未兆，如婴儿之未孩。儽儽兮若无所归，众人皆有余而我独若遗。我愚人之心也哉！沌沌兮，俗人昭昭，我独昏昏；俗人察察，我独闷闷，澹兮其若海，飂兮若无止，众人皆有以，而我独顽似鄙，我独异于人而贵食母。"

《庄子》书里最喜欢拿"游"字来表达他的思想境界。他的"内篇"第一篇就名为《逍遥游》。他遨游于"大而无垠"的空间。他说："若夫乘天地之正，而御六气之辩，以游无穷者，彼且恶乎待哉！"他最欢喜讲："莫知其所穷。"他说他自己"体尽无穷而游无朕"。他说："吾已往来焉，而不知其所终。彷徨乎冯闳（郭注：'冯闳，虚廓之谓'）。大知（即智者）入焉，而不知其所穷，物物者与物无际。而物有际者，所谓物际者也。不际之际，际之不际者也（即见于物际仍是不际，即于物中见到无穷）。"

庄子的空间意识是"深闳而肆"的，它就是无穷广大、无穷深远而伸展不止、流动不息的。这是和老子的"致虚极，守静笃"正相反的。大诗人李白在他的诗篇里发挥了庄子这个境界。中国许多画家的空间意识也表现着这个境界。明朝画家周臣的杰作《北溪图》辉煌地写出了庄生逍遥游里的"北溟"。①

不过庄子也有承继老子处，他说："瞻彼阙者，虚室生白"，这是在室内的虚空里体悟到道，正和老子"不出于户，以知天下；不窥于牖，以知天道"相似。然而二人一"游"一"守"，终竟是不同的。

以上是我在解放前对中国古代艺术家和思想家的遗产里所表现的"时间空间"意识作了一些主观的、直觉的猜测，为了纪念四十周年的"五四"，不怕丑地写了出来，提供同志们批评。

---

① 注《庄子》的郭象认为，庄子的大意是"游外以宏内"。《庄子》："纯气之守"，"我守其一以处其和"，"余将去汝，入无穷之门，以游无极之野"，"故圣人将游于物之所不得逐而皆存。"（《在宥》）"君其涉于江而浮于海，望之而不见其崖，愈往而不知其所穷，送君者皆自崖而反，君自此远矣。""而独与道游于大漠之国。"（《山木》）"光耀问于无有"，空间成了形而上学的道的象征。"夫物无穷，时无止，分无常，终始无故，是故大知观于远近。……又何以知毫末之足以定至细之倪，又何以知天地之足以穷至大之域？""夫道，于大不尽，于小不遗，故万物偯，广广乎其无不容也，渊乎其不可测也。"——作者原注

辑二　观念的丰盛

青年烦闷的解救法

现在中国有许多的青年，实处于一种很可注意的状态，就是对于旧学术、旧思想、旧信条都已失去了信仰，而新学术、新思想、新信条还没有获着，心界中突然产生了一种空虚，思想情绪没有着落，行为举措没有标准，搔首踯躅，不知怎么才好，这就是普通所谓"青年的烦闷"。

这种青年烦闷的状态，以及由此状态产生的现象，如一方面对于一切怀疑，力求破坏。他方面，又对于一切武断，急求建设。思想没有定着，感情易于摇动，以及自杀逃走等等的事实，这本是向来"黎明运动"所常附带的现象，将来自然会趋于稳健创造的一途，为中国文化开一新纪元，就着过去历史上看来，本是很可喜的现象。但是，我们自己既遇着这种时期，陷入这种状态，就不得不自谋解救的方法，以求早入稳健创造的境地。

这解救的方法，本也不少。譬如建立新人生观、新信条等类。但这都还嫌纡远了一点。须有科学哲学的精神研究，不是一时可以普遍的。我们现在须要筹出几种"具体的方法"，将这方法传播给烦闷的青年，待他们自己应用这种方法去解救他们的苦闷。我现在本着我一时的观察，想了几条方法，写出来引动大众的讨论，希望还得着更周密完备的计划，以解决这青年烦闷的问题，则中国解放运动的前途，可以免了许多的危险和牺牲了。

（一）唯美的眼光

唯美的眼光，就是我们把世界上社会上各种现象，无论美的、丑的、可恶的、龌龊的、伟丽的自然生活，以及鄙俗的社会生活，都把它当作一种艺术品看待——艺术品中本有表写丑恶的现象的——因为我们观览一个艺术品的时候，小己的哀乐烦闷都已停止了，心中就得着一种安慰，一种宁静，一种精神界的愉乐。我们若把社会上可恶的事件当作一个艺术品观，我们的厌恶心就淡了，我们对于一种烦闷的事件作艺术的观察，我们的烦闷也就消了。所以，古时悲观的哲学家，就把人世，看作一半是"悲剧"，一半是"滑稽剧"，这虽是他悲观的人生观，但也正是他的艺术的眼光，为他自己解嘲。但我们却不必做这种消极的、悲观的人生观。我们要持纯粹的唯美主义，在一切丑的现象中看出它的美来，在一切无秩序的现象中看出它的秩序来，以减少我们厌恶烦恼的心思，排遣我们烦闷无聊的生活。

这还是消极的一方面说。积极的方面，也还有许多的好处：

（A）我们常时作艺术的观察，又常同艺术接近，我们就会渐渐地得着一种超小己的艺术人生观。这种艺术人生观就是把"人生生活"当作一种"艺术"看待，使它优美、丰富、有条理、有意义。总之，就是把我们的一生生活，当作一个艺术品似的创造。这种"艺术式的人生",也同一个艺术品一样,是个很有价值、有意义的人生。有人说,诗人歌德(Goethe)的人生(Life),比他的诗还有价值,就是因为他的人生同一个高等艺术品一样,是很优美、很丰富、有意义、有价值的。

(B)我们持了唯美主义的人生观,消极方面可以减少小己的烦闷和痛苦,而积极的方面,又可以替社会提倡艺术的教育和艺术的创造。艺术教育,可以高尚社会人民的人格。艺术品是人类高等精神文化的表示,这两种的贡献,也就不算小的了。

总之,唯美主义,或艺术的人生观,可算得青年烦闷解救法之一种。

(二)研究的态度

怎样叫作研究的态度?当我们遇着一个困难或烦闷的事情的时候,我们不要就计较它对于切己的利害,以致引起感情的刺激,神经的昏乱,而平心静气,用研究的眼光,分析这事的原委、因果和真相,知这事有它的远因、近因,才会产生这不得不然的结果,我们对于这切己重大的事,就会同科学家对于一个自然对象一样,只有支配处置的手续,没有烦闷喜怒的感情了。

譬如现在的青年,对于社会上窳败的制度,政治上不良的现象,都用这种研究眼光去考察,不作一时的感情冲动,知道现在社会的黑暗罪恶是千百年来积渐而成,我们对它只当细筹改造的方法,不当抱盲目的悲观,或过激的愿望,那时,青年因政治社会而生的烦闷,一定可以减去不少。因这客观研究事实是不含痛苦的,是排遣烦闷的,而同时于事实上有极大的利益。

所以,研究的眼光和客观的观察,也是青年烦闷解救法的一种。

（三）积极的工作

我们人生的生活，本来就是"工作"。无工作的人生，是极无聊赖的人生，是极烦闷的人生。有许多青年的烦闷，就是为着没有正当适宜的工作而产生的。试看那些资本家的子弟，终日游荡，没有一个一定的工作，虽是生活无虑，总是烦闷得很，无聊得很，终日汲汲地寻找消遣排闷的方法。所以，我以为，正当的积极的"工作"，是青年解救烦闷与痛苦的最好方法。青年最危险的时候，就是完全没有工作的时候。这时候，最容易发生幻想，烦闷，悲观，无聊。

至于工作，有精神的肉体的。这两种中任择一种，就可以解除青年的烦闷。但是，做精神工作的，不可不当附带做点肉体的工作，以维持他的健康。

以上是我一时的感想，粗略得很。不过想借此引起诸君对于这黎明运动时代青年最易发生烦闷的问题，稍稍注意，商量个周密的解救办法。

我的创造少年中国的办法

　　日前左舜生①、王若愚②两君来往信中讨论小组织的问题，意思极为高尚，可以一扫现在腐败社会中的鄙俗营利思想，造一种新鲜的空气，愉快的生活。但是，我有点觉得两君所说的还是消极方面的意思多，积极方面的意思少，略带了高蹈隐居的意味。组织太小，只能做我们最初发展的基础，不是我们最终的目的。所以，我的意见与王、左两君大致相同，不过稍为注意积极方面的最后目的。我的意思也是跳出这腐败的旧社会以外，创造个完满良善的新社会，然后再用这新社会的精神与能力，来改造旧社会，使旧社会看我们新社会的愉快安乐，生了羡慕之心，感觉自己社会的缺憾，从心中觉悟，想改革仿效，那时，我们再予以积极的援助，渐渐改革我们全国社会缺憾之点，造成个愉快美

---

① 　左舜生：中国青年党党魁，中国近现代史研究的先驱。
② 　王若愚：即王光祈。音乐家、社会活动家。曾与李大钊等发起"少年中国学会"。

满的新社会与新国家。

我们学会的宗旨本是创造"少年中国"。但是，我们并不是用武力去创造，也不是从政治上去创造，我们乃是从下面做起，用教育同实业去创造。教育实业本是社会事业，所以我们也可以说是从社会方面去创造"少年中国"。我们创造"少年中国"，就是创造一个"新中国社会"。我们创造"少年中国"的问题，就是创造"新社会"的问题了。现在将我所拟的创造"少年中国"的办法略写于后。

（一）我们脱离了旧社会的范围，另向山林高旷的地方，组织一个真自由真平等的团体，人人合力工作，造成我们的经济独立与文化独立，完全脱去旧社会的恶势力圈。

（二）我们从实业与教育发展我们团体的经济与文化，造成一个组织完美的新社会。

（三）我们用这新社会做模范，来改造旧社会，使全国的社会渐渐革新，成了个安乐愉快平等自由的"少年中国"。

总而言之，我们不像现在欧洲的社会党，用武力暴动去同旧社会宣战，我们情愿让了他们，逃到了深山野旷的地方，另自安炉起灶，造个新社会，然后发大悲心，再去援救旧社会，使他们也享同等的幸福。现在我再将我的办法详细说说。

中国地大物博，未开垦的山林同土地尚多，我们合一班同志，集了资本，寻找几处未开辟的地方，创造森林，耕种平地，用最新式的农学方法，同最新式的机器，合力共作。（不过，我向来是主张分工的，体力强知识浅的人，可以多做实业生计上的事；体力弱知识高的人，可以多做教育文化上的事。但是我们要想求他渐渐调和，使知识家也要稍稍劳动，劳动家也要懂得普通知识，然后我们的团体可以共同进化。所以我们的团体只要品行纯洁、心地忠厚的人就可以做，不必尽收一班高才的学者）使我们的生计渐渐充裕，资力有余。根据地已得，不仰求于旧社会，然后建立各种学校，从事教育，用最良的教授方法，造成一班身体、知识、感情、意志皆完全发展的人格，以后再发展各种社会事业，如工艺交通之类，使我们完全脱离旧社会的势力。我们团体中的学者专心研究一种最良好的社会组织，部署我们团体中的行政，并且要规模宏大，可以做一切旧社会革新的标本。我们做事余暇，就可以多做书印报，发阐我们团体组织的办法，生活的愉快，发行到旧社会中，使旧社会彻底觉悟自己的缺憾，欣羡我们的完备，自己想革新改进，然后我们再予以指导赞助，帮助他们革新事业。我们团体组织的方法，就可以做他们革新的标本。我们团体此时渐渐扩充，可以分散各处，单行组织，使各地旧社会就近取法，奉为标本。我们的社会组织，分布全国，使全国人民皆入于安乐愉快的生活，尽力于世界人类文化的进步。那时我们创造"少年中国"的大目的可以渐渐达到了。岂不是我们最安心快乐的事体吗？但是我们还要前进，用我们的余力，帮助全世界的人都臻此境，再发展人类文化的进步，以至于无疆之休。那时我们人生的责任，才可以勉强算得尽了。虽不能像佛家说的度尽一切众生，也可算救了一小部分了。这是我所拟的创造"少年中国"的办法。但是非常草率，才不过说了一个大意。我们大家还要细细磋商一切详细微密的具体办法。我们现在虽不能就实行，但是，理想是事实之母，我既有了细密的办法，就照了这个办法一步一步地做去，总有达到的一日。不可以犯了中国人素来因循退怯的病。现在我要将我们团体中间还可以担任的一种事体略说一说。

近代印度大思想家泰戈尔氏（Tagore）说："东方的文明是森林的文明，西方的文明是城市的文明。将来两种文明结合起来，要替世界放一大光彩，为人类造福。"现在西方城市文明已经非常发达，我们东方的森林文明久已堕落，现在我们的责任，首在发扬我们固有的森林文明，再吸收西方的城市文明，以造成一种最高的文化，为人类造最大的幸福。我们少年中国的团体，也可以以此作最后的大目的。我们在山林高旷的地方，建造大学，研究最高深的学理，发阐东方深阔幽远的思想，高尚超世的精神，造成伟大博爱的人格，再取西方的物质文明，发展我们的实业生产，精神物质二种生活，皆能满足。我们再能发展中国。全国皆复如是，使中国做世界文化的中心点，我们灿烂光华雄健文明的"少年中国"实现了。这不是我们所能勉力做到的最高理想吗？

总而言之，我的意思，是要脱离这个城市社会，另去造个山林社会，我们才能用新鲜的空气，高旷的地点，创造一个"新中国"的基础，渐渐地扩充，以改革全国的窳败空气，以创造我们的"少年中国"。

悲剧的与幽默的人生态度

人类社会的法律、习惯、礼教，使人们在和平秩序的保障之下，过一种平凡安逸的生活；使人们忘记了宇宙的神秘，生命的奇迹，心灵内部的诡幻与矛盾。

近代的自然科学更是帮助近代人走向这条平淡幻灭的路。科学欲将这矛盾创新的宇宙也化作有秩序、有法律、有礼教的大结构，像我们理想的人类社会一样，然后我们更觉安然！

然而人类史上向来就有一些不安分的诗人、艺术家、先知、哲学家等，偏要化腐朽为神奇、在平凡中惊异，在人生的喜剧里发现悲剧，在和谐的秩序里指出矛盾，或者以超脱的态度守着一种"幽默"。

但生活严肃的人，怀抱着理想，不愿自欺欺人，在人生里面体验到不可解救的矛盾，理想与事实的永久冲突。然而愈矛盾则体验愈深，生命的境界愈丰满浓郁，在生活悲壮的冲突里显露出人生与世界的"深度"。

所以悲剧式的人生与人类的悲剧文学使我们从平凡安逸的生活形式中重新识察到生活内部的深沉冲突，人生的真实内容是永远的奋斗，是为了超个人生命的价值而挣扎，毁灭了生命以殉这种超生命的价值，觉得是痛快，觉得是超脱解放。

　　大悲剧作家席勒（Schiele）说："生命不是人生最高的价值。"这是"悲剧"给我们最深的启示。悲剧中的主角是宁愿毁灭生命以求"真"，求"美"，求"权利"，求"神圣"，求"自由"，求人类的上升，求最高的善。在悲剧中，我们发现了超越生命的价值的真实性，因为人类曾愿牺牲生命、血肉，及幸福，以证明它们的真实存在。果然，在这种牺牲中人类自己的价值升高了，在这种悲剧的毁灭中，人生显露出"意义"了。

　　肯定矛盾，殉于矛盾，以战胜矛盾，在虚空毁灭中寻求生命的意义，获得生命的价值，这是悲剧的人生态度！

　　另一种人生态度则是以广博的智慧照瞩宇宙间的复杂关系，以深挚的同情了解人生内部的矛盾冲突。在伟大处发现它的狭小，在渺小里却也看到它的深厚，在圆满里发现它的缺憾，但在缺憾里也找出它的意义。于是以一种拈花微笑的态度同情一切；以一种超越的笑，了解的笑，含泪的笑，惘然的笑，包容一切以超脱一切，使灰色黯淡的人生也罩上一层柔和的金光。觉得人生可爱。可爱处就在它的渺小处、矛盾处，就同我们欣赏小孩儿们的天真烂漫的自私，使人心花开放，不以为忤。

　　这是一种所谓幽默（Humor）的态度。真正的幽默是平凡渺小里发掘价值。以高的角度测量那"煊赫伟大"的，则认识它不过如此。以深的角度窥探"平凡渺小"的，则发现它里面未尝没有宝藏。一种愉悦，满意，含笑，超脱，支配了幽默的心襟。

"幽默"不是谩骂，也不是讥刺。幽默是冷峻，然而在冷峻背后与里面有"热"。（林琴南译迭更司的《块肉余生》[①]里富有真的幽默）

悲剧和幽默都是"重新估定人生价值"的，一个是肯定超越平凡人生的价值，一个是在平凡人生里肯定深一层的价值，两者都是给人生以"深度"的。

莎士比亚以最客观的慧眼笼罩人类，同情一切，他是最伟大的悲剧家，然而他的作品里充满着何等丰富深沉的"黄金的幽默"。

> 以悲剧情绪透入人生，
>
> 以幽默情绪超脱人生，
>
> 是两种意义的人生态度。

---

① 迭更司今译"狄更斯"，《块肉余生》今译《大卫·科波菲尔》。

怎样使我们生活丰富？

要解决这个问题，首先要问究竟什么叫作生活？

生活这个现象可以从两方面观察。就着客观的——生物学的——地位看来，生活就是一个有机体同它的环境发生的种种的关系。就着主观的——心理学的——地位看来，生活就是我们对外界经验和对内经验总全的名称。

我这篇短论的题目，是问怎样使我们生活丰富。换言之，就是立于主观的地位研究怎样可以创造一种丰富的生活。那么，我对于"生活"二字认定的解释，就是"生活"等于"人生经验的全体"。

生活即是经验，生活丰富即是经验丰富，这是我这篇内简括扼要的答案。但是，诸位不要误会经验是一种消极被动的容纳，要知道，经验是一种积极的创造行为。然后，才知道我们具有使生活丰富、经验丰富……的可能性。我们能用主观的方法，使我们的生活尽量地丰富、优美、愉快、有价值。

我们怎样使生活丰富呢？我分析我们生活的内容为"对外的经验"，即是对于自然与社会的观察、了解、思维、记忆；与"对内的经验"，即是思想、情绪、意志、行为。我们要想使生活丰富，也就是在这两个方面着手：一方面增加我们对外经验的能力，使我们的观察研究的对象增加；一方面扩充我们对内经验的质量，使我们思想情绪的范围丰富。请听我详细说来。

　　我们闲居无事的时候，独往独来，或是走到自然中，看着闲云流水、野草寒花，或跑到闹市里观看社会情状，人事纷纭，在这个时候，最容易看出我们自己思想智慧的程度的高下。因为，一个思想丰富的人，他见着这些极平常普通的现象，可以发挥他的思想、触动他的情绪，很觉得以意趣浓深，灵活机动，丝毫不觉得寂寞。我记得德国诗人海涅（Heine）到了伦敦，有一天走到一个街角上站了片刻，看见市声人海中的万种变相，就说道："我想，要使一个哲学家来到此地站立一天，一定比他说尽古来希腊哲学书还有价值。因为，他直接地观察了人生，观察了世界。"他这几句话真可以表示他的思想丰富、生活丰富，随处可以发生无尽的观念感想，绝不会再有寂寞无聊的感觉。而一般普通常人听了他这话，大半是不甚了解，因为他们自己若有了十分钟的幽闲无事，一定就会发生无聊烦闷的状态，不知怎样才好，要不是长夏静睡，就要去寻伴谈心了。由此可以看出，我们的生活丰富不丰富，全在我们对于生活的处置如何，不在于环境的寂寞不寂寞。我们对于一种寂寞的、单调的环境，要有方法使它变成复杂的、丰富的对象。这种方法，怎么样呢？我现在把自己向来的经验，对诸君说说，看以为如何。

我向来闲的时候，就随意地走到自然中或社会中，随意地选择一种对象，作以下的几种观察：

　　（一）艺术的；（二）人生的；（三）社会的；（四）科学的；（五）哲学的。

　　先说一个例。

　　我有一次黄昏的时候，走到街头一家铁匠门首站着。看见那黑漆漆的茅店中，一堆火光耀耀，映着一个工作的铁匠，红光射在他半边的臂上、身上、面上，映衬着那后面一片的黑暗，非常鲜明。那铁匠举着他极健全丰满的腕臂，取了一个极适当协和的姿势，击着那透红的铁块，火光四射，我看着心里就想到：这不是一幅极好的荷兰画家的画稿？我心里充满了艺术的思想，站着看着，不忍走了。心中又渐渐地转想到人生问题，心想人生最健全最真实的快乐，就是一个有定的工作。我们得了它有一定的工作，然后才得身心泰然，从劳动中寻健全的乐趣，从工作中得人生的价值。社会中实真的支柱，也就是这班各尽所能的劳动家。将来社会的进化，还是靠这班真正工作的社会分子，绝不是由于那些高等阶级的高等游民。我想到此地，则是从人生问题，又转到社会问题了。后来我又联想到生物学中的生存竞争说，又想到叔本华的生存意志的人生观与宇宙观，黄昏片刻之间，对于社会人生的片段，作了许多有趣的观察，胸中充满了乐意，慢慢地走回家中，细细地玩味我这丰富生活的一段。

　　以上是我现身说法，报告诸君丰富生活的方法。诸君自由运用，可以使人生最小的一段，化成三四倍的内容。乃不致因闲暇而无聊，因无聊而堕落，因堕落而痛苦了。

但这还是我所说对外经验丰富的方法。这还是静观的，消极的，偏于艺术的方法。这不过是把我们一种的对外经验，一个自然界的对象，作多方面的玩味观察，把一个单调的、平常的环境，化成一个复杂的、丰富的对象，使它表现多方面：艺术，人生，社会，科学，哲学——的境相。用一个比譬说来，就是我们使我们的"心"成了一个多方面的折光的镜子，照着那简单的物件，变成多方面的形态色彩。这已经可以使我们生活丰富不少。但我们还要使我们"在内经验"也扩充丰富，使我们的感情意志方面也不寂寞，这有什么方法呢？这个实在很简单。我们情绪意志的表现是在"行为"中，我们只要积极地奋勇地行为，投身入于生命的波浪，世界的潮流，一叶扁舟，莫知所属，尝遍着各色情绪细微的弦音，经历的一切意志汹涌的变态。那时，我们的生活内容丰富无比。再在这个丰富的生命的泉中，从理性方面发挥出思想学术，从情绪方面发挥出诗歌、艺术，从意志方面发挥出事业行为，这不是我们理想的最高的人格么？

所以，我们要丰富我们的生活，并不是娱乐主义、个人主义，乃是求人格的尽量发挥，自我的充分表现，以促进人类人格上的进化。诸君也有这个意思么？

中国青年的奋斗生活与创造生活

我们人类生活的基本内容本来就是奋斗与创造，我们一天不奋斗就要被环境的势力所压迫，归于天演淘汰，不能生存；我们一天不创造，就要生机停滞，不能适应环境潮流，无从进化。所以，我们真正生活的内容就是奋斗与创造。我们不奋斗不创造就没了生活，就不是生活。但是，你看社会上有很多不奋斗不创造的人，他们怎么也能安安逸逸地过他们的生活呢？不错，社会上是很有这一种人，并且很多。但是，他们的生活不叫作正当的生活。他们的生活叫作寄生的生活，他们过的不是人的生活，是寄生虫与害虫的生活，这种生活是人类生存的大敌，世界上所有种种战争，现在所有各种社会革命，人类开化以来所有种种罪恶与痛苦，就是为着人类社会上有这种寄生生活而起。如果世界上人人都过他正当的奋斗与创造的生活，没有寄生生活的存在，世界就要永久和平了！现在所有各种社会主义也要消灭了！因为他们的理想与目的已经达到了！我们中国现在离这个目的还远得很

172

呢，中国社会上寄生生活之多，恐怕要算世界第一，一班社会上自命高等阶级的人差不多都过的是寄生生活。天天丰衣足食，放佚淫乐，对于社会没有丝毫的贡献，还要替社会制造无数的罪恶，如养成淫奢的风气，造就偷惰的习惯，他们自己不奋斗不创造，让一班农民工人替他奋斗，替他创造，维持他们淫侈不道德的生活。这班可怜的农民工人因为替他人奋斗，替他人创造，没有工夫为自己奋斗，为自己创造，所以自己的生活反而困苦异常，危如一线了。他们眼见这班不劳动的富人高车驷马，娇妻美妾，他们自己天天勤苦劳动，手足胼胝，反而有绝食断生的危险，自然就生了偷惰之心，妄冀非常（如赌博买彩票之类）。他们没有能力敢起革命，渐渐就流入盗贼宵小，为社会增长无数罪恶、无数危险，推其本原，还是因为社会上有这种不劳而食、不奋斗、不创造的寄生生活。我们改良社会现状唯一的办法，就是要个个人都过他正当的奋斗生活与创造生活，完全消灭这种寄生生活的存在。我们要达到这个目的，自然就从我们青年做起。本来青年初入世界，他的奋斗与创造事业格外剧烈重大，稍一偷惰，不是流入寄生生活就要归于天演淘汰。我在上海看见很多的青年，暮气沉沉，毫无奋斗创造的精神，终日过一种淫侈逸乐的寄生生活，恬不知耻，我见了很为中国前途悲观。我们中国人民本来就缺乏奋斗精神与创造精神，若是这最有希望的青年也是如此，恐怕中国在二十世纪间已经根本上没有存在价值了！我们"少年中国"少年的生活就是奋斗生活与创造生活，我们若再不奋斗创造，不唯"少年中国"不能实现，就是实现了，也是不能永久发达的，但是我们怎样奋斗、怎样创造呢？我们奋斗的目的同创造的事业是什么呢？我以为中国现在青年有两种奋斗的目的，同两种创造的事业：

（Ａ）奋斗的目的：

（一）对于自心遗传恶习的奋斗；

（二）对于社会黑暗势力的奋斗。

（Ｂ）创造的事业：

（一）对于小己新人格的创造；

（二）对于中国新文化的创造。

这两种奋斗、两种创造，本是中国全国人民应有的事业，不过我们对于中国过去人物已经没有希望，未来的人物有未来的事业，我们不得不将此四种事业做我们中国现在青年的唯一责任、唯一生活。今将我新近拟想这四种事业的内容，略写出来与大家商榷。

A　中国青年的奋斗生活

一、对于自心遗传恶习的奋斗

中国社会存在已数千年，其间产生了无数不合时宜的旧心理与旧习惯，尚未完全打破，此种旧习若让它保守存在，则不合时代潮流，于中国民族前途极有妨碍。过去的人物习染已深，无可挽回，我们青年虽有些先天的遗传，尚未有后天的滋长，还不难根本铲除。今就我观察所及，有几种最不适宜的旧心理，须从速努力打消，才适应"少年中国"少年的精神。

（一）个人主义与家庭主义

中国人向来只晓得有个人与家庭，不晓得有社会，对于社会的责任心非常淡薄，社会上的事漠不关心，好像是另一个世界。否则把社会看作敌国，不是高蹈远隐不相闻问，或冷眼旁观妄肆讥评，就是怀挟野心，争图权力，攘夺些财产，回到家中，围着妻子儿女过他团圆独乐的家庭生活，全不讲求社会上共同的娱乐与共同的利益。这种反对社会生活的心习最不适应现代潮流，尤不合共和政体，因为这种个人主义与家庭主义盛行了，社会上政治上的责任心自然就冷淡了。若果社会上有几个枭雄出来操纵一切，则共和政体又变成暴民专制了。中国人团体心既已缺乏，而独立性又不见强，既不顾组织团体，尽团体中的责任，又没有独立创造的精神，事事放任，依赖他人，这种堕落民族的恶习若不铲除，中国民主政体是永远不能发展的。

（二）笼统主义与直觉主义

中国人最缺乏科学与分析的眼光，凡事皆凭着笼统直觉的见解，还自以为玄妙高深，摆脱名相，它的流弊就是盲从与独断，没有批评的精神，没有研究的态度，所以守旧的以为先圣之言无可怀疑，趋新的以为新的都是好的。总之，笼统主义是因为脑筋简单，没有分析的能力；直觉主义是因为脑筋偷惰，没有研究的效力。我们中国人偏有这种心习，若再不打破，怎能抵抗欧美的科学精神？（我自己很有这种根性，现在竭力同它奋斗）

（三）放任主义与自然主义

东方大陆的消极主义与无抵抗主义本来是世界著名的，一班学者美其名曰放任主义与自然主义。其实放任主义就是没有奋斗的精神，自然主义就是没有创造的能力，中国人受了老庄哲学的影响（其实并未真正懂老庄），没有丝毫进取的意志，这种心习不但违背世界潮流，并且反抗宇宙创造进化的公例，怎么适宜"少年中国"的少年？中国国民持放任主义，所以政治上变成军阀官僚的专制，共和真精神一点没有实现（言论自由都做不到），中国学者持自然主义，所以流入直觉空想，没有真心去研究科学、实际考察宇宙现象的。（欧洲近代哲学中的自然主义正与此相反，他们因为崇拜自然，就去彻底研究自然的现象。）所以我希望中国人的放任主义快快变成奋斗主义，中国人的自然主义快快变成创造主义。

以上所举这三种遗传心习还是偏重青年学者而言。至于中国旧社会所造成其他种种不适宜的心习，不胜枚举，请诸君随时观察去竭力奋斗，务必扑灭，我们才能创造个"新我"，适应世界新潮，创造少年中国，我们若不能战胜自己的心习，断不能战胜社会的黑潮流。青年的心中还有一种最剧烈最危险的奋斗事业，不可不注意的，就是精神与肉体的奋斗。

青年时代本是生理上的一切本能发达最盛的时代，食色嗜欲最强烈。普通一班根性浅、意志弱的青年，一定是拜倒肉欲生活之下，不敢稍有违抗，昏昏沉沉过一种庸俗机械的生活，满足生理上的欲望，尽了自存传种的责任就算是有幸福的。一班根性高的青年心中就产生了一种剧烈的肉欲与精神的战争，若果精神胜了，就可以为人类造点事业，是个很有希望的青年。如果精神战不胜肉欲，那就很坏，心中痛苦异常，往往流入消极悲观，有至于自杀的。青年这种对于自心肉欲的奋斗是青年最剧烈最痛苦的奋斗，若战不胜，那青年一生的事业就在这危险礁上搁浅了，青年自身基础已不坚固，意志薄弱，才能萎谢，怎么能担任其他奋斗事业与创造事业呢？

二、对于社会黑暗势力的奋斗

人类社会上的黑暗罪恶，是人类兽性黑暗方面的总汇结晶，中国社会历时已久，其中黑暗势力格外深浓雄厚，有如年代久的大家庭，其中黑幕重重，不可向迩，我们身入其间，若不改变我天真的人格，戴一副面具，与他同流合污，是不能生存其中的。我们纵然衷心想练守自己的纯洁人格，以为心中自有把握，可以同流而不合污，殊不知既身入其内，潮流所逼，不转瞬间就要归于同化，自己还不觉得。我曾看见几个天真可爱的青年，身入社会周旋，三五年间就转入旋涡，逐流忘返，嗜欲浓厚，闲手无聊，鄙俗可厌的状态，我见了大吃一惊，才知道社会黑暗恶习势力的伟大，我们这种纯洁坦白毫无经验的青年，要想保守清明，涵养我们天真纯洁的根性，是很不容易的，除非是高蹈远引脱离这恶浊社会，但是这种消极遁世的办法又不是我们现在青年所应有的。所以我们现在唯一的办法就是联合全国纯洁青年组织一个大团体，与中国社会上种种恶习惯、恶风俗、不自然的虚礼谎言、无聊的举动手续、欺诈的运动交际，大起革命，改造个光明纯洁人道自然的社会风俗，打破一切黑暗势力的压迫，我们才能有一种天真坦白新鲜无垢的新生活。我觉得这一种社会变革比社会经济革命还重要，因为经济上的黑暗势力，不过压迫我们的物质生活，这种习俗上的黑暗势力简直要征服我们的精神，取消我们的人格，我们若不消灭精神，隐藏人格，就不能同这种黑暗习俗相周旋，就要受淘汰，我觉得这种精神人格上受征服，实在比物质肉体上受压迫还痛苦百倍呢。我们须联合一致同它奋斗，保存我们的人格，然后再奋力打破社会上一切不合理不自然的状况，消除一切欺人的偶像，废除一切不合时宜的制度风俗。但是我们这种对于社会黑暗势力的奋斗生活，也是极剧烈极危险的，若一失败，不是被它征服、丧失人格，就是流入消极悲观、抱厌世主义。所以我们先要预备个奋斗的基础，再预备奋斗的器械。我们奋斗的基础就是我们自己高尚纯洁的人格、坚强不拔的意志，奋斗牺牲的精神；我们战斗的器械，就是我们精明真确的学术，热忱真挚的气概，深远稳健的手腕，不是浮躁盲动，也不是轻率取巧，我们一方面战胜自己心中的黑暗，为自己创造光明，一方面战胜社会的黑暗，为社会创造光明，积极进行，至死不懈，以造成光明雄健的"少年中国"。

这是我拟想现在中国少年应有的奋斗生活，但是奋斗还是偏于消极的抵抗，不是积极的建设，我们日时还要创造新人格与新文化，才能有新生活与新社会，奋斗与创造，如鸟之双翼、车之双轮，绝对不能偏重的。不奋斗，不能开创造的事业；不创造，不能得奋斗的基础。所以我还须我们青年创造生活的内容略写出来与诸君商榷。

B　中国青年的创造生活

一、对于小己新人格的创造

我们人类生活最初的责任，就是发展我们小己的人格。什么叫人格？古来学者对于人格的定义各有不同，我这篇所说的人格就是维斯巴登（Wiesbaden）所言："人格也者，乃一精神之个体，其一切天赋之本能，对于社会处于自由的地位。"总之人格就是我们人类小己一切天赋本能的总汇体。我们的天赋本能是应当发展的，是应当进化的，不是守陈不变的。我们做人的责任，就是发展我们健全的人格，再创造向上的新人格，永进不息，向着"超人"的境界做去。我们对于小己的智慧要日进于深广，对于感觉要日进于优美，对于意志要日进于宏毅，对于体魄要日进于坚强，每日间总要自强不息，对于人格上有所增益，有所革新，才不辜负这一天的生活。我们每天的生活就是对于小己人格有所创造的生活，或是研究学理以增长见解，或是流连美术以陶冶性情，或是经历困厄以磨炼意志，或是劳动工作以强健体力，总使现在的我不复是过去的我，今日的我不是昨日的我，日日进化，自强不息，这才合于大宇宙间创造进化的公例。本来我们的人格也要适应世界的潮流，体合社会的环境，譬如中国政治改为民主，我们以前的贵族思想与阶级思想就不应当存在了。现在我们的自强精神、互助精神、自由思想、平等思想，比以前更加重要了，所以，我们于对小己实负有时时创造新人格的责任。我以为我们创造小己人格最好的地方就是在大宇宙的自然境界间，我们常常走到自然境界流连观察，一定于我们的人格心襟很有影响。自然界的现象本是一切科学的基础，我们常常观察水陆的动植的神奇变化，山川云雨的自然势力，心中就渐渐得了一个根据实际的宇宙观。自然界的美丽庄严是人人知道的，日间的花草虫鱼、山川云日，可以增长我们的神思幽意，夜间的星天森严、寥廓无际，可以阔大我们的心胸气节，至于观察生物界生活战争的剧烈，又使我们触目惊心，启发我们大悲救世的意志。我们身体在自然界中活动工作，呼吸新鲜空气，领略花香草色，自然心旷神怡，活泼强健了。所以，我向来主张我们青年须向大宇宙自然界中创造我们高尚健全的人格。有人说，我们创造人格的方法是在社会中奋斗。这话也有理由，但是我们还是要先在自然界中养成了强健坚固的人格，然后才能进社会中去奋斗，否则我们自己人格上根基不牢，社会上黑暗势重，我们就容易堕落于不知不觉间了，并且就是在社会上奋斗的时候，也还须常常返回到自然境界中宁息身心，储蓄能力，得点静的修养，才能挟着新鲜的空气，清新的精神，重进社会，继续这猛勇的奋斗与创造。这是我对于青年创造人格的意见。我记得德国诗人歌德有一句诗说："人类最高的幸福就是人类的人格。"这话很有深意。但是我以为，"人类最高的幸福在于时时创造更高的新人格"。

二、对于中国新文化的创造

社会组织时时在迁流中，社会文化亦时时在变动中，社会如体，文化如衣，衣形自更，所以自古以来没有长恒不变的社会组织，也没有永远守旧的社会文化。社会组织与社会文化都是人类体合自然环境而创造的，时代变迁了，环境变易了，社会的组织与文化都要革故呈新，才能适应，才能进化。譬如中国旧文化中有适宜于君主政体的，现在当然不能用了，有适应于闭关时代的，现在更不能保存了。但是现在旧文化既有许多不适用的，新文化又未产生，于是，中国陷于文化恐慌状态，旧学术消沉，新学术未振，旧道德堕落，新道德未生，一切物质文化及政治状况、社会状况皆是一种不新不旧不中不西的形式，若长此以往，历时愈多，中国文化愈落愈甚，恐怕陷于不可恢复的境地，所以我们青年实负有创造中国新文化的责任。但是，文化是全体民族的事业，不是几千几百青年学者所能创造的，我们不过尽我们创新指导的责任罢了！还须全国国民一致奋进，才能达到新文化的实现。

我们"少年中国"的新文化怎么样创造呢？我以为我们须先设想这新文化的内容，做个目标，再研究这新文化创造的方法。

我们设想新文化的内容，又须先明白这文化概念的意义。什么叫文化？古来学者对文化概念的定义亦不一致。我这篇所说文化的意蕴是近代一班社会学家所共认为文化概念的广义。即"文化也者，乃人类智力战胜天行，利用自然质力增进人类生活（物质、精神、社会三方生活）"。所以，文化是人所创造，不是天运所生，又是时时进化，不是守陈不变。我们创造新文化是可能的事业，是应尽的责任，现今社会学家分文化内容为三大部分，我们要创造新文化，必须从这三方面同时进行。

（一）物质文化

物质文化就是人类利用自然界材料制造人类实际生活所需用之物品，如衣服、居室、器械、舟车、桥梁、街道等类。中国现在的物质文化远不如欧美，是人人知道的，但是中国地大物博，天产宏富，物质文化的材料已经有了，所缺少的就是利用这天赋资材，以创造物质文化的学术与效力。欧洲近代物质文化的基础是自然科学，我们要创造中国的物质文化也是须从研究科学入手，取法欧西，应用科学法则，依据实际生活，创造适宜中国民生的物质文化，使中国全体国民生计充裕，然后一切精神文化与社会状况才能发展进化。物质文化是一切高等精神文化的基础，非常重要，中国的旧学者每每轻视物质，是很谬误的，以致中国物质文化千余年来没有进步，农器工具依然是千年古物，街道居室依然逼窄污暗、不合卫生，工艺实业全不发达，偌大的土地，偌大的天产，还要年投饥荒，民不聊生，这不是物质文化未良善的缘故么？所以我希望我国的青年学者对于中国的物质文化也要十分注意，若没有物质文化的基础，我们所理想的精神文化是不能尽致发展的。我们现在发展中国物质文化的方法，就是取法欧西，根基科学，还要有创造的能力，发阐东方闳大庄丽的精神，此事重在实行，故无多说。

（二）精神文化

精神文化的产品就是学术、艺术、道德、宗教。中国精神文化发达甚早，周秦之际已造诣甚高，但进步太迟，已为欧西超越。有人反对此言，以为中国精神文化极高极古，不在欧洲之下。我也承认，但是他意中所说的精神文化的产品，不是真正的精神文化。中国古代精神文化的产品，如学术文章、艺术伦理，自然有很高的价值，不在当时欧洲希腊、罗马之下；但是，这种古代精神文化的遗迹，不能代表中国现在的精神文化，中国现在的精神文化，比较欧美，实在不如，学术上没有他们的精确真实幽深玄远，直造型上至精、至微之域。（中国人只知欧西学精，岂知他们的高深哲学的精髓，已超过中国诸子之上。如康德哲学已到佛家最精深的境界，并且根据算学物理，有科学的价值，不是佛家的直觉。中国儒学虽有不可磨灭的地方，但是，国民实际道德实不足夸，公德心不及欧人是最显见的，中国现在艺术更不必言，连东邻岛国都不如了，所以我说现在中国民族间实际的精神文化已为欧洲所超越。）我们现在对于中国精神文化的责任，就是一方面保存中国旧文化中不可磨灭的伟大庄严的精神，发挥而重光之，一方面吸取西方新文化的菁华，渗合融化，在这东西两种文化总汇基础之上建造一种更高尚更灿烂的新精神文化，作世界未来文化的模范，免去现在东西两方文化的缺点、偏处。这是我们中国新学者对于世界文化的贡献，并且也是中国学者应负的责任。因为现在东西方文化都有缺憾，是人人晓得的，将来世界新文化一定是融合两种文化的优点面加之以新创造的。这融合东西文化的事业以中国人最相宜，因为中国人吸取西方新文化以融合东方，比欧洲人采撷东方旧文化以融合西方较为容易。以中国文字语言艰难的缘故，中国人天资本极聪颖，中国学者心胸思想本极宏大。若再养成积极创造的精神，不流入消极悲观，一定有伟大的将来，于世界文化上一定有绝大的贡献。这是"少年中国"新学者真正的使命、真正的事业，不是提倡一点白话文字、介绍一点写实文学就了事的。我们青年学者现在进行的方法，就是先于各种自然科学有彻底的研究，以为一切观察思考的基础，然后于东西古今的学说思想有严格的审查，考察它科学上的价值，再创造一种伟大庄阔，根据实际的宇宙观及人生观，作为我行为举动的标准；不是剽窃一点欧美最近的学说或保守一点周秦诸子的言论就算是中国的精神文化。我们还要刻苦的奋斗、积极的创造，数十年后，中国或者才实现一点新精神文化的曙光。照现在的现状，实在还无精神文化可言。中国古文化中本有很精粹的，如周秦诸学者的大同主义（孔子）、平等主义（孟子）、自然主义（庄子）、兼爱主义（墨子），都极高尚伟大，不背现在的世界潮流的，大可以保存发扬的，但是，他们已经流风久歇，只深藏在残篇旧籍中间，并不真正存在民族精神思想里了。至于欧学，输入未久，本无可言，不但真正科学得有发展，就是科学严格的法则、客观研究的精神，还未曾深入中国新学者的脑筋，中国遗传的文人头脑，尚未曾改作科学的头脑，提倡新学的还是偏于文学方面，于科学方面，无新发扬，一班青年也还是欢迎文学的多，对于科学没甚趣味。这是过渡现象，不能深责，但是以后我们要改良了，对于一切学术事理，旨要取纯粹客观、注重实证的态度，基础西方科学严格的精神，利用东方天才直觉的能力（直觉本无害，唯偏于直觉而无科学分析眼光，就有弊了。直觉本是世界一切大理论大思想产生的渊源，不过直觉之后要有实际的取证，不可流于空论玄想，我所以反对的是纯粹直觉主义，不是反对东方伟大的直觉才能），发阐世界真理，建造新学术、新艺术、新伦理、新宗教，以造成中国的新精神文化。我们所谓"新"，是在旧的中间发展进化、改正增益出的，不是凭空特创的，勿要误会。其实现在所谓"欧美新文明"对于我们理想的新文化又算是旧的了。中国旧学说、旧道德、旧艺术中，实有很多精华不可磨灭的，我们创造新文化正是发挥光大这种旧文化，加以改正增益而已。譬如中国旧道德中最注重知行合一，我想这种道德是不能反对的，徒知而不行，或盲行而不知，总不能说有道德价值，所以我们所谓"新"，即是比较趋合于真理而已。学术上本只有真妄问题，无所谓新旧问题。我们只知崇拜真理、崇拜进化，不崇拜世俗所谓"创新"。古代发明的真理，我们仍须尊重，现在风行的谬说，我们当然排斥，学者的心中只知有真妄，不知有新旧，望吾国青年注意于此，凡事须处于主动研究的地位，勿趋于被动盲从的地位。我们全副精神须在于"进化"，不是在于世俗所谓"新"，世人所谓"新"，不见得就是"进化"，世人所谓"旧"，也不见得就是"退化"（因人类进化史中也有堕落不如旧的时候）。所以，我们要有进化的精神，而无趋新的盲动，我们融会东方旧文化与西方新文化，以创造一种更高的新文化，是为着人类文化进步起见，不是为着标新立异。但这问题非常重大，非常繁难，须集合东西无数学者，竭数十百年的心力或能解决一二，岂我今日所能发挥，不过请吾国青年注意于此、致力于此罢了。

（三）社会文化

社会文化就是社会一时代的政治组织与经济组织。社会状况时时变迁，政治组织与经济组织也时时革新。世界各国的政治自独夫专制改成君主立宪，又由君主立宪进成民主政体，数十年间变更已多，世界经济组织亦正在大变动中，未知所属。我们中国虽称民主政体，本是极合世界政治潮流，但是有名无实，国民的言论自由都不能发展，真是中国民族的大耻辱，贻笑世界。[①]人说是中国人道德智识程度不够，我想也是这个原因，因为中国民族愚惰懦弱，所以才产生这种专制独断的军阀官僚，如果国民有独立自治的天性，崇尚自由的思想，威武不能屈，利害不能动，

---

① 本文发表于 1919 年。

深知世界潮流，了解民主真谛，军阀官僚一定不能存在这二十世纪的中国。我们"少年中国"青年对于中国政治没有别的方法，还是从教育方面去健进国民道德智识的程度，振作独立自治的能力，以贯彻民主政体的精神，这虽是老套常谈，却还并没有人去做。我们如果去实行，虽是老生常谈，也有价值。中国的经济组织虽不致有欧洲的剧烈变动，但照国民的贫困劳苦来看，总不能说是已经良善、无待革新的。至于革新的方法，须我们细心研究、大家讨论，不是我今天能说的。

以上是我似想中国现代青年应有的奋斗生活与创造生活，这奋斗创造最后鹄的，就是建立一个雄健文明的"少年中国"。这"少年中国"的肉体已经有了，就是这数千年的老中国的病躯残骸，我们现在只要创造出一种新生命、新精神，输入这老中国病体里去起死回生，就是我们的"少年中国"出现了。但是要快快着手，莫待老中国断了气，就为难了。我们创造这新国魂的方法，就是要中国现在个个青年有奋斗精神与创造精神，联合这无数的个体精神汇成一个伟大的总体精神，这大精神有奋斗的意志，有创造的能力，打破世界上一切不平等的压制侵掠，发展自体一切天赋，才能活动进化，不是旧中国的消极偷惰，也不是旧欧洲的暴力侵掠，是适应新世界新文化的"少年中国精神"。

新人生观问题的我见

我看见现在社会上一般的平民，几乎纯粹是过的一种机械的、物质的、肉的生活，还不曾感觉到精神生活、理想生活、超现实生活……的需要。推其原因，大概是生活环境太困难，物质压迫太繁重的缘故。但是，长此以往，于中国文化运动上大有阻碍。因为一般平民既觉不到精神生活、理想生活的需要；那么，一切精神文化，如艺术、学术、文学都不能由切实的平民的"需要"上发生伟大的发展了。所以，我们现在的责任，是要替中国一般平民养成一种精神生活、理想生活的"需要"，使他们在现实生活以外，还希求一种超现实的生活，在物质生活以上还希求一种精神生活。然后我们的文化运动才可以在这个平民的"需要"的基础上建立一个强有力的前途。

我们怎样替他们造出这种需要呢？

我以为，我们第一步的手续，就是替他们创造一个新的正确的人生观。中国平民旧式的人生观——其实，一般人大半还没有人生观可言：因为中国向来盛行孔孟老庄的哲学，发生两种倾向：

（一）现实人生主义：这是大半由孔孟哲学不谈天道、不管形而上问题——超现实思想——的结果。它的流弊，使一般平民专倾向现实人生问题，不知道注意自然，发挥高尚深处，超现实人生，研究自然神秘的观念。它的流弊至极，就到了现在这种纯粹物质生活，肉的生活，没有精神生活的境地。

（二）悲观命定主义：这是大半由老庄哲学深入中国人心，认定凡事都有定数，人工不能为力，所以放任自然，不加动作。没有创造的意志，没有积极的精神，没有主动的决心。高尚的，趋于达观厌世。低等的，流于纵欲享乐。

这两种人生观的流弊，在现在中国社会中发扬尽致了，我们随处可以考察，用不着我细说。不过，那班实行这种人生观的人，自己并不承认，因为他们思想界中并没有"人生观"三个字的观念。

我们的新"人生观"，从何处创造呢？我以为有两条途径：（一）科学的，（二）艺术的。先说：

（一）科学的人生观

我们知道这"人生观"问题的内容，是含着以下的两个问题：

（A）人生究竟是什么？就是问人生生活的"内容"与"作用"，究竟是什么东西？

（B）人生究竟要怎样？就是问我们对于人生要取的什么态度，运用什么方法？

这两个问题，我想，我们都可以先从科学上去解答它。因为"生活"这个现象，已经成了科学的对象。科学中的生物学（Biology）就是研究"生活原则"的学问。分而言之，生理学（Physiology）是研究"物质生活"的内容和作用，心理学是研究"精神生活"的内容与作用。生活现象的全体已经成了科学研究的对象。我们不从这个实验的科学的道路上去解决人生生活内容的问题，难道还去学那些旧式的哲学家，从几个抽象的观念名词上，起空中楼阁么？

我们从科学的内容中知道了生活现象的原则，再从这原则中决定生活的标准。譬如，我们知道，生活中有"互助"的现象，与"战争"的现象。我们抉择哪一种原则是适合于天演，我们就去尽量扩充发挥，以求我们生活的进化。我们又知"精神生活"是生活中较为高级的进化的现象，我们就应当竭力地发扬它增进它，以求我们生活的高尚。我们又知道生活的作用是创造的变动的，不是固定的消极的，我们就当本着这个原则去活动创造。这是从科学——生物学——的"内容"中，知道我们"生活原则"的内容，再根据这种原则，决定我们生活的态度。

其实，不单是科学的内容与我们人生观上有莫大的关系，就是科学的方法，很可以做我们"人生的方法"（生活的方法）。

科学的方法是"试验的""主动的""创造的""有组织的""理想与事实联络的"。这种科学家探求真理的方法与态度，若运用到人生生活上来，就成了一种有条理的、有意义的、活动的人生。

所以，我们可以从科学的内容与方法上，得一个正确的人生观，知道人生生活的内容与人生行为的标准。

但是，科学是研究客观对象的。它的方法是客观的方法。它把人生生活当作一个客观事物来观察，如同研究无机现象一样。这种方法，在人生观上还不完全，因为我们研究人生观者自己就是"人生"，就是"生活"。我们舍了客观的方法以外，还可以用主观自觉的方法来领悟人生生活的内容和作用。

我们自己天天在生活中。这生活究竟是什么，我们当然可以用内省或反照的方法来观察领悟。不过，我们的意识界，常时被外界物质及肉体生活的关系占据充满了，不大能发生纯粹无杂的自觉。所以，要从自觉上了解生活内容、人生意义，也是不容易的。但我想我们还可以用一种比例对照（Aualogy）的方法来推测人生内容是什么，人生标准当怎样。这种方法，就是：

（二）艺术的人生观

什么叫艺术的人生观？艺术人生观就是从艺术的观察上推察人生生活是什么，人生行为当怎样。

我们知道，艺术创造的过程，是拿一件物质的对象，使它理想化、美化。我们生命创造的过程，也仿佛是由一种有机的构造的生命的原动力，贯注到物质中间，使它进成一个有系统的有组织的合理想的生物。我们生命创造的现象与艺术创造的现象，颇有相似的地方。我们要明白生命创造的过程，可以先去研究艺术创造的过程。艺术家的心中有一种黑暗的、不可思议的艺术冲动，将这些艺术冲动凭借物质表现出来，就成了一个优美完备的合理想的艺术品。生命的现象也仿佛如此。生命的表现也是物质的形体化、理想化。生命的现象，好像一个艺术品的成功。不过，艺术品大半是固定的静止的，生命是活动的前进的。

结果不同，而创造的过程则有些相似。

但这种由艺术创造的过程上推想生命创造的过程，终不过是个推想（Analogy）罢了。没有科学的严格的根据。它是一种主观的——艺术家自觉的——想象。不过我们个人自己，不妨抱有这么一种艺术的人生观。从这上面建立一种艺术的人生态度。

什么叫艺术的人生态度？这就是积极地把我们人生的生活，当作个高尚优美的艺术品似的创造，使它理想化、美化。

艺术创造的手续，是悬一个具体的优美的理想，然后把物质的材料照着这个理想创造去。我们的生活，也要悬一个具体的优美的理想，然后把物质材料照着这个理想创造去。艺术创造的作用，是使它的对象协和，整饬，优美，一致。我们一生的生活，也要能有艺术品那样的协和，整饬，优美，一致。总之，艺术创造的目的是一个优美高尚的艺术品，我们人生的目的是一个优美高尚的艺术品似的人生。这是我个人所理想的艺术的人生观。

我久已抱了一个野心，想积极地去研究这个"科学人生观与艺术人生观"的问题。但是因为自己的科学与艺术的基础知识太缺乏，至今还没有着手。今天这个短论所写的，乃是我自己所悬拟的着手研究的方向。我很希望国内有许多青年和我同抱这个野心，所以写了出来，以供参采。但是，我所说的实在太简略了，很是抱歉。以后稍有研究时，预备再详细地说一下。

歌德之人生启示

　　人生是什么？人生的真相如何？人生的意义何在？人生的目的是何？这些人生最重大最中心的问题，不只是古来一切大宗教家哲学家所殚精竭虑以求解答的。世界上第一流的大诗人凝神冥想，深入灵魂的幽邃，或纵身大化中，于一朵花中窥见天国，一滴露水参悟生命，然后用他们生花之笔，幻现层层世界、幕幕人生，归根也不外乎启示这生命的真相与意义。宗教家对这些问题的方法与态度是预言的说教的，哲学家是解释的说明的，诗人文豪是表现的启示的。荷马的长歌启示了希腊艺术文明幻美的人生与理想，但丁的神曲启示了中古基督教文化心灵的生活与信仰。莎士比亚的剧本表现了文艺复兴时人们的生活矛盾与权力意志。至于近代的，建筑于这三种文明精神之上而同时开展一个新时代，所谓近代人生，则由伟大的歌德以他的人格、生活、作品表现出它的特殊意义与内在的问题。

　　歌德对人生的启示有几层意义，几种方面。就人类全体讲，

192

他的人格与生活可谓极尽了人类的可能性。他同时是诗人，科学家，政治家，思想家，他也是近代泛神论信仰的一个伟大的代表。他表现了西方文明自强不息的精神，又同时具有东方乐天知命宁静致远的智慧。德国哲学家息默尔①（Simmel）说："歌德的人生所以给我们以无穷兴奋与深沉的安慰的，就是他只是一个人，他只是极尽了人性，但却如此伟大，使我们对人类感到有希望，鼓动我们努力向前做一个人。"我们可以说歌德是世界一扇明窗，我们由他窥见了人生生命永恒幽邃奇丽广大的天空！

再狭小范围，就欧洲文化的观点说，歌德确是代表文艺复兴以后近代人的心灵生活及其内在的问题。近代人失去了希腊文化中人与宇宙的谐和，又失去了基督教对上帝虔诚的信仰。人类精神上获得了解放，得着了自由；但也就同时失所依傍，彷徨摸索，苦闷，追求，欲在生活本身的努力中寻得人生的意义与价值。歌德是这时代精神伟大的代表，他的主著《浮士德》是这人生全部的反映与其问题的解决〔现代哲学家斯宾格勒（Spengler）在他名著《西方之衰落》中名近代文化为"浮士德文化"〕。歌德与其替身浮士德一生生活的内容就是尽量体验这近代人生特殊的精神意义，了解其悲剧而努力以解决其问题，指出解救之道。所以有人称他的浮士德是"近代人的《圣经》"。

但歌德与但丁、莎士比亚不同的地方，就是他不单是由作品里启示我们人生真相，尤其在他自己的人格与生活中表现了人生广大精微的义谛。所以我们也就从两方面去接受歌德对于人类

---

① 息默尔：今译"齐美尔"。

的贡献:(一)从他的人格与生活了解人生之意义;(二)从他的文艺作品欣赏人生真相之表现。

一、歌德人格与生活之意义

比学斯基（Bielschowsky）在歌德传记导论中分析歌德人格的特性，描述他生活的丰富与矛盾，最为详尽（见拙译《歌德论》）。但这个矛盾丰富的人格终是一个谜。所谓"谜"，就是这些矛盾中似乎潜伏着一个道理，由这个道理我们可以解释这个谜，而这个道理也就是构成这个谜的原因。我们获着这个道理解释了这谜，也就可说是懂了那谜的意义。歌德生活中之矛盾复杂最使人有无穷的兴趣去探索他人格与生活的意义，所以人们关于歌德生活的研究与描述异常丰富，超过世界任何文豪。近代德国哲学家努力于歌德人生意义的探索者尤多，如息默尔、黎卡特①（Rickert）、龚多夫（Gundolf）、寇乃曼（Küehnemann）、可尔夫（Korff），等等，尤以可尔夫的研究颇多新解。我现在根据他们的发挥，略参个人的意见，叙述于后。

我们先再认清这歌德之谜的真面目:第一个印象就是歌德生活全体的无穷丰富;第二个印象是他一生生活中一种奇异的谐和;第三个印象是许多不可思议的矛盾。这三种相反的印象却是互相依赖，但也使我们表面看来，没有一个整个的歌德而呈现无数歌德的图画。首先有少年歌德与老年歌德之分。细看起来，可以说有一个莱布齐希大学学生的歌德，有一个少年维特的歌德，有一个魏玛朝廷的歌德，有一个意大利旅行中的歌德，与席勒交友时

---

① 黎卡特：今译"李凯尔特"。

194

的歌德，艾克曼谈话中的哲人歌德。这就是说歌德的人生是永恒变迁的，他当时朋友都有此感，他与朋友爱人间的种种误会与负心皆由于此。人类的生活本都是变迁的，但歌德每一次生活上的变迁就启示一次人生生活上重大的意义，而留下了伟大的成绩，为人生永久的象征。这是什么缘故？因歌德在他每一种生活的新倾向中，无论是文艺、政治、科学或恋爱，他都是以全副精神整个人格浸沉其中；每一种生活的过程里都是一个整个的歌德在内。维特时代的歌德完全是一个多情善感热爱自然的青年，著《伊菲格尼》（*Iphigenie*）的歌德完全是个清明儒雅、徘徊于罗马古墟中希腊的人。他从人性之南极走到北极，从极端主观主义的少年维特走到极端客观主义的伊菲格尼，似乎完全两个人。然而每个人都是新鲜活泼原版的人。所以他的生平给予我们一种永久青春永远矛盾的感觉。歌德的一生并非真是从迷途错误走到真理，乃是继续地经历全人生各式的形态。他在《浮士德》中说："我要在内在的自我中深深领略，领略全人类所赋有的一切。最崇高的最深远的我都要了解。我要把全人类的苦乐堆积在我的胸心，我的小我，便扩大成为全人类的大我。我愿和全人类一样，最后归于消灭。"这样伟大勇敢的生命肯定，使他穿历人生的各阶段，而每阶段都成为人生深远的象征。他不只是经过少年诗人时期，中年政治家时期，老年思想家科学家时期，就在文学上他也是从最初罗珂珂[①]式的纤巧到少年维特的自然流露，再从意大利游后古典风格的写实到老年时《浮士德》第二部象征的描写。

他少年时反抗一切传统道德势力的缚束，他的口号"情感是

————

① 罗珂珂：今译"洛可可"。

一切"！老年时尊重社会的秩序与礼法，重视克制的道德，他的口号"事业是一切"！在对人接物方面，少年歌德是开诚坦率热情倾倒的诗人。在老年时则严肃令人难以亲近。在政治方面，少年的大作中"瞿支"①（Goetz）临死时口中喊着"自由"。而老年歌德对法国大革命中的残暴深为厌恶，赞美拿破仑重给欧洲以秩序。在恋爱方面，因各时期之心灵需要，舍弃最知心最有文化的十年女友石坦因夫人而娶一个无知识、无教育纯朴自然的扎花女子。歌德生活是努力不息，但又似乎毫无预计，听机缘与命运之驱使。所以有些人悼惜歌德荒废太多时间做许多不相干的事，像绘画，政治事务，研究科学，尤其是数十年不断的颜色学研究。但他知道这些"迷途""错道"是他完成他伟大人性所必经的。人在"迷途中努力，终会寻着他的正道"。

歌德在生活中所经历的"迷途"与"正道"表现于一个最可令人注意的现象。这现象就是他生活中历次的"逃走"。他的逃走是他浸沉于一种生活方向将要失去了自己时，猛然的回头，突然的退却，再返于自己的中心。他从莱布齐希大学身心破产后逃回故乡，他历次逃开他的情人弗利德丽克、绿蒂、丽莉等，他逃到魏玛，又逃脱魏玛政务的压迫走入意大利艺术之宫。他又从意大利逃回德国。他从文学逃入政治，从政治逃入科学。老年时且由西方文明逃往东方，借中国、印度、波斯的幻美热情以重振他的少年心。每一次逃走，他新生一次，他开辟了生活的新领域，他对人生有了新创造新启示。他重新发现了自己，而他在"迷途"中的经

---

① 瞿支：今译"葛兹"。歌德戏剧处女作《葛兹·封·伯利欣根》主人公。

历已丰富了深化了自己。他说:"各种生活皆可以过,只要不失去了自己。"歌德之所以敢于全心倾注于任何一种人生方面,尽量发挥,以致有伟大的成就,就是因为他自知不会完全失去了自己,他能在紧要关头逃走退回他自己的中心。这是歌德一生生活的最大的秘密。但在这个秘密背后伏有更深的意义。我们再进一步研究之。

歌德在近代文化史上的意义可以说,他带给近代人生一个新的生命情绪。他在少年时他已自觉是个新的人生宗教的预言者。他早期文艺的题目大都是人类的大教主如卜罗米陀斯(Prometheus)、苏格拉底、基督与穆罕默德。

这新的人生情绪是什么呢?就是"生命本身价值的肯定"。基督教以为人类的灵魂必须赖救主的恩惠始能得救,获得意义与价值。近代启蒙运动的理知主义则以为人生须服从理性的规范,理智的指导,始能达到高明的合理的生活。歌德少年时即反抗十八世纪一切人为的规范与法律。他的《瞿支》是反抗一切传统政治的缚束;他的维特是反抗一切社会人为的礼法,而热烈崇拜生命的自然流露。一言蔽之,一切真实的、新鲜的、如火如荼的生命,未受理知文明矫揉造作的原版生活,对于他是世界上最可宝贵的东西。而这种天真活泼的生命他发现于许多绚漫而朴质如花的女性。他作品中所描写的绿蒂、玛甘泪、玛丽亚等,他自身所迷恋的弗利德丽克、丽莉、绿蒂等,都灿烂如鲜花而天真活泼,朴素温柔,如枝头的翠鸟。而他少年作品中这种新鲜活跃的描写,将妖媚生命的本体熠烁在读者眼前,真是在他以前的德国文学所未尝梦见的,而为世界文学中的粒粒晶珠。

这种崇拜真实生命的态度也表现于他对自然的顶礼。他1782

年的《自然赞歌》可为代表。译其大意如下：

> 自然，我们被他包围，被他环抱；无法从他走出，
> 也无法向他深入。他未得请求，又未加警告，就携带
> 我们加入他跳舞的圈子，带着我们动，直待我们疲倦极
> 了，从他臂中落下。他永远创造新的形体，去者不复
> 返，来者永远新，一切都是新创，但一切也仍旧是老
> 的。他的中间是永恒的生命，演进，活动。但他自己并
> 未曾移走。他变化无穷，没有一刻的停止。他没有留恋
> 的意思，停留是他的诅咒，生命是他最美的发明，死亡
> 是他的手段，以多得生命。

歌德这时的生命情绪完全是浸沉于理性精神之下层的永恒活
跃的生命本体。

但说到这里，在我们的心影上会涌现出另一个歌德来。而这
歌德的特征是谐和的形式，是创造形式的意志。歌德生活中一切
矛盾之最后的矛盾，就是他对流动不居的生命与圆满谐和的形式
有同样强烈的情感。他在哲学上固然受斯宾诺莎泛神论的影响；
但斯宾诺莎所给予他的仍是偏于生活上道德上的受用，使他紊乱
烦恼的心灵得以入于清明。以大宇宙中永恒谐和的秩序整理内心
的秩序，化冲动的私欲为清明合理的意志。但歌德从自己的活跃
生命所体验的，动的创造的宇宙人生，则与斯宾诺莎倾向机械论
与几何学的宇宙观迥然不同。所以歌德自己的生活与人格却是实
现了德国大哲学家莱布尼茨（Leibniz）的宇宙论。宇宙是无数活

跃的精神原子，每一个原子顺着内在的定律，向着前定的形式永恒不息地活动发展，以完成实现它内潜的可能性，而每一个精神原子是一个独立的小宇宙，在它里面像一面镜子反映着大宇宙生命的全体。歌德的生活与人格不是这样一个精神原子么？

生命与形式，流动与定律，向外的扩张与向内的收缩，这是人生的两极，这是一切生活的原理。歌德曾名之宇宙生命的一呼一吸。而歌德自己的生活实在象征了这个原则。他的一生，他的矛盾，他的种种逃走，都可以用这个原理来了解。当他纵身于宇宙生命的大海时，他的小我扩张而为大我，他自己就是自然，就是世界，与万有为一体。他或者是柔软得像少年维特，一花一草一树一石都与他的心灵合而为一，森林里的飞禽走兽都是他的同胞兄弟。他或者刚强地察觉着自己就是大自然创造生命之一体，他可以和地神唱道：

> 生潮中，业浪里，
> 淘上或淘下，
> 浮来又浮去！
> 生而死，死而葬，
> 一个永恒的大洋，
> 一个连续的波浪，
> 一个有光辉的生长，
> 我架起时辰的机杼，
> 替神性制造生动的衣裳。

——郭沫若译《浮士德》

199

但这生活片面的扩张奔放是不能维持的，一个个体的小生命更是会紧张极度而超于毁灭的。所以浮士德见地神现形那样的庞大，觉得自己好像侏儒一般，他的狂妄完全消失：

我，自以为超过了火焰天使，

已把自由的力量使自然甦生，

满以为创造的生活可以俨然如神！

啊，我现在是受了个怎样的处分！

一声霹雳把我推堕了万丈深坑。

……

哦，我们努力自身，如同我们的烦闷，

一样地阻碍着我们生长的前程。

——郭沫若译《浮士德》

生命片面的努力伸张反要使生命受阻碍，所以生命同时要求秩序，形式，定律，轨道。生命要谦虚，克制，收缩，遵循那支配万有主持一切的定律，然后才能完成，才能使生命有形式，而形式在生命之中。

依着永恒的，正直的

伟大的定律，

完成着

我们生命的圈。

——摘《神性》

一个有限的圈子

范围着我们的人生，

世世代代

排列在无尽的生命的链上。

——摘《人类之界限》

　　生命是要发扬，前进，但也要收缩，循轨。一部生命的历史就是生活形式的创造与破坏。生命在永恒的变化之中，形式也在永恒的变化之中。所以一切无常，一切无住，我们的心，我们的情，也息息生灭，逝同流水。向之所欣，俯仰之间，已成陈迹。这是人生真正的悲剧，这悲剧的源泉就是这追求不已的自心。人生在各方面都要求着永久；但我们的自心的变迁使没有一景一物可以得暂时的停留，人生飘堕在滚滚流转的生命海中，大力推移，欲罢不能，欲留不许。这是一个何等的重负，何等的悲哀烦恼。所以浮士德情愿拿他的灵魂的毁灭与魔鬼打赌，他只希望能有一个瞬间的真正的满足，俾他可以对那瞬间说："请你暂停，你是何等的美呀！"

　　由这话看来，一切无常的主因是在我们自心的无常，心的无休止的前进追求，不肯暂停留恋。人生的悲剧正是在我们恒变的心情中，歌德是人类的代表，他感到这人生的悲剧特别深刻，他的一生真是息息不停的追求前进，变向无穷。这心的变迁使他最感着苦痛负疚的就是他恋爱心情的变迁，他一生最热烈的恋爱都不能久住，他对每一个恋人都是负心，这种负心的忏悔自诉是他许多最伟大作品的动机与内容。剧本《瞿支》中，魏斯林根背弃

201

玛丽亚；剧本《浮士德》中，浮士德遗弃垂死的玛甘泪于狱中，是歌德最明显最沉痛的自诉。但他的生活情绪不停留的前进使他不能不负心，使他不能安于一范围、狭于一境界而不向前开辟生活的新领域。所以歌德无往而不负心，他弃掉法律投入文学，弃掉文学投入政治，又逃脱政治走入艺术科学，他若不负心，他不能尝遍全人生的各境地，完成一个最人性的人格。他说：

你想走向无尽么？
你要在有限里面往各方面走！

然而这个负心现象，这个生活矛盾，终是他生活里内在的悲剧与问题，使他不能不努力求解决的。这矛盾的调解，心灵负疚的解脱，是歌德一生生活之意义与努力。再总结一句，歌德的人生问题，就是如何从生活的无尽流动中获得谐和的形式，但又不要让僵固的形式阻碍生命前进的发展。这个一切生命现象中内在的矛盾，在歌德的生活里表现得最为深刻。他的一切大作品也就是这个经历的供状。我们现在再从歌德的文艺创作中去寻歌德的人生启示与这问题最后的解答。

二、歌德文艺作品中所表现的人生与人生问题

我们说过，歌德启示给我们的人生是扩张与收缩，流动与形式，变化与定律；是情感的奔放与秩序的严整，是纵身大化中与宇宙同流，但也是反抗一切的阻碍压迫以自成一个独立的人格形式。他能忘怀自己，倾心于自然，于事业，于恋爱；但他又能主张自己，贯彻自己，逃开一切的包围。歌德心中这两个方向表现于他生平一切的作品中。

他的剧本《瞿支》《塔索》，他的小说《少年维特之烦恼》，是表现生命的奔放与倾注，破坏一切传统的秩序与形式。他的《伊菲格尼》与叙事诗《赫尔曼与多罗蒂》等，则内容外形都表现最高的谐和节制，以圆融高朗的优美的形式调解心灵的纠纷冲突。在抒情诗中他的《卜罗米陀斯》是主张人类由他自己的力量创造他的生活的领域，不需要神的援助，否认神的支配，是近代人生思想中最伟大的一首革命诗。但他在《人类之界限》及《神性的》等诗中则又承认宇宙间含有创造一切的定律与形式，人生当在永恒的定律与前定的形式中完成他自己；但人生不息的前进追求，所获得的形式终不能满足，生活的苦闷由此而生。这个与歌德生活中心相终始的问题则表现于他毕生的大作《浮士德》中。《浮士德》是歌德全部生活意义的反映，歌德生命中最深的问题于此表现，也于此解决。我们特别提出研究之。

浮士德是歌德人生情绪最纯粹的代表。《浮士德》戏剧最初本，所谓"原始浮士德"的基本意念是什么？在他下面的两句诗：

> 我有敢于入世的胆量，
> 下界的苦乐我要一概担当。

浮士德人格的中心是无尽的生活欲与无尽的知识欲。他欲呼召生命的本体，所以先用符咒呼召宇宙与行为的神。神出现后，被神呵斥其狂妄，他认识了个体生命在宇宙大生命面前的渺小。于是乃欲投身生命的海洋中体验人生的一切。他肯定这生命的本身，不管他是苦是乐，超越一切利害的计较，是有生活的价值的，是应当在它的中间努力寻得意义的。这是歌德的悲壮的人生观，也是他《浮士德》诗中的中心思想。浮士德因知识追求的无结果，投身于现实生活，而生活的顶点，表现于恋爱，但这恋爱生活成了悲剧。生活的前进不停，使恋爱离弃了浮士德，而浮士德离弃了玛甘泪，生活成了罪恶与苦痛。《浮士德》的剧本从原始本经过 1790 年的残篇以至第一部完成，它的内容是肯定人生为最高的价值，最高的欲望，但同时也是最大的问题。初期的《浮士德》剧本之结局，窥歌德之意是倾向纯悲剧的。人生是将由他内在的矛盾，即欲望的无尽与能力的有限，自趋于毁灭，浮士德也将由生活的罪过趋于灭亡，生活并不是理想而为诅咒。但歌德自己生活的发展使问题大变，他在意大利获得了生命的新途径，而剧本中的浮士德也将得救。在 1797 年的《浮士德》中的天上序曲里，魔鬼糜非斯陀诅咒人生真如歌德自己原始的意思，但现在则上帝反对糜非斯陀的话，他指出那生活中问题最多最严重的浮士德将终于得救。这个歌德人生思想的大变化最值得注意，是我们了解浮士德与歌德自己的生活最重要的钥匙。

我们知道"原始浮士德"的生活悲剧，他的苦痛，他的罪过，就是他自己心的恒变，使他对一切不能满足，对一切都负心。人生是个不能息肩的重负，是个不能驻足的前奔。这个可诅咒的人生在歌德生活的进展中忽然得着价值的重新估定。人生最可诅咒的永恒流变一跃而为人生最高贵的意义与价值。人生之得以解救，浮士德之得以升天，正赖这永恒的努力与追求。浮士德将死前说出他生活的意义是永远的前进：

> 在前进中他获得苦痛与幸福，
>
> 他这没有一瞬间能满足的。

而拥着他升天的天使们也唱道：

> 唯有不断的努力者
>
> 我们可以解脱之！

　　原本是人生的诅咒，那不停息的追求，现在却变成了人生最高贵的印记。人生的矛盾苦痛罪过在其中，人生之得救也由于此。

　　我们看浮士德和魔鬼靡非斯陀订契约的时候，他是何等骄傲于他的苦闷与他的不满足。他说他愿毁灭自己，假使人生能使他有一瞬间的满足而愿意暂停留恋。靡非斯陀起初拿浅薄的人世享乐来诱惑他，徒然使他冷笑。

　　以前他愿意毁灭，因为人生无价值；现在他宁愿毁灭，假使人生能有价值。这是很大的一个差别，前者是消极的悲观，后者是积极的悲壮主义。前者是在心理方面认识，一切美境之必然消逝；后者是在伦理方面肯定，这不停息的追求正是人生之意义与价值。将心理的必然变迁改造成意义丰富的人生进化，将每一段的变化经历包含于后一段的演进里，生活愈益丰富深厚，愈益广大高超，像歌德从科学、艺术、政治、文学以及各种人生经历以完成他最后博大的人格。歌德的象征浮士德也是如此，他经过知识追求的幻灭走进恋爱的罪过，又从真美的憧憬走回实际的事业。每一次的经历并不是消磨于无形，乃是人格演进完成必要的阶石：

你想走向无尽么？
你要在有限里面往各方面走！

有限里就含着无尽，每一段生活里潜伏着生命的整个与永久。每一刹那都须消逝，每一刹那即是无尽，即是永久。我们懂了这个意思，我们任何一种生活都可以过，因为我们可以由自己给予它深沉永久的意义。《浮士德》全书最后的智慧即是：

一切生灭者
皆是一象征。

在这些如梦如幻流变无常的象征背后潜伏着生命与宇宙永久深沉的意义。

现在我们更可以了解人生中的形式问题。形式是生活在流动进展中每一阶段的综合组织，它包含过去的一切，成一音乐的和谐。生活愈丰富，形式也愈重要。形式不但不阻碍生活、限制生活，乃是组织生活、集合生活的力量。老年的歌德因他生活内容过分的丰富，所以格外要求形式，定律，克制，宁静，以免生活的分崩而求谐和的保持。这谐和的人格是中年以后的歌德所兢兢努力唯恐或失的。他的诗句：

人类孩儿最高的幸福

就是他的人格！

流动的生活演进而为人格，还有一层意义，就是人生的清明与自觉的进展。人在世界经历中认识了世界，也认识了自己，世界与人生渐趋于最高的和谐；世界给予人生以丰富的内容，人生给予世界以深沉的意义。这不是人生问题可能的最高的解决么？这不是文艺复兴以来，人类失了上帝，失了宇宙，从自己的生活的努力所能寻到的人生意义么？

浮士德最初欲在书本中求智慧，终于在人生的航行中获得清明。他人生问题的解决我们可以说：

人当完成人格的形式而不失去生命的流动！生命是无尽的，形式也是无尽的，我们当从更丰富的生命去实现更高一层的生活形式。

这样的生活不是人生所能达到的最高的境地么？我们还能说人生无意义无目的么？歌德说：

人生，无论怎样，它是好的！

歌德的人生启示固然以《浮士德》为中心，但他的其他创作都是这种生活之无限肯定的表现。尤其是他的抒情诗，完全证实了我们前面所说的歌德生活的特点：

他一切诗歌的源泉，就是他那鲜艳活泼、如火如荼的生命本体。而他诗歌的效用与目的却是他那流动追求的生命中所产生的矛盾苦痛之解脱。他的诗，一方面是他生命的表白，自然的流露，灵魂的呼喊，苦闷的象征。他像鸟儿在叫，泉水在流。他说："不是我作诗，是诗在我心中歌唱。"所以他诗句的节律里跳动着他自己的脉搏，活跃如波澜。他在生活憧憬中陷入苦闷纠缠，不能自拔时，他要求上帝给他一支歌，唱出他心灵的沉痛，在歌唱时他心里的冲突的情调，矛盾的意欲，都醇化而升入节奏、形式，组合成音乐的谐和。混乱混沌的太空化为秩序井然的宇宙，迷途苦恼的人生获得清明的自觉。因为诗能将他纷扰的生活与刺激他生活的世界，描绘成一幅境界清朗、意义深沉的图画（《浮士德》就是这样一幅人生图画）。这图画纠正了他生活的错误，解脱了他心灵的迷茫，他重新得到宁静与清明。但若没有热烈的人生，何取乎这高明的形式。所以我们还是从动的方面去了解他诗的特色。歌德以外的诗人的写诗，大概是这样：一个景物，一个境界，一种人事的经历，触动了诗人的心。诗人用文字，音调，节奏，形式，写出这景物在心情里所引起的澜漪。他们很能描绘出历历如画的境界，也能表现极其强烈动人的情感。但他们一面写景，一面叙情，往往情景成了对称。且依人类心理的倾向，喜欢写景如画，这就是将意境景物描摹得线清条楚，轮廓宛然，恍如目睹的对象。人类之诉说内心，也喜欢缕缕细述，说出心情的动机原委。虽莎士比亚、但丁的抒情诗，尽管他们描绘的能力与情感的白热，有时超过歌德，但他们仍未能完全脱离这种态度。歌德在人类抒情诗上的特点，就是根本打破心与境的对待，取消歌咏者与被歌咏者中间的隔离。他不去描绘一个景，而景物历落飘摇，浮沉隐显在他的词句中间。他不愿直说他的情；而他的情意缠绵，宛转流露于音韵节奏的起落里面。他激昂时，文字境界节律音调无不激越兴起；他低回留恋时，他的歌辞如泣如诉，如怨如慕，令人一往情深，不能自已，忘怀于诗人与读者之分。王国维先生说诗有隔与不隔的差别，歌德的抒情诗真可谓最为不隔的。他的诗中的情绪与景物完全融合无间，他的情与景又同词句音节完全融合无间，所以他的诗也可以同我们读者的心情完全融合无间，极尽浑然不隔的能事。然而这个心灵与世界浑然合一的情绪是流动的，缥缈的，绚缦的，音乐的；因世界是动，人心也是动，诗是这动与动接触会合时的交响曲。所以歌德诗人的任务首先是努力改造社会传统的、用旧了的文字词句，以求能表现出这新的动的人生与世界。原来我们人类的名词概念文字，是我们把捉这流动世界万事万象的心之构造物；但流动不居者难以捉摸，我们人类的思想语言天然的倾向于静止的形态与轮廓的描绘，历时愈久，文字愈抽象，并这描绘轮廓的能力也将失去，遑论做心与景合一的直接表现。歌德是文艺复兴以来近代的流动追求的人生最伟大的代表（所谓"浮士德精神"）。他的生命、他的世界是激越的动，所以他格外感到传统文字不足以写这纯动的世界。于是他这位世界最伟大的语言创造的天才，在德国文字中创造了不可计数的新字眼、新句法，以写出他这新的动的人生情绪。〔歌德不仅是德国文学上最大的诗人，而且是马丁·路德以后创新德国文字最重大的人物，现代继起努力创新与美化德国文字的大诗人是斯蒂芬·盖阿格（Stefan George）。〕他变化无数的名词为动词，又化此动词为形容词，以形容这流动不居的世界。例如"塔堆的巨人"（形容大树），"塔层的远""影阴着的湾""成熟中的果"等等，不胜枚举，且不能译。他又融情入景，化景为情，融合不同的感官铸成新字以写难状之景、难摹之情。因为他是以一整个的心灵体验这整个的世界（新字如"领袖的步""云路""星眼""梦的幸福""花梦"，等等，也是不能有确切的中译，虽然诗意发达极高的中国文辞颇富于这类字眼），所以他的每一首小诗都荡漾在一种浩瀚流动的气氛中，像宋元画中的山水。不过西方的心灵更倾向于活动而已。我们举他一首《湖上》诗为例。歌德的诗是不能译的，但又不能不勉强译出，力求忠于原诗，供未能读原文者参考。

湖上[①]

并且新鲜的粮食，新鲜的血
我吸取自自由的世界：
自然何等温柔，何等的好，
将我拥在怀抱。
波澜摇荡着小船
在击桨声中上前，
山峰，高插云宵，
迎着我们的水道。

---

① 1775年瑞士湖上作，时方逃出丽莉（Lili）姑娘的情网。（按：姑娘原名 Elise von Schiussmann，嫁 TUV Kheim 氏。）——作者原注

眼睛，我的眼睛，你为何沉下了？

金黄色的梦，你又来了？

去吧，你这梦，虽然是黄金，

此地也有生命与爱情。

在波上辉映着

千万飘浮的星，

柔软的雾吸饮着

四围塔层的远。

晓风翼覆了

影阴着的湾，

湖中影映着

成熟中的果。

  开头一句"并且新鲜的粮食，新鲜的血，我吸取自自由的世界……"就突然地拖着我们走进一个碧草绿烟柔波如语的瑞士湖上。开头一字用"并且"（德文 Und 即英文 And）将我们读者一下子就放在一个整个的自然与人生的全景中间。"自然何等温柔，何等的好，将我拥在怀抱。"写大自然生命的柔静而自由，反观人在社会生活中受种种人事的缚束与苦闷，歌德自己在丽莉小姐家庭中礼仪的拘束与恋爱的包围，但"自然"是人类原来的故乡，我们离开了自然，关闭在城市文明中烦闷的人生，常常怀着"乡愁"，想逃回自然慈母的怀抱，恢复心灵的自由。"波澜摇荡着小船，在击桨声中上前……"两句进一步写我们的状况。动荡的湖光中动荡的波澜，摇动着我们的小船，使我们身内身外的一切都成动象，而击桨的声音给予这流动以谐和的节奏。"上前"遥指那"山峰，高插云霄，迎着我们的水道……"自然景物的柔媚，勾引心头温馨旖旎的回忆。眼睛低低沉下，金黄色的情梦又浮在眼帘。但过去的情景，转眼成空，不堪回首，且享受新获着的自由吧！自然的丽景展布在我们的面前："在波上辉映着千万飘浮的星……"短短的几句写尽了归舟近岸时的烟树风光。全篇荡漾着波澜的闪耀，烟景的缥缈，心情的旖旎，自然与人生谐和的节奏。但歌德的生活仍是以动为主体，个体生命的动热烈地要求着与自然造物主的动相接触，相融合。这种向上追求的激动及与宇宙创造力相拥抱的情绪表现在《格丽曼》(Ganymed)一诗中（希腊神话中，格丽曼为一绝美的少年王子。天父爱惜之，遣神鹰攫去天空，送至阿林比亚神人之居）。

格丽曼

你在晓光灿烂中，

怎么这样向我闪烁，

亲爱的春天！

你永恒的温暖中，

神圣的情绪，

以一千倍的热爱

压向我的心，

你这无尽的美！

我想用我的臂，
拥抱着你！

啊，我睡在你的胸脯，
我焦渴欲燃，
你的花，你的草，
压在我的心前。
亲爱的晓风，
吹凉我胸中的热，
夜莺从雾谷里，
向我呼唤！
我来了，我来了，
到哪里？到哪里？

向上，向上去，
云彩飘流下来，
飘流下来，
俯向我热烈相思的爱！

向我，向我，
我在你的怀中上升！
拥抱着被拥抱着！
升上你的胸脯！
爱护一切的天父！

这首诗充分表现了歌德热情主义唯动主义的泛神思想。但因动感的激越，放弃了谐和的形式而流露为生命表现的自由诗句，为近代自由诗句的先驱。然而这狂热活动的人生，虽然灿烂，虽然壮阔，但激动久了，则和平宁静的要求油然而生。这个在生活中倥偬不停的"游行者"也曾急迫地渴求着休息与和平：

游行者之夜歌（二首）

（一）

你这从天上来的

宁息一切烦恼与苦痛的；

给予这双倍的受难者

以双倍的新鲜的，

啊，我已倦于人事之倥偬！

一切的苦乐皆何为？

甜蜜的和平！

来，啊，来到我的胸里！

（二）

一切山峰上

是寂静，

一切树杪中

感不到

些微的风；

森林中众鸟无音。

等着吧，你不久

也将得着安宁。

歌德是个诗人，他的诗是给予他自己心灵的烦扰以和平以宁静的。但他这位近代人生与宇宙动象的代表，虽在极端的静中仍潜示着何等的鸢飞鱼跃！大自然的山川在屹然峙立里周流着不舍昼夜的消息。

海上的寂静

深沉的寂静停在水上。

大海微波不兴。

船夫瞅着眼，

愁视着四面的平镜。

空气里没有微风！

可怕的死的寂静！

在无边寥廓里，

不摇一个波影。

这是歌德所写意境最静寂的一首诗。但在这天空海阔晴波无际的境界里绝不真是死，不是真寂灭。它是大自然创造生命里"一刹那倾静的假相"。一切宇宙万象里有秩序，有轨道，所以也启示着我们静的假相。

歌德生平最好的诗，都含蕴着这大宇宙潜在的音乐。宇宙的气息，宇宙的神韵，往往包含在他一首小小的诗里。但他也有几

215

首人生的悲歌，如《威廉传》中《弦琴师》与《迷娘》（*Mignon*）
的歌曲，也深深启示着人生的沉痛，永久相思的哀感：

弦琴师（歌曲）

谁居寂寞中？

嗟彼将孤独。

生人皆欢笑，

留彼独自苦。

嗟乎，请君让我独自苦！

我果能孤独，

我将非无侣。

情人偷来听，

所欢是否孤无侣？

日夜偷来寻我者，

只是我之忧，

只是我之苦。

一旦我在坟墓中，

彼始让我真无侣！

迷娘（歌曲）

谁人识相思？

乃解侬心苦，

寂寞而无欢，

望彼天一方，

爱我知我人。

呜呼在远方，

我头昏欲眩，

五脏焦欲燃，

谁解相思苦，

乃识侬心煎。

歌德的诗歌真如长虹在天，表现了人生沉痛而美丽的永久生命，它们也要求着永久的生存：

你知道，诗人的词句

飘摇在天堂的门前，

轻轻地叩着

请求永久的生存。

而歌德自己一生的猛勇精进，周历人生的全景，实现人生最高的形式，也自知他"生活的遗迹不致消磨于无形"。而他永恒前进的灵魂将走进天堂最高的境域，他想象他死后将对天门的守者说：

请你不必多言，

尽管让我进去！

因为我做了一个人，

这就说曾是一个战士！

歌德的《少年维特之烦恼》

我们的世界是已经老了！在这世界中任重道远的人类，已经是风霜满面、尘垢满身。他们疲乏的眼睛所看见的一切，只是罪恶、机诈、苦痛、空虚。但有时会有一位真性情的诗人出世，禀着他纯洁无垢的心灵，张着他天真莹亮的眼光，在这污浊的人生里重新掘出精神的宝藏，发现这世界崭然如新，光明纯洁，有如世界创造的第一日。这时不只我们的肉眼随着他重新认识了这个美洁庄严的世界，尤其我们的心情也会从根基深处感动得热泪迸流，就像浮士德持杯自鸩时猛听见教堂的钟声，重复感触到他童年的世界，因为他又来复了童年的天真！

少年歌德是这样的一个诗人，少年维特是这样的一个心灵。他是歌德人格中心一个方向的表现与结晶。所以《少年维特之烦恼》同《浮士德》一样，是歌德式的人生与人格内在的悲剧，它不是一部普通的恋爱小说，它的价值，就基础于此。

我们知道歌德式的人生内容是生活力的无尽丰富，生活欲的无限扩张、彷徨追求，不能有一个瞬间的满足与停留。因此苦闷烦恼、矛盾冲突，而一个圆满的具体的美丽的瞬间，是他最大的渴望、最热烈的要求。

但是这个美满的瞬间设若果真获得了、占有了，则又将被他不停息的前进追求所遗弃、所毁灭，造成良心上的负疚、生活上的罪过。浮士德之对于玛甘泪就是这样的一出悲剧。这也就是歌德写浮士德的一大忏悔。但是设若这个美满的瞬间，浮在眼前，捕捉不住，种种原因，不能占有，而歌德式热狂的希求，不能自已，则终竟唯有如膏自焚，自趋毁灭，人格心灵的枯死，倒不在乎自杀不自杀的了。

《少年维特之烦恼》就是歌德在文艺里面发挥完成他自己人格中这一种悲剧的可能性，以使自己逃避这悲剧的实现。歌德自己之不自杀，就因他在生活的奔放倾注中有悬崖勒马的自制，转变方向的逃亡。他能化泛滥的情感为事业的创造，以实践的行为代替幻想的追逐。

歌德生活的扩张，本有积极的与消极的两方面。积极的方面表现于反抗一切传统缚束以伸张自我的精神。这种精神所遇到的阻碍与悲剧表现于他的《瞿支》《卜罗米陀斯》《格丽曼》等作品中，尤其在《浮士德》的第一幕因无限知识欲的不能满足而欲自杀，这是一个倔强者积极者的悲剧。而在少年维特则是歌德无尽的生活力完全溶化为情感的奔流，这热情的泛溢使他不能控制世界，控制自己，而毁灭了自己。

少年维特是世界上最纯洁、最天真、最可爱的人格，而却是一个从根基上动摇了的心灵。他像一片秋天的树叶，无风时也在战栗。这颗颤摇着的心，具有过分繁富的心弦，对于自然界人生界一切天真的音响，都起共鸣。他以无限温柔的爱笼罩着自然与人类的全部，一切尘垢不落于他的胸襟。他以真情与人共忧共喜，尤爱天真活泼的小孩与困苦中的人们。但他这个在生活中的梦想者，满怀清洁的情操，禀着超越的理想，他设若与这实际人事界相接触，他将以过分明敏的眼光，最深感觉的反应，惊讶这世界的虚伪与鄙俗。我们读少年维特的头几章，就会预感着这样的一个心灵是不能长存于这个坚硬冷酷的世界的。他一走进实际人生，必定要随处触礁而沉没的。少年维特的悲剧是个人格的悲剧，他纯洁热烈的人格情绪将如火自焚，何况还要遇着了绿蒂？

绿蒂是个与维特正相反的个性，她的幽娴贞静，动作的和谐，能在平凡狭小的生活中表现优美与和平；窈窕的姿态，使一切世俗琐碎皆化成和美的音乐。她的自足，她的圆满，虽然规模狭小，却与那在无尽追求中心灵不安定的维特成了个反衬。所以她成了维特漂泊人生中的仙岛，情海狂涛里的彼岸。他自己所最缺乏而希求不到的圆满宁静与和谐，于此具体实现。她是他解脱的导星，吸引向上的永久女性。而他的这个生活上唯一的希望，唯一的寄托，却可望而不可即，浮在眼前，却不能占有。心灵愈益彷徨憔悴、枯竭，则不死何待？

何况即使是美满的瞬间能以实现，而维特式歌德式向前无尽的追求终将不能满足，又将舍而之他，造成良心上的负疚、生活上的罪恶与苦痛，则浮士德的中心问题又来了！

所以《少年维特之烦恼》与《浮士德》同是歌德人格中心及其问题的表现。它不是一部普通的恋爱小说，它启示着人生深一

220

层的境界与意义。我们现在再来看一看这本书的艺术方面。这本书是歌德从生活上的苦痛经历中一口气写出的。内容与体裁、形式与生命成一个整体。所以我们要知道了他内容的故事与故事中的意义，然后才能完全了解他艺术的外形。所以我们先叙述一下这本小说内容的大概，然后再观察他的体裁形式与描写的技术。

书中的主人是一个绝顶聪明、纯洁多情的少年，性质类似少年歌德，不过还更多感更温柔、更软弱些。他的软弱并不是道德的自制的情操比他人不足，乃是热烈深挚的情绪与感受性过分的浓郁。他的愉快与痛苦都较常人深一层。他的热情已临近疯狂。他像一个白日做梦者走过这世界，光明与惨暗都是他自己心情的反射。他爱天然，爱自由，爱真性情，爱美丽的幻想。他最恨的是虚伪的礼教，古板的形式，庸俗的成见。社会上的人物劳碌于琐碎无意义的事业，他都看不起。宇宙太伟大了，自然太美丽了，人为的一切，徒然缚束心灵，磨灭天性，算得什么？但他自己虽无兴趣于世俗琐事，却不是懒惰。他内心生活的飞跃，思想与情绪汹涌于胸际，息息不停。他的闲暇，全都用于观察一切，思索一切，尤在分析自己。——以至毁灭了自己！

在春光明媚的五月，这个光明美丽的心灵来到一个新鲜的客地。他完全浸沉于大自然的生命中，就像一只蝴蝶在香海里遨游。荷马的古典诗歌使他心地宁静庄严。小孩儿与平民的接触使他和悦天真。他的心情像一个春天的早晨，清朗而新鲜，精神愉快而纯洁，使我们读者也觉心花开放，感到一种青春光明的人生意义。在这少年心灵的太空中不是完全没有暗淡的愁云轻轻掠过，但他自信随时可以自由脱离尘世，不足为虑。然而我们已经感着他人格根性上的悲观，而一种不祥的预兆已触动我们的心。我们觉着这个可爱少年心灵的组织太纤细温柔了，是不宜于这世间的。

于是从五月到六月，他在一个跳舞会里认识了绿蒂，而他全部的灵魂一下子就堕入情网。他飘浮在恋爱的愉快中，也不管绿蒂是已经与人订了婚的。绿蒂的家庭与小孩儿们都欢迎他，他就无日不去陪伴她。他崇拜绿蒂如天人，一切与她接触过的，带着她的氛围气的，对于他都是神圣。这是他最光明最愉快的日子。自然界也以晴光暖翠掩映于他们的情爱中。但是到了七月终，绿蒂的未婚夫来了，维特从甜梦中惊醒，他想走开让他。但阿培尔是个好人，并不猜妒，对维特态度甚佳。于是维特自哄自的不听他朋友威廉的函劝，徘徊流连而不言去。

但是他以前纯真的天趣已渐失了，心胸里开始矛盾了，情感与理智开始冲突了。他还常往自然里走动，而这慈母的自然对于他已不复是宁静与安慰。以前大自然是个无尽生命新鲜活跃的场所，现在却变成了一座无边惨淡的无底坟墓。他认识了自己矛盾的现状，却没有力量超脱，只有望着黑暗的未来流泪。他已经想到自杀。在八月三十日写给威廉的信中说："我看这苦痛的终局只有坟墓。"他的朋友威廉劝他走开，他终于振作起来，于九月十一日离开他这快乐与烦恼的地方。这是第一篇的终结。第二篇开始——十月二十日——维特在使馆里任职了。他过得很好。远离着绿蒂，有秩序的工作使他心灵和静。但又来了别的刺激使他不快。公使是个拘谨执着的人，他不满意维特文字的自由风格，他要维特修改他的句法。他表示得很不客气，这种贵族社会里的浅薄，傲慢的阶级观念，使他难堪。于是一年过了，在第二年的二月间他得知阿培尔与绿蒂的结婚，他写了一封很有礼很同情的信贺他们，他只希望在绿蒂的心中占第二座位置。我们对于他觉得很有希望。但到了三月的中间一种意外的事情使他非常难受，极端损害他的自尊心。有一位伯爵请他去吃午饭，饭后他谈话流连不知去，不觉到了晚间。他陪着一位他很乐意的小姐在客厅里。而晚间伯爵是宴请一班贵族社会的客人，伯爵见维特忘形不去，只好催他走开。这种事情立刻传播于宴会间，而那位小姐的姑母很责备她不应下交维特。维特受了这个刺激，就向使馆辞职。他本来是不宜于这个社会这种职业的，何况又受了这个侮辱，他失恋的心情又加上自尊心的损害真是不堪的了。

于五月间应了一位公爵的召请投奔于他，而公爵待他虽很好，却是一位庸俗无味的人。他感到异常无聊。他想去从军而公爵劝阻了他。他留住下过了六月，终于顺从心的不可抵抗的要求，奔赴着旧的命运，他回往绿蒂处！

绿蒂与阿培尔很欢迎他，但是他发现这个世界已大变了，因为他现在的心情不复是从前的心情了，自然界对于他不复是活跃和谐的生命，而变成类似剧台上机械的布景。他自己丰富美丽的心泉已经枯竭。荷马诗里光明的世界已不感兴趣，而爱浸沉于变相的哀调中寂寞惨淡暗雾朦胧的北欧诗境。绿蒂与阿培尔幸福么？阿培尔愈过愈成一个干燥，拘束，在繁多职务里烦闷的人。绿蒂做了一个忠实干练的家庭主妇。她也觉得维特心灵的灰暗，不能复得愉快的共鸣。她谨守着她的内心情感，不便流露于外。维特以极注意极灵敏的感觉捕捉绿蒂无意中表现的同情，就像一个沉没海水中的人挣命捉住一点木板，绿蒂的同情与了解是他世界中唯一的安慰、唯一的依赖。他更不能离开这个地方了。他的前途十分渺茫，他在社会上的地位与自尊心已经破灭。生活的力量已经颓丧，恋爱已经绝望。心灵的枯死，仅待肉体的自杀了。自杀的念头日强一日，对自杀感到有神圣的光辉。自杀是解脱肉体返归于万有的慈父唯一的出路。于是经过十一月及十二月的大半，外界景象愈枯寂，暗淡，心里更抱死念。他意已决了！但头一天尚欲见绿蒂一面。他碰着她一个人在屋内，使她非常不安。为着排遣此紧张的可怕的时间，她请他译读莪相的《哀歌》。可尔玛与阿尔品悼亡的哀调使他们泪如泉涌。稍停一会儿，再继续念道：

> 我的哀时已近，
>
> 狂风将到，
>
> 吹打我的枝叶飘零！
>
> 明朝有位行人，
>
> 他是见过我韶年时分，
>
> 他会来，会来，
>
> 他的眼儿在这野原中四处把我找寻，
>
> 可是我已无踪影……

这诗句的凄哀正映着他自己的命运，他完全失了自制力，他失望到了极点，他跪倒在绿蒂的面前，紧握她的两手，压着自己的眼睛与头额。绿蒂伤心而怜惜着他，俯身就他，而他就发狂拥着她接吻，庄重的绿蒂推开了他，他于次晚自杀。

我们以紧张的同情读完这本朴质凄美的长诗，一个高尚热情的青年在我们眼前顺着他内心的命运毁灭了自己。我们二十世纪唯物冷静的头脑读了也要感动，何况多情伤感的狂飙时代！

但是这书内容的人生表现固然有甚深的意义，不是一部平常恋爱小说，然若非诗人用他精妙而极自然的艺术描写，也不能成功这本空前的杰作。我们现在再从艺术方面观察这书：

我们先研究这书的体裁形式。——全书是写一个青年内心生活的发展，自然界的种种都是这内心的反映，所以这本书写的是一幅一幅心灵的图画、情绪的音乐。内心生活固然紧张，但若欲写一个剧本，则嫌书中主角不是一个对世界或命运的强力挣扎或抵抗者，戏剧式的冲突与纠纷尚嫌不足。这书的内容最富有抒情的诗意，但若欲写成一篇诗，则这故事中又确有一个中心的冲突与纠纷（恋爱与道义，个性与社会，人格与世界的冲突）。这书的主体仍是一个 Crisis，况歌德的抒情诗纯然是心情状态之外化为音调词句。是表现恋爱已得的愉快，或已失的痛苦，不是描述这从得而至失的经过。故少年维特之心灵生活的发展与毁灭，极应得一小说式的叙述。然又将嫌事情的外表太简，所写多为内心情感的状态，应有一种介乎叙述与抒情两者中间的文体。于是歌德发现了书信的体裁。在歌德以前法国文豪卢梭已用信札体写他的小说《新哀绿绮思》，在文坛上大放光彩。它是人们的情感与直觉生活从十八世纪理知主义解放了后自由表现自己的新工具、新形式。这个新工具到了歌德天才的手里才尽量发挥它的效用。

这信札体的优点何在？它不似其他任何一种文体的严格形

式。它既能委婉地叙事如一段小说，也能随意地抒情如一篇诗，又能自由发挥思想如哲理的小品文，但又不似诗或小说所叙述的对象限于一个时间性。在一封信中可以追忆往景，描绘目前，感想未来。小说或诗须注意一事一境之连贯继续的发展。而信札则极自由，可以述自己，也可同时谈他人，可以写风景，谈哲理，泻情绪。写信时有个受信的"你"在对方，于是要把自己的情绪状态客观化，以客观的态度把自己在对方瞩照的眼里呈现，而同时又流露着与对方之人的关系。歌德运用这自由美妙的工具在一本小小书里绘景写情，发表思想，一个多情深思的青年由此充分表出。这写信的主体人格贯穿着这丰富的多方面成一音乐的和谐。而我们同时可站在受信者地位窥见维特心灵的内部秘密有如细腻的图画。

这个写信的维特即是在恋爱生命中苦痛的歌德，而这受信的"你"即是超脱了自己而观照着自己的诗人歌德。这诗情的小说使歌德从生活的苦痛中解放，化身为脱然事外勉慰自己的"威廉"（即受信者）。

这信札的文体用最简单朴素的写法，给予吾人繁富的景、情、思想的合奏。在这本小小书中一会儿引着我们踏进伟大广阔的自然，同时又领导我们流连于酒店炉边，徘徊于古典风味的井泉林下，或游于牧师的静美的园中，或在绿蒂众妹弟小孩们的房内。一会儿又使我们欣赏伯爵富丽的厅堂，但也让我们领略简陋不堪的村店旅舍。

我们读这本小书时，历过四季时令的自然风色。春天的繁花灿烂，夏季浓绿阴深，秋风里的落叶萧瑟，冬景的阴惨暗淡。此外浓烈的日光，幽美的月景，黑夜，雾，雷，雨，雪，一切自然景象，而此自然各景皆与维特心情的姿态相反映、相呼应，成为情景合一的诗境。

景物之外有人格个性的描写。少年维特是最引人同情的一个高贵、纯洁、优美，却又不是假想的人格，是有血有肉，好像我们自己认识亲爱的一个朋友，每一个聪明优秀的青年都会有一个维特时期。尤其在近代文明一切男性化、物质化、理知化、庸俗化、浅薄化的潮流中，维特是一些尚未同化、尚未投降于这冷酷社会的青年爱慕怀恋的幻影。而他的悲惨的命运更使人不能忘怀，有无限的悼念。

与这过分伤感、邻于病态的多情少年相对照的即是那健康的、端庄的、愉快的、现实的，能在狭小范围中满足而美化他周围一切的绿蒂。在这两位主角之外还有忠实正直而微嫌干燥的阿培尔，一个爱美的公爵，倨傲狭隘的贵族社会，拘谨的官员，心善而量窄的牧师们，好的妇人，窈窕的小姐们，尤其可爱的一群活泼小孩们的画像。这些人在书中并没有许多故事、情节，但却描绘得生命丰满。像荷兰大画家写些极平常的人物，却能引人入胜，令人欣赏。

从情感的抒写方面说，则全书是写一青年从平静和悦，浸沉于大自然的愉快里走进恋爱生活的陶醉。然后又从恋爱纠纷的苦痛里，感到心灵的彷徨、动摇。再加在社会上自尊心的受刺激，遂至沉沦于人生的怀疑、精神的破产，而以肉体的自杀告终。是一首哀艳凄美的诗，一曲情调动人的音乐。

在这情与景的灿烂的描绘以外，在全书内尚遍布着许多真诚的、解放的、高超的思想。是由心灵真挚的体会里迸出的微妙深刻的思想。对于人生、自然、艺术，都有他不同流俗的见解。实为当时狂飙运动里潜伏在人人的心灵中，尤在青年热情的心理中的思想趋势，而能如此美妙地写出的。而且在这书内用了朴直、纯洁、高贵的文笔，如口说一般地写出。

这些思想里许多对于人生、世界、善恶、规律与自然、欲望与义务等等永久的问题，引着我们从无限的"永久的"立场观照这小说中的人生与世界，而能对一切有深一层的体会与谅解。

最后，最动人的，每一页每一句呼吸着何等的生命与热烈！何等的自然与真挚！文笔风格甚高，却自然如口语。我们觉得在与人对语，很亲热，很聪明，有时作长谈，委婉曲折，而极其自在。而这书的笔调完全适合情调，有时崇高的口气谈着宇宙人生问题，有时单纯朴质写着静美的境界。有长函，有短简，有时幽冷如隽语，雅致如小诗，有时紧张如剧本，雄浑如颂歌。这本信札小说灼烁于各式风格中，而自成一综合的乐曲。

我们于百余年后读本书有这样的感动；当时在暴风雨欲来的时代，一切苦痛、压迫，不自然、不自由的情调散布着悲观笼罩全世，歌德感触最深，表白得最沉痛，为一代的喉舌，则当时影响之大可想而知了！

席勒的人文思想

英国大文豪卡莱尔称德国民族是"诗人与思想家的民族"。德国两大诗人歌德与席勒确可以称为大思想家；尤以席勒的好学深思，哲学论著精深严密，简直可以列入德国哲学家之林。他的人文主义是德国古典时代人文思想的精髓，他的美育论是美学上不朽的大作。现在要想在此略略介绍也是不可能的，只能提要地说几句罢了。

席勒的伟大的朋友歌德的思想是穿过"自然的研究"与"自然的景仰"，直探人生与自然的究竟。其眼光博大闳深，笼罩在万物之上。席勒则由艺术家自身创造经验的体会，探求文化创造的真谛，其兴趣在人生问题、文化问题，尤在研究"艺术在人生与文化上的地位"。

歌德与席勒生处十八世纪的末年，深深地感触近代人生生活的分裂。极端的理智主义与纵欲主义使人类逐物忘返，事业分功的尖锐化，使天下无全人。古希腊伟大人物之人格的统一性与完整性，乃为近代有心人追怀的幻影。歌德的《浮士德》是象征着这种永远的追求，而席勒则在他的《人类美育论》中，想从"美的教育"，使堕落的分裂的近代人生重新恢复它的全整与和谐，使近代科学经济的文明，进展入优美自由的艺术文化，如古希腊与文艺复兴时代。

席勒认为近代的病根，是由于抽象的分析的理性过分发展，脱离了感官的情绪的人格全体。另外，人欲冲动的强度扩张，生活为各种"目的"所支配。人类不复有"无所为而为"的从容自在，而一切高尚的，唯在深入的情绪生活中，始能体验到的人生价值，如美，如超功利的善，如人格的价值，如纯粹的真理，渐渐埋没于功利主义的眼光之下；一切伟大的热情的创作不再能产生，也不为人们所需要。而近代人乃憔悴于过分的聪明与过多的"目的"重担之下。生活失去了中心，失了和谐，文明愈进步，生活乃愈烦闷、空虚。

席勒主张近代人须恢复艺术中"无所为而为"的创造精神，在这里是自由的愉悦的"游戏式"的创造。兴趣与工作一致，人格与事业一体。一切皆发于心灵自由的表现，一切又复返于人格心灵的涵养增进。工作与事业即成为"人格教育"。事业因出发于心灵的愉悦而有深厚的意义与价值。人格因事业的成就而得进展完成。

人生不复是殉于种种"目的"的劳作，乃是将种种"目的"收归自心兴趣以内的"游戏"。于是乃能举重若轻行所无事，一切事业成就于"美"，而人生亦不失去中心与和谐。

达到这种文化理想的道路就是"美的教育"。"美的教育"就是教人"将生活变为艺术"。生活须表现着"窈窕的姿态"（席勒有文论庄严与窈窕），在道德方面即是"从心所欲不逾矩"，行动与义理之自然合一，不假丝毫的勉强。在事功方面，即"无为而无不为"，以整个的自由的人格心灵，应付一切个别琐碎的事件，对于每一事件给予适当的地位与意义。不为物役，不为心役，心物和谐地成于"美"，而"善"在其中了。

人人能实现这个生活理想，就能构成一个真自由真幸福的国家社会。这个理想在现在看来似乎迂阔不近时势，然而人类是进步的，我们现代的生活既已感到改造的必要，那么，向着这个理想去努力，也不是不可能的，况且古代也不是没有实现过，不过我们要从少数人——阶级的实现到全人类的罢了。

席勒和歌德的三封通信

席勒给歌德的信（耶那，1794.8.23）

昨天有人带给我一个愉快的消息，说你已经旅行归来。我们又可以希望不久在我们这里再见到你了，这也是我个人所衷心盼望的。我们最近一次谈话[①]激动了我的全部思想，因为它触到的一个问题，是我几年来一直感到有深切的兴趣的[②]。有些东西，我自己还不能掌握，而在观察你的精神中（这是我对你的观念给我的总印象的称呼）使我突然有所悟。我那许多抽象观念缺乏实体对象，是你引导我获得了寻觅它们的线索。

你那观察的眼光，这样沉静莹澈地栖息在万物之上，使你永远不致有堕入歧途的危险，而这正是抽象的思索和专断的放肆的

---

① 指两人住耶那听演讲后路上的一段谈话，见"译后记"。——作者原注

② 席勒早有兴趣观察歌德生活的道路与意义。——作者原注

想象很容易迷进去的。他人辛苦分析所得的，已包罗在你的直观之中，而且更完备、更全面。只因为它整个潜藏在你的内部，所以你并不知道你自己的宝藏，而我们可惜仅能知道我们所分析的。

所以像你这一类的精神常不自知所入之深，你们也无需求助于哲学，而哲学反而常须向你学习。哲学仅能分剖别人所给予的，而"给予"却不是一个分析家的事，倒是一个天才的事。天才在纯理性的隐秘而稳当的影响之下按照客观的规律综合着事物。

我久已远远地观察着你的精神的进展，而你所规划的道路每每带给我新的敬佩。你要追寻自然的必然性，但你挑了一条最艰难的道路，这是力量单薄的人所不敢尝试的。你总揽着自然的全部，来设法说明它的个体。你在种种不同的表象的整体里为解释一个个体寻找根据。你从单纯的机体一步一步走向较复杂的结构，最后走到一切之中最复杂的"人"，你用整个自然的材料进一步地创造了他。

因为你好像是照着自然的创造再创造着"人"，所以你切望窥入它奥秘的机构。这是一个伟大的真正英雄式的观念，足以证明你的精神是如何地将它全部丰富的思想组成一个美丽的整体。你可能不曾希望你这一生能够达到这个目的，但你以为走向这条道路比走完任何其他道路都有价值——于是你像《伊利亚特》中的阿溪里①一样，便在拂提亚②与不朽之间做一选择了。

假使你生而为希腊人，或者只是个意大利人，假使从你的摇篮里起就有了一个优越的自然环境与理想的艺术气氛包围着你，

---

① Achilles，荷马史诗《伊利亚特》中的英雄。——作者原注
② Phthia，地名，在贴撒利亚，是阿溪里的故乡。——作者原注

那么你的道路就可以无限地缩短，甚至可以完全不需要。你可能在你第一次观察万象时就把握住必然性的形式，在你初次的经历中就会发展出你的伟大风格。然而，由于你生而为德意志人，由于你的天赋的希腊精神已经熔铸在这个北国的模型里，除此之外你便没有别的选择；或者使自己成为一个北方艺术家，或者靠思想力的帮助以实际所缺乏的东西来弥补你的想象，由理性的道路从自己的心中产生出一个希腊。

当心灵吸收外部世界来构造内心世界的童年的时候，你被贫陋的外界形象所包围，你采纳了粗野的北方的自然。等到你的优越的天才制胜了物质材料而从自己心里发现这个缺憾时，你又从对外界希腊的认识更确切地痛感这个缺憾。于是你必须按照你那造型精神为自己创造的优良模型，将你头脑中被迫接受的较劣的自然重新修正，而这一切只能依照主导的见解来进行。

但是你的精神经过深思之后所不得不采取的这种逻辑方向却不能与美学相容，而你的精神唯有凭借美学才能创造。于是你就多了一层工作，你既从观察走向抽象，你还须再把概念转成直观，并把思想化为情感，因为天才只有凭借情感才能创造。

我这样大致地评判你的精神的道路，对与不对，你自己最明白。但你所不容易知道的（因为天才常常觉得自己是一个最大的秘密）就是你的哲学的本能与纯抽象的理论的结果竟有如此美满的谐和[①]，乍看起来，的确没有比这自然一性产生的抽象思想和那自复杂性的直觉更矛盾的了。但是，设若前者以纯洁的诚意来

[①] 这里所说的哲学的本能就是歌德所实践的创造的道路，理论结果就是席勒在这里所分析出来的。——作者原注

寻求经验，而后者以自动的自由的思想力来寻求定律，则两者将在中途相遇。虽然直觉精神只从事创造个体，抽象精神只从事于制造类型，但设若直觉精神是个天才，他就会在经验里注意必然性，他所创造的个体就会具有类型性。设若抽象精神是个天才，而且超越经验而不遗弃经验，那么，他虽然只创造类型，却不会离开生活的可能性以及和实际事物的根本关系[①]。

但是我觉得，我现在不是在写信，而是在写一篇论文了。请你原谅我对这个问题的热烈的兴趣。设若你没能在这面镜子里照见你的真容，务请你也不要因此躲避它。……[②]

我的朋友和我的妻子都向你致意。

你的永远忠诚的仆人　弗·席勒

歌德复席勒的信（爱特斯堡，1794.8.27）

在这个星期过生日的时候，我所收到的礼物没有比你的来信更令人愉快的了。你以友谊的手总结了我的生活，你的同情、鼓励使我更加勤勉地运用我的全部才力。

纯粹的享受和真正的实用必须是相互的，如果有机会能够告诉你：你的谈话对我发生了怎样的影响，我是怎样从那天起就划了一个新时期，我又怎样满意于未经任何特别的奋勉就已经往前

---

① 这是席勒对自己的分析。——作者原注
② 下面数段涉及一些琐事，无关宏旨，未译。——作者原注

进步，那我一定是很愉快的，因为从我们那次意外的会晤之后，我们似乎可以终身共同前进了。

我向来就知道珍视你在你所写和所做的一切中表现的那种直率的、罕见的严肃精神，现在我更可以从你自己来了解你精神的道路了，尤其是近年来的。你我如能互相把各人目前所达到的境界弄清楚，我们就更可以继续共同工作了。

有关我的一切，我很乐意告诉你。我也深感我的计划是超过人的力量和他在地球上生活的时间的，所以我愿将许多事情交托给你，使它们因此不仅可以得到保存，并且可以获得生命。

至于你的同情对于我有多么大的益处，你不久将自己看见。当你和我有更亲密的接触时，你就会发现我有一种虽然我自己也明白，但为我所不能自主的迷糊与踌躇，而这种现象多是天性使然，只要它不过分专横，我也愿意接受它的统治。……①

我希望不久到你们那里过一些时候，届时我们可以谈许多事情。

祝你生活安适并请你向你们同人致意。

歌德

席勒给歌德的信（耶那，1794.8.31）

我从白岩会晤了我的从德累斯顿来的朋友刻尔纳回返此地以

---

① 以下有一段未译。——作者原译

后，接到你的前一封信①，它的内容给了我双重快乐。因为我由此看出，我对你的精神的看法符合你自己的感觉，而我坦白直率地说出我心里的话，也并没有叫你不愉快。我们的友谊虽然来得晚，它却唤醒我许多美好的希望，它再度对我证明，人最好是静候机缘，不要操之过急。我过去曾经多么热望着同你进一步发生关系，就像一个勤恳的读者同他的作家间所可能发生的那样。而我现在才完全了解，像我们两人所走的那样不同的道路，不过早，而恰恰是现在引聚到一块，这里有益处的。但我现在希望，我们能共同走向我们尚未走完的路，因为一个长途旅行中最后的伴侣是最能够互倾衷曲的，我们将会获益更多。

请你不要期望我有很丰富的思想，这正是我将要在你那方面寻找的。我的需求和企图就是由少量的做出很多。假若你进一步了解了我对于所谓学识的贫乏，你或许可以发现，为什么我在一些作品里面凭着这贫乏的学识可以获得成就。因为我的思想和圈子狭小些，所以我常能比较迅速地贯通它，也正是因此我能更好地和用我的微少的资本，同时把内容方面所缺少的多样性经由形式来加以创造。

你努力把你的宏大的观念世界单纯化，我则企图把我的微少的资本多样化。你有一个王国要你去治理，我则仅有一个概念的人口众多的家庭，我从心里想把它扩张为一个小世界。

你的精神的作用是在非常高度集中的直觉，你的一切思想的力量好像是显露在想象力里，这想象力是你一切思想的共同代

---

① 指上译歌德的复信。——作者原注

表。实际上，设若人能把我的直观普遍化并把他的感觉转化为定律的话，这就是人在自身的造就中所达到的最高点。你企求的正是这个，而你已经达到怎样的高度了呀！我的理解力的活动是更象征化的，所以我飘浮在概念与直观中间、规律与感觉之间、技术的头脑与天才之间，像一个中介物。这使我在玄思的领域及诗艺中表露出种拙劣的面貌，尤其是在我早年的作品里，因为当我作哲学思维时，诗神常常驾临；而当我写诗时，哲学精神又来光顾。就是在现今，我也常常会碰到想象力扰乱着我的抽象思维，而冷酷的理智破坏着我的诗情。假使我能够这样控制这两种力量，就是说我能够自由地规定双方的界限，那我就会交上好运了，但是，可惜，当我真正认识了我的精神力量并且开始来运用它时，一场毁坏我的体力的突病使我受到了威胁。我将不再有时间在我内心完成一个巨大的普遍的精神革命，但是我将竭尽我的能力来做，万一大厦倾颓，我或者还能从火场里救出一些值得保存的东西。

你希望我说说我自己，我就承你的许诺和信任把这些告白呈献给你，我应该希望你用宽厚的精神来接纳它。

你的论文①立刻把我们对这个问题的谈论引导到最丰富的道路上去。我在另一条不同的道路上所做的研究也导入大致相同的结果。在我附来的文章中你可以找到和你的观念相符的观念、它是一年半以前潦草写成的，顾念到这一点，再顾念到写它们的个别缘由（它们是为一个很宽容的友人写的），它们的粗糙形态应

---

① 歌德于 8 月 30 日致席勒的短笺里附有一篇文章，该短笺未译。——作者原注

能获得你的原谅。这些观念后来果然有了一个较好的基础，在我心里也得到清晰的轮廓，这大概能够使它们更接近你的观念吧。

至于《威廉曼斯特》不能在我们的刊物上发表①，我是异常感到可惜的。因此，我希望能从你丰富的心灵和你对我们事业的友爱的热忱里得到这一损失的补偿，从而使那些敬爱你的天才朋友们能有更加倍的收获。在我附来的《塔利亚》②里，你可以读到一段文章，是刻尔纳写的对于"演说"的一些观念。这文章我想你看了会高兴的。我们这边的人嘱咐我向你致意。

衷心爱你的　席勒

译后记

这里译出的是席勒和歌德初结交时三封著名的信，是德国文学史上重要的文献。歌德同席勒在这三封信里确定了两人的友谊与文艺事业的合作基础。

1794 年，歌德已经四十五岁，比席勒大十岁，他已从青年期的狂飙运动走上古典主义，而席勒方以第一部名剧《强盗》震动文坛。两人中间的精神隔阂几乎是无法消除的，双方做了许多努力，皆归无效。歌德住在魏

---

① 歌德的一篇长篇小说，当时因故不能在席勒主编的刊物《季节》上发表。——作者原注
② 刊物名。——作者原注

玛，席勒在耶那大学担任历史教席。有一次歌德来到耶那，两人偶然同时离开一个自然科学研究会的会场，在路上开始谈起话来。席勒说："这种割裂自然的研究方法对于一般人恐怕不大有意思。"这句话，歌德正有同感，歌德很愉快地说他的研究自然的方式是把自然作为一活动的创造的整体来看，再从这整体去了解部分。两人在热烈谈话中不觉走到席勒的家门口。歌德就进去用笔画出了他多年研究生物学中所"发现"的"原始植物"。他认为这叶形的"原始植物"是一切植物演进的原型。（译者按：这是细胞发现之前最富有进步性的进化理论）席勒说："这是一个观念，不是经验。"歌德不愉快地说："那倒很好，我有了观念我自己却不知道，何况那是亲眼看见的东西。"两人的看法虽不同，但两人中间的隔阂已消除了。隔了几天，席勒就写了这封长信（他自以为写的不是信而是一篇论文），在这信里席勒说明了艺术家的歌德观察世界及创造艺术的真正的道路和任务。

歌德读了这封追溯他自己创造过程的长信，认为是那年生日他所收到的最珍贵的礼物。不久歌德邀请席勒到魏玛，奠定了两人的长期的友谊，计划了两人文艺创造和批评的合作事业。直到1805年席勒病死为止，这十年是他们两人创作丰富，替德国文艺奠定了世界地位的时期。

东德作家汉斯·玛耶在他的一篇长文《席勒与民族》里，也论到这些席勒致歌德的信。他说："席勒的自我批评的最著名的文献是我们在他于 1794 年 8 月 23 日及 8 月 31 日写给歌德的两封著名的信里见到的，这两封信是两大诗人真正友谊的开始，而这些信，我们有理由把它们视为德国文学中最感动人的和思想最深刻的文献，而不仅仅是席勒个人的。"

辑三　艺术的情志

看了罗丹雕刻以后

"……艺术是精神和物质的奋斗……艺术是精神的生命贯注到物质界中，使无生命的表现生命，无精神的表现精神。……艺术是自然的重现，是提高的自然。……"抱了这几种对于艺术的直觉见解走到欧洲，经过巴黎，徘徊于罗浮艺术之宫，摩挲于罗丹雕刻之院，然后我的思想大变了。否，不是变了，是深沉了。

我们知道我们一生生命的迷途中，往往会忽然遇着一刹那的电光，破开云雾，照瞩前途黑暗的道路。一照之后，我们才确定了方向，直往前趋，不复迟疑。纵使本来已经是走着了这条道路，但是今后才确有把握，更增了一番信仰。

我这次看见了罗丹的雕刻，就是看到了这一种光明。我自己自幼的人生观和自然观是相信创造的活力是我们生命的根源，也是自然的内在的真实。你看那自然何等调和，何等完满，何等神秘不可思议！你看那自然中何处不是生命，何处不是活动，何处不是优美光明！这大自然的全体不就是一个理性的数学、情绪的音乐、意志的波澜么？一言蔽之，我感得这宇宙的图画是个大优美精神的表现。但是年事长了，经验多了，同这个实际世界冲突久了，晓得这空间中有一种冷静的、无情的、对抗的物质，为我们自我表现、意志活动的阻碍，是不可动摇的事实。又晓得这人事中有许多悲惨的、冷酷的、愁闷的、龌龊的现状，也是不可动摇的事实。这个世界不是已经美满的世界，乃是向着美满方面战斗进化的世界。你试看那棵绿叶的小树。他从黑暗冷湿的土地里向着日光，向着空气，作无止境的战斗。终竟枝叶扶疏，摇荡于青天白云中，表现着不可言说的美。一切有机生命皆凭借物质扶摇而入于精神的美。大自然中有一种不可思议的活力，推动无生界以入于有机界，从有机界以至于最高的生命、理性、情绪、感觉。这个活力是一切生命的源泉，也是一切"美"的源泉。

自然无往而不美。何以故？以其处处表现这种不可思议的活力故。照相片无往而美。何以故？以其只摄取了自然的表面，而不能表现自然底面的精神故。（除非照相者以艺术的手段处理它）艺术家的图画、雕刻却又无往而不美，何以故？以其能从艺术家自心的精神，以表现自然的精神，使艺术的创作，如自然的创作故。

什么叫作美？——"自然"是美的，这是事实。诸君若不相信，只要走出诸君的书室，仰看那檐头金黄色的秋叶在光波中颤动；或是来到池边柳树下俯看那白云青天在水波中荡漾，包管你有一种说不出的快感。这种感觉就叫作"美"。我前几天在此地斯蒂丹博物院里徘徊了一天，看了许多荷兰画家的名画，以为最美的当莫过于大艺术家的图画、雕刻了，哪晓得今天早晨起来走到附近绿堡森林中去看日出，忽然觉得自然的美终不是一切艺术所能完全达到的。你看空中的光、色，那花草的动，云水的波澜，有什么艺术家能够完全表现得出？所以自然始终是一切美的源泉，是一切艺术的范本。艺术最后的目的，不外乎将这种瞬息变化、起灭无常的"自然美的印象"，借着图画、雕刻的作用，扣留下来，使它普遍化、永久化。什么叫作普遍化、永久化？这就是说一幅自然美的好景往往在深山丛林中，不是人人能享受的；并且瞬息变动、起灭无常，不是人时时能享受的（……"夕阳无限好，只是近黄昏"……）。艺术的功用就是将它描摹下来，使人人可以普遍地、时时地享受。艺术的目的就在于此，而美的真泉仍在自然。

那么，一定有人要说我是艺术派中的什么"自然主义""印象主义"了。这一层我还有申说。普通所谓自然主义是刻画自然的表面，入于细微。那么能够细密而真切地摄取自然印象莫过于照相片了。然而我们人人知道照片没有图画的美，照片没有艺术的价值。这是什么缘故呢？照片不是自然最真实的摄影么？若是艺术以纯粹描写自然为标准，总要让照片一筹，而照片又确是没有图画的美。难道艺术的目的不是在表现自然的真相么？这个问题很可令人注意。我们再分析一下。

（一）向来的大艺术家如荷兰的伦勃朗、德国的丢勒、法国的罗丹都是承认自然是艺术的标准模范，艺术的目的是表现最真实的自然。他们的艺术创作依了这个理想都成了第一流的艺术品。

（二）照片所摄的自然之影比以上诸公的艺术杰作更加真切、更加细密，但是确没有"美"的价值，更不能与以上诸公的艺术品媲美。

（三）从这两条矛盾的前提得来结论如下：若不是诸大艺术家的艺术观念——以表现自然真相为艺术的最后目的——有根本错误之处，就是照片所摄取的并不是真实自然。而艺术家所表现的自然，方是真实的自然！

果然！诸大艺术家的艺术观念并不错误。照片所摄非自然之真。唯有艺术才能真实表现自然。

诸君听了此话，一定有点惊诧，怎么照片还不及图画的真实呢？

罗丹说："果然！照片说谎，而艺术真实。"这话含意深厚，非解释不可。请听我慢慢说来。

我们知道"自然"是无时无处不在"动"中的。物即是动，动即是物，不能分离。这种"动象"，积微成著，瞬息变化，不可捉摸。能捉摸者，已非是动；非是动者，即非自然。照相片于物象转变之中，摄取一角，强动象以为静象，已非物之真相了。况且动者是生命之表示，精神的作用；描写动者，即是表现生命，描写精神。自然万象无不在"活动"中，即是无不在"精神"中，无不在"生命"中。艺术家要想借图画、雕刻等以表现自然之真，当然要能表现动象，才能表现精神、表现生命。这种"动象的表现"，是艺术最后目的，也就是艺术与照片根本不同之处了。

艺术能表现"动"，照片不能表现"动"。"动"是自然的"真相"，所以罗丹说："照片说谎，而艺术真实。"

但是艺术是否能表现"动"呢？艺术怎样能表现"动"呢？关于第一个问题要我们的直接经验来解决。我们拿一张照片和一张名画来比看。我们就觉得照片中风景虽逼真，但是木板板地没有生动之气，不同我们当时所直接看见的自然真境有生命、有活动；我们再看那张名画中景致，虽不能将自然中光气云色完全表现出来，但我们已经感觉它里面山水、人物栩栩如生，仿佛如入真境。我们再拿一张照片摄的《行步的人》和罗丹雕刻的《行步的人》一比较，就觉得照片中人提起了一只脚，而凝住不动，好像麻木了一样；而罗丹的石刻确是在那里走动，仿佛要姗姗而去了。这种"动象的表现"要诸君亲来罗丹博物院里参观一下，就相信艺术能表现"动"，而照片不能。

那么艺术又怎样会能表现出"动象"呢？这个问题是艺术家的大秘密。我非艺术家，本无从回答；并且各个艺术家的秘密不同。我现在且把罗丹自己的话介绍出来：

罗丹说："你们问我的雕刻怎样会能表现这种'动象'？其实这个秘密很简单。我们要先确定'动'是从一个现状转变到第二个现状。画家与雕刻家之表现'动象'就在能表现出这个现状中间的过程。他要能在雕刻或图画中表示出那第一个现状，于不知不觉中转化入第二现状，使我们观者能在这作品中，同时看见第一现状过去的痕迹和第二现状初生的影子，然后'动象'就俨然在我们的眼前了。"

这是罗丹创造动象的秘密。罗丹认定"动"是宇宙的真相，唯有"动象"可以表示生命，表示精神，表示那自然背后所深藏的不可思议的东西。这是罗丹的世界观，这是罗丹的艺术观。

罗丹自己深入于自然的中心，直感着自然的生命呼吸、理想情绪，晓得自然中的万种形象、千变百化，无不是一个深沉浓挚的大精神——宇宙活力——所表现。这个自然的活力凭借着物质，表现出花，表现出光，表现出云树山水，以至于鸢飞鱼跃、美人英雄。所谓自然的内容，就是一种生命精神的物质表现而已。

艺术家要模仿自然，并不是真去刻画那自然的表面形式，乃是直接去体会自然的精神，感觉那自然凭借物质以表现万相的过程，然后以自己的精神、理想情绪、感觉意志，贯注到物质里面制作万形，使物质而精神化。

"自然"本是个大艺术家，艺术也是个"小自然"。艺术创造的过程，是物质的精神化；自然创造的过程，是精神的物质化；首尾不同，而其结局同为一极真、极美、极善的灵魂和肉体的协调，心物一致的艺术品。

罗丹深明此理，他的雕刻是从形象里面发展，表现出精神生命，不讲求外表形式的光滑美满。但他的雕刻中确没有一条曲线、一块平面而不有所表示生意跃动，神致活泼，如同自然之真。罗丹真可谓能使物质而精神化了。

罗丹的雕刻最喜欢表现人类的各种情感动作，因为情感动作是人性最真切的表示。罗丹和古希腊雕刻的区别也就在此。希腊雕刻注重形式的美，讲求表面的美，讲求表面的完满工整，这是理性的表现。罗丹的雕刻注重内容的表示，讲求精神的活泼跃动。所以希腊的雕刻可称为"自然的几何学"，罗丹的雕刻可称为"自然的心理学"。

自然无往而不美。普通人所谓丑的如老妪病骸，在艺术家眼中无不是美，因为也是自然的一种表现。果然！这种奇丑怪状只要一从艺术家手腕下经过，立刻就变成了极可爱的美术品了。艺术家是无往而非"美"的创造者，只要他能真把自然表现了。

所以罗丹的雕刻无所选择，有奇丑的媒母，有愁惨的人生，有笑、有哭、有至高纯洁的理想，有人类根性中的兽欲。他眼中所看的无不是美，他雕刻出了，果然是美。

他说："艺术家只要写出他所看见的就是了，不必多求。"这话含有至理。我们要晓得艺术家眼光中所看见的世界和普通人的不同。他的眼光要深刻些，要精密些。他看见的不只是自然人生的表面，乃是自然人生的核心。他感觉自然和人生的现象是含有意义的，是有表示的。你看一个人的面目，他的表示何其多。他表示了年龄、经验、嗜好、品行、性质，以及当时的情感思想。一言蔽之，一个人的面目中，藏蕴着一个人过去的生命史和一个时代文化的潮流。这种人生界和自然界精神方面的表现，非艺术家深刻的眼光，不能看得十分真切。但艺术家不单是能看出人类和动物界处处有精神的表示。他看了一枝花、一块石、一湾泉水，都是在那里表现一段诗魂。能将这种灵肉一致的自然现象和人生现象描写出来，自然是生意跃动、神采奕奕、仿佛如"自然"之真了。

罗丹眼光精明，他看见这宇宙虽然物品繁富、仪态万千，但综而观之，是一幅意志的图画。他看见这人生虽然波澜起伏、曲折多端，但合而观之，是一曲情绪的音乐。情绪意志是自然之真，表现而为动。所以动者是精神的美，静者是物质的美，世上没有完全静的物质，所以罗丹写动而不写静。

罗丹的雕刻不单是表现人类普遍精神（如喜、怒、哀、乐、爱、恶、欲），他同时注意时代精神。他晓得一个伟大的时代必须有伟大的艺术品，将时代精神表现出来遗传后世。他于是搜寻现代的时代精神究竟在哪里？他在这十九、二十世纪潮流复杂思想矛盾的时代中，搜寻出几种基本精神：（1）劳动。十九、二十世纪是劳动神圣时代。劳动是一切问题的中心。于是罗丹创造《劳动塔》（未成）。（2）精神劳动。十九、二十世纪科学工业发达，是精神劳动极昌盛时代，不可不特别表示，于是罗丹创造《思想的人》和《巴尔扎克夜起著文之像》。（3）恋爱。精神的与肉体的恋爱，是现时代人类主要的冲动。于是罗丹在许多雕刻中表现之（接吻）。

　　我对于罗丹观察要完了。罗丹一生工作不息，创作繁富。他是个真理的搜寻者，他是个美乡的醉梦者，他是个精神和肉体的劳动者。他生于 1840 年，死于近年。生时受人攻击非难，如一切伟大的天才那样。

　　　　　　　　　　　　　　　　1920 年冬写于法兰克福

252

形与影

——罗丹作品学习札记

明朝画家徐文长曾题夏圭的山水画说：

> 观夏圭此画，苍洁旷迥，令人舍形而悦影！

舍形而悦影，这往往会叫我们离开真实，追逐幻影，脱离实际，耽爱梦想，但古来不少诗人画家偏偏喜爱"舍形而悦影"。徐文长自己画的"驴背吟诗"（现藏故宫）就是用水墨写出人物与树的影子，甚至用扭曲的线纹画驴的四蹄，不写实，却令人感到驴从容前驰的节奏，仿佛听到蹄声嗒嗒，使这画面更加生动而有音乐感。

中国古代诗人、画家为了表达万物的动态，刻画真实的生命和气韵，就采取虚实结合的方法，通过"离形得似""不似而似"的表现手法来把握事物生命的本质。唐人司空图《诗品》里论诗的"形容"艺术说：

绝伫灵素，少迴清真。如觅水影，如写阳春。风云
变态，花草精神。海之波澜，山之嶙峋。俱似大道，妙
契同尘。离形得似，庶几斯人。

　　离形得似的方法，正在于舍形而悦影。影子虽虚，恰能传
神，表达出生命里微妙的、难以模拟的真。这里恰正是生命，是
精神，是气韵，是动。蒙娜丽莎的微笑不是像影子般飘拂在她的
眉睫口吻之间吗？

　　中国古代画家画竹子不也教人在月夜里摄取竹叶横窗的阴
影吗？

　　法国近代雕刻家罗丹创作的特点正是重视阴影在塑形上的价
值。他最爱到哥特式教堂里去观察复杂交错的阴影变化。[①]把这
些意象运用到他雕塑的人物形象里，成为他的造型的特殊风格。

　　我在 1920 年夏季到达巴黎，罗丹的博物馆开幕不久（罗丹

---

　①　哥特式，即指哥提克风格，是十五世纪在意大利产生的，起初是一
个蔑视的称呼。它指的是欧洲从十二世纪晚期到十五世纪的建筑风格，
以后遍指这一时期的全面艺术，代表作是意大利、法国和德国的这一时
期的大教堂，表现着飞腾出世的基督教精神。矗立天空，雕镂精致，见
骨不见肉，而富于光和影的交错流动。关于大教堂里的阴影对罗丹的启发，
这本《罗丹在谈话和信札中》有一篇名《阴影的秘密》，里面一段话可
供参考："阴影的力量对于罗丹是一探索不尽的秘密。在巴黎圣母院的
穹门前，他试图解说这不可探明的规律。他说：'大教堂的变动不居的
阴影表现出运动。动是一切物的灵魂。只有这样的创作是永远有价值的，
即它内部具有力量，把自己的阴影在天光之下完满地体现出来。因为从正
确的形成的体积，诸阴影才会完全自己显示出来。在重新修复这大教堂时，
鲁莽的手把这一切可能性毁灭了。这是多么无知！……"——作者原注

254

在 1917 年死前将全部作品赠予法国政府设立博物馆），我去徘徊观摩了多次，深深地被他的艺术形象所感动，觉得这些新创的现实主义与浪漫主义相结合的形象是和古希腊的雕刻境界异曲同工。艺术贵乎创造，罗丹是在深切地研究希腊以后，创造了新的形象来表达他自己的时代精神。

记得我在当时写了一篇《看了罗丹雕刻以后》，里面有一段话留下了我当时对罗丹的理解和欣赏：

> 他的雕刻是从形象里面发展，表现出精神生命，不讲求外表形式的光滑美满。但他的雕刻中确没有一条曲线、一块平面而不有所表示生意跃动，神致活泼，如同自然之真。罗丹真可谓能使物质而精神化的了。

罗丹创造的形象常常往来在我的心中，帮助我理解艺术。前年无意中购得一本德国女音乐家海伦·萝斯蒂兹写的《罗丹在谈话和信札中》（德意志民主共和国出版），文笔清丽，写出罗丹的生活、思想和性情，栩栩如生，使我吟味不已。书中有不少谈艺的隽语，对我们很有启发，也给予美的感受。去年暑假把它译了出来，公诸同好。（拙译文见上海文艺出版社出版的《文艺论丛》第 10 辑）从这本小书里我们可以看到罗丹在巴黎郊外他的梅东别墅里怎样被大自然和艺术包围着，而通过自己的无数的创作表现了他的时代的最内在的精神面貌，也就是文艺复兴以来近代资产阶级趋向没落时期人们生活里的强烈矛盾、他们的追求和幻灭。这本小书可以帮助我们了解罗丹的创作企图和他的艺术意境。

与宣夫谈画

"我的画不愿意题上富有诗意的画题。我画里要是有诗，它自然会逃不了鉴赏者的心目，要是根本没有诗，题上一条优雅的名字，也题不出诗来。"——当秦宣夫兄取出他的一张张近作来给我看时，口里这样说。

他这话定具有深厚的意义的。我想起罗丹在他的谈话录里常常欢喜说："艺术家只要看清楚了自然，把它如实地表现出来就得了，不必对自然作什么解释，也不要灌注什么诗意情感进去！"

本来"自然"里一朵花、一枝叶、一只草虫、一个人体，甚至一块人体上的四凸的面，这里面所涵藏的境界，所潜存的智慧，它里面的数学、光学、生理学、解剖学，是超过我们人类渺小的学识聪明不知若干倍。它里面，蕴藏的美、真、善，也是具有不可窥尽的深。我们要用崇高的感情去接近它，朝拜它，等若干时间之后，像情人耐心等待他的美人的回首转目，她剪一顾盼，偶示色相，你，画家，就可取之不尽，用之不竭，创辟天

256

地，裁就作风。

世上的艺术家，可有二型，一是亲密自然的，一是离开自然的。离开自然的作风，像埃及的画，西洋中古的雕刻，现代立体派表现派的画。亲密自然的，对昼、夜、风、雨、霞光、月色、花、草虫、天边的飞鸟、水边的沙痕，点点痕痕都是他眼中的泪、心里的血，画着它们，就是画着自己的梦魂。

古人说"诗者天地之心"，原来天地要借人类的诗、画、音乐、雕刻、建筑，写出他的"心"来。画家只要肯虔诚地去实写自然，那自然的诗心，会自己不待邀请地从你的画面跳出来。所以我看了宣夫的许多幅的油画后，就对宣夫说："你对自然具有这样深的爱，'自然'没有不报答你的爱情。你看你的《山雨欲来》那幅画，全幅色调那样幽冷而雄奇，你说那里面不透露着天地的诗心吗？你的《磁器的胜利日》不是在平凡粗陋的现实上面笼罩着无限的诗意，透着大自然一体同仁的爱吗？你的《农民节》不是那大自然借着勤劳终年，心地无邪的农民的欢舞写出它的朴质的喜剧吗？你的《幼女》《少女》《幼女与菊》，哪一幅不是大自然借你画笔对我们这残酷愚蠢的人类重新显示'人人的真理'？你那幅《沙磁工厂》不是对于现代的工业区也厌恶，大自然把它拥到自己的温暖的怀抱里面了吗？"

自然把一切都美化了，善化了，真化了，而我们人类现在仍在进行着一项工作，要毁灭一切自然赠予我们的价值！摧毁人类的千年辛辛苦苦所创造累积的价值！宣夫兄，你的感想怎么样？你这点辛苦的制造品将来又怎么样？

团山堡读画记

前年盟军攻占罗马后，新闻记者去访问隐居在罗马近郊的哲学家桑达耶那（Santayana）。一位八十高龄的老人，仍然精神矍铄地探索着这人生之谜，不感疲倦。记者问他对这次世界大战的意见。罗马近郊是那么接近炮火的中心。桑达耶那悠然地答道："我已经多时没有报纸了，我现在常常生活在永恒的世界里！"

什么是这可爱可羡的永恒世界呢？

我这几年因避空袭——并不是避现实——住在柏溪对江大保附近的农家，在这狂涛骇浪的大时代中，我的生活却像一泓池沼，只照映着大保的松间明月、江上清风。我的心底深暗处永远潜伏一种渴望，渴望着热的生命，广大的世界。涓涓的细流企向着大海。

今年一个夏晚，司徒乔卿兄突然见访。阔别已经数年了，我忙问他别后的行踪。他说他这几年是"东南西北之人"，先到过中国的东南角，后游中国的西北角，从南海风光到沙漠情调，他心灵体验的广袤是既广且深，作画无数。我听了异常惊喜。我说：我一定要来看你的创作，填补我这几年精神的寂寞。到了9月26日，我同吴子咸兄相约同往金刚坡团山堡去访司徒乔卿兼践傅抱石兄之宿约。不料团山堡四周风景直能入画。背面高峰入云，时隐时现，前面一望广阔，而远山如环，气象万千，不必南海塞北，即此已是他的"大海"了。入夜松际月出，尤为清寂。抱石来畅谈极乐。次晨，即求乔卿展示所作。因有一大部正副装裱，未获窥及全豹，颇为怅怅。然就所见，已深感乔卿兄视觉之深锐，兴趣之广博，技术之熟练，而尤令我满意的，是他能深深地体会和表现那原始意味的、纯朴的宗教情操。西北沙漠中这种最可宝贵、最可艳羡的笃厚的宗教情调，这浑朴的元气，真是够味。回看我们都会中那些心灵早已淘空了的行尸走肉，能不令人作呕！《晨祷》《大荒饮马》《马程归来》《天山秋水》《茶叙》《冰川归人》等等，它们的美，不只是在形象、色调、技法，而是在这一切里面透露的情调、气氛，丝毫不颓废的深情与活力。这是我们艺术所需要的，更是我们民族品德所需要的。所以我希望乔卿的画展能发生精神教育的影响。

但乔卿既能画热情动人、活泼飞跃的舞女，引起我对生命的渴望，感到身体的节拍，而他又画得轻灵似梦、幽深如诗的美景，令人心醉，其味更为隽永。大概因为我们是东方人吧，对这《清静境》，对这《默》，尤对那幅《再会》，感到里面有说不尽的意味。画家在这里用新的构图、新的配色，写出我们心中永恒的最深的音乐；在这里，表面上似乎是新的形式，而骨子里是东方人悠古的世界感触。在这里，我怀疑乔卿受了他夫人伊湄的潜移默化，因为这里面颇具有着伊湄女士所写词集中的意境。据说伊湄女士是司徒先生每一创作最先的一个深刻的批评者。

我在团山堡画室里住了两夜，饱看山光云影，夜月晨曦，读乔卿的画，伊湄的词。第二天又去打扰傅抱石兄，欣赏他近年作品和夫人的烹调。一件意外的收获，就是得到一册司徒圆（乔卿的长女）从四岁到九岁所写的小诗，加上抱石兄的同样年龄的长子小石的插画，册名《浪花》，是郭沫若兄在政治部四维小丛书里出版的。这本小书里洋溢着天真的灵感，令人生最纯净的愉快。司徒圆四岁半在沪粤舟中写第一首小诗：

浪花白，浪花美，
朵朵浪花，朵朵白玫瑰。

天真的想象，天真的音调，天真的措辞，真是有味。又《大海水》一首：

大海水，真怪气，
雨来会生疮，风来会皱皮。

又《大雨》一首：

大雨纷纷下，
树木都很佩服他，

树木不停地鞠躬,

把腰弯到地下。

　　这里是童贞的世界。这童贞的世界是否就是桑达耶那所常住的永恒世界呢?

《蕙的风》之赞扬者

一岑：

在这个老气深沉、悲哀弥漫，压在数千年重负下的中国社会里，竟然有个二十岁天真的青年，放情高唱少年天真的情感，没有丝毫的假饰，没有丝毫的顾忌，颂扬光明，颂扬恋爱，颂扬快乐，使我这个数千里外的旅客，也鼓舞起来，高唱起来，感谢他给我的快乐。

我放情地高唱他的诗：

我愿把人间的心，

一个个都聚拢来，

共总熔成一个；

像月亮般挂在清的天心，

给大家看个明明白白。

我愿把人间的心，

一个个都聚拢来，
用仁爱的日光洗洁了；
重新送还给人们，
使误解从此消散了。

伊的情丝和我的，
织成快乐的幕了；
把他当遮拦，
谢绝人间的苦恼。

蓓蕾们密说着，
商议了一会，说：
"不相干，
开——仍旧要开；
只要嘱咐他们，
不许再来践踏好了。"

这天然流露的诗，如同鸟的鸣，花的开，泉水的流。无所谓好，无所谓坏。我们不必拿中国旧诗学的理论来批评他，也不必拿欧美新诗学的理论来范围他。我们只是抱着他那一本小诗集，到鸟语花香的田园中，放情地高唱。唱得顺口，唱得得意，就唱下去。唱不顺口，唱不得意，就不唱下去。他是自自然然地写出来的，我们也自自然然地享受它。

我上面写的三首，是我最满意读的诗，此外还有许多可爱的诗，也有些我不爱的诗。总之，我对这个青年诗人的人格，表充分的同情。他是一个很难得的，没有受过时代的烦闷，社会的老气的天真青年，我们现在的社会上还不知道这类的青年是多么的可贵呢！

我个人以为这种纯洁天真，活泼乐生的少年气象是中国前途的光明。那些事故深刻，悲哀无力的老气沉沉，就是旧中国的坟墓。

胡适之先生以为他以下的诗句很幼稚的：

雪花——棉花

你还以为我孩子瞎说的吗？

你还不信到门前去摸摸看，

那不是棉花？

那不是棉花是什么？

妈，你说这是雪花，

我说这是顶好的棉花，

比我前天望见棉花铺子里的还好得多多。

胡先生以为以下的诗是很成熟的好诗了：

我冒犯了人们的指摘，

一步一回头地瞟我意中人，

我怎么欣慰而胆寒呵。

这两首诗都好。《雪花——棉花》，仿佛泰戈尔《新月集》中的东西。所谓成熟，我觉得只是诗人人格年龄上的成熟，并不是诗的艺术上的成熟。儿童诗正需要儿童的情绪，儿童的口吻。

　　这部诗集里有些极短的、一两句的小诗，我满意的很少。这种短诗，本不容易好的。

　　《蕙的风》的作者是汪静之君。可惜我还不认识他呢。

宗白华

艺术生活
——艺术生活与同情

你想要了解"光"么?

你可曾同那疏林透射的斜阳共舞?

你可曾同那黄昏初现的冷月齐颤?

你可曾同那蓝天闪闪的星光合奏?

你想了解"春"么?

你的心琴可有那蝴蝶翅的翩翩情致?

你的歌曲可有那黄莺儿的千啭不穷?

你的呼吸可有那玫瑰粉的一缕温馨?

　　诸君!艺术的生活就是同情的生活呀!无限的同情对于自然,无限的同情对于人生,无限的同情对于星天云月、鸟语泉鸣,无限的同情对于死生离合、喜笑悲啼。这就是艺术感觉的发生,这也是艺术创造的目的!

诸君！我们这个世界，本是一个物质的世界，本是一个冷酷的世界。你看，大宇长宙的中间何等黑暗呀！何等森寒呀！但是，它能进化、能活动、能创造，这是什么缘故呢？因为它有"光"，因为它有"热"！

诸君！我们这个人生，本是一个机械的人生，本是一个自利的人生。你看，社会民族中间何等黑暗呀！何等森寒呀！但是，它也能进化、能活动、能创造，这是什么缘故呢？因为它有"情"，因为它有"同情"！

同情是社会结合的原始，同情是社会进化的轨道，同情是小己解放的第一步，同情是社会协作的原动力。我们为人生向上发展计，为社会幸福进化计，不可不谋人类"同情心"的涵养与发展。哲学家和科学家，兢兢然求人类思想见解的一致，宗教家与伦理学家，兢兢然求人类意志行为的一致，而真能结合人类情绪感觉的一致者，厥唯艺术而已。一曲悲歌，千人泣下；一幅画境，行者驻足，世界上能融化人感觉情绪于一炉者，能有过于美术的么？美感的动机，起于同感。我们读一首诗，如不能设身处地，直感那诗中的境界，则不能了解那首诗的美。我们看一幅画，如不能神游其中，如历其境，则不能了解这幅画的美。我们在朝阳中看见了一枝带露的花，感觉着它生命的新鲜，生意的无尽，自由发展，无所挂碍，便觉得有无穷的不可言说的美。

譬如两张琴，弹了一琴的一弦，别张琴上，同音的弦，方能共鸣。自然中间美的谐和，艺术中间美的音乐，也唯有同此弦音，方能合奏。所以，有无穷的美，深藏若虚，唯有心人，乃能得之。

但是，我们心琴上的弦音，本来色彩无穷，一个艺术家果能深透心理，扣着心弦，聊歌一曲，即得共鸣，所以，艺术的作用，即是能使社会上大多数的心琴，同入于一曲音乐而已。

这话怎讲？我们知道，一个学术思想，还很不难得全社会的赞同。因为思想，可以根据事实，解决是非。我们又知道，一件事业举动，也还不难得全社会的同情。因为事业，可以根据利害，决定从违。这两种都有客观的标准，不难强令社会于一致。但是，说到情绪感觉上的事，却是极为主观，很难一致的了。我以为美的，你或者以为丑。你以为甘的，我或者以为苦。并且，各有其实际，绝不能强以为同。所以，情绪感觉，不是争辩的问题，乃是直觉自决的问题。但是，一个社会中感情完全不一致，却又是社会的缺憾与危机。因为"同情"本是维系社会最重要的工具。同情消灭，则社会解体。

艺术的目的是融社会的感觉情绪于一致，譬如一段人生，一幅自然，各人遇之，因地位关系之差别，感觉情绪，毫不相同，但是，这一段人生，若是描写于小说之中，弹奏于音乐之里，这一幅自然，若是绘画于图册之上，歌咏于情词之中，则必引起全社会的注意与同感，而最能使全社会情感荡漾于一波之上者，尤莫如音乐。所以，中国古代圣哲极注重"乐教"。他们知道，唯有音乐，能调和社会的情感，坚固社会的组织。

不单是艺术的目的，是谋社会同情心的发展与巩固。本来，艺术的起源，就是由人类社会"同情心"的向外扩张到大宇宙自然里去。法国哲学家居友（Guyan）在他的名著《艺术为社会现象》中，论之甚详。我们人群社会中，所以能结合与维持者，是因为有一种社会的同情。我们根据这种同情，觉着全社会人类都是同等，都是一样的情感嗜好，爱恶悲乐。同我之所以为"我"，没有什么大分别。于是，人我之界不严，有时以他人之喜为喜，以他人之悲为悲。看见他人的痛苦，如同身受。这时候，小我的范围解放，人于社会大我之圈，和全人类的情绪感觉一致颤动，古来的宗教家如释迦、耶稣，一生都在这个境界中。

但是，我们这种对于人类社会的同情，还可以扩充张大到普遍的自然中去。因为自然中也有生命，有精神，有情绪感觉意志，和我们的心理一样。你看一个歌咏自然的诗人，走到自然中间，看见了一枝花，觉得花能解语，遇着了一只鸟，觉得鸟亦知情，听见了泉声，以为是情调，会着了一丛小草，一片蝴蝶，觉得也能互相了解，悄悄地诉说他们的情，他们的梦，他们的想望。无论山水云树，月色星光，都是我们有知觉、有感情的姊妹同胞。这时候，我们拿社会同情的眼光，运用到全宇宙里，觉得全宇宙就是一个大同情的社会组织，什么星呀，月呀，云呀，水呀，禽兽呀，草木呀，都是一个同情社会中间的眷属。这时候，不发生极高的美感么？这个大同情的自然，不就是一个纯洁的高尚的美术世界么？诗人、艺术家，在这个境界中，无有不发生艺术的冲动，或舞歌，或绘画，或雕刻创造，皆由于对于自然，对于人生，起了极深厚的同情，深心中的冲动，想将这个宝爱的自然，宝爱的人生，由自己的能力再实现一遍。

艺术世界的中心是同情，同情的发生由于空想，同情的结局入于创造。于是，所谓艺术生活者，就是现实生活以外一个空想的同情的创造的生活而已。

艺术的天才

一、艺术的天才——天才在德文为 genial，从 genic 而出，英文译为 ingenious 是也。

genic（天才）与 talent（人才）相对，而称天才云者，普通盖有三义：

1. 用于作品上者，所谓天才的作品是也；

2. 用于创造本身上者，谓创造时有天才之特征与否是也；

3. 则指艺术家之禀赋而言，是否有天才之禀赋是也。吾人此次讨论，系注重第二者，因天才作品，必因其创造时有天才之特征，至其禀赋，究为天才与否，亦因其创造时有天才之特征与否也。

吾人意识须感受何者特征，始可名之为天才，盖必非常之感觉，吾人始可判断之也。反之，天才者，必须与吾人以非常之感觉也。英国 Edward Young[①]谓天才者为自然界之神秘，吾人必有

---

① 爱德华·杨格：英国诗人。

极大之惊讶，谓非吾人所能创造，彼竟能之，遂能引起吾人之判断，吾人又须感到此作品必为独一无二的，仅彼一人能表现之，他人不得仿摹之也（总之为超人的独一无二的感觉）。

普通承认为天才之人物，介绍如下：

李太白

杜甫

歌德

莎士比亚 Shakespeare

拜伦 Byron

叔本华 Schapenhawer

康德 Kant

海智尔[①] Hegel

吾人固有觉其非常人所能冀及者，然此中亦有高下，如有几许天才成分，而杂以人才成分者，所谓苦工锻炼、下学而上达者，所谓功到自然成者是也。

德之大诗家之一席勒，二十五岁时曾著一剧本 *Ruuber*，人人承认其为天才，但对于布局及个性之表现，间有未十分满意者，然仍同声许其为天才也。其老年成熟之作品，天才成分不如初，此天才与人才之分也。他如：

莫扎特

歌德

但丁

---

① 海智尔：今译"黑格尔"。

拜伦

李太白

以上数人，皆人人认为天才者。

吾人对于天才，当用客观的冷静的态度研究之，唯近世科学发达，各事皆欲使其有平凡化，故对于天才亦欲以平凡化，变其奇特，故尼采第二时期，即欲对叔本华之天才加以否认也。

此种态度，吾人亦不宜采取，固真正的天才作品，吾人实无法否认之，殊不必将其根本推翻也。

研究天才的问题，须从其创造物下手始可，天才的艺术创造，与普通的艺术创造，究竟有何不同？

第一，两者种类上是否不同？

第二，两者性质上是否不同？

质言之，即二者质量上有无不同是也。若质有不同，则其精神上必有特殊的 function，然就各创造物上观察之，则天才创造，亦寻不出何等特殊根本上不同之点；是质的方面并无何等差异，至其精神生活上、结构上，亦无甚不同，且愈伟大天才，乃愈好向平凡处表现，如大诗人、大画家，皆极好描写平凡事物，故在第一方面，实拈不出不同之点，在第二方面，天才的天资和技能，必较人才为增高，如视力听力及想象力，多非普通人所可及，德人 W.Dilthey 尝著《诗人的想象力》一书，备言诗人的想象力如何伟大，此书颇为著名，因天资方面之增高，亦常引起全部精神生活之色彩改变。如富于思想者，易于发生情感，则因量的不同，而引起质的变化者（如空想力强，则引起情感力亦强，且一部分变化，常引起全体的变化）。常人亦如此，不但天才也。

故在他人或其个人，常不自觉之，不知分量之不同，反乃疑为质之有异。殊不知质则犹是，乃因量之变亦随之而变者耳。其精神生活，亦与常人有不同处。创造情调（Production temper）丰富，内心生活较多，精神集中之时多，而且久不与彼艺术有关系者，彼常忽视之，故每不善处世，非不能也，乃不暇为、不屑为耳。眼光极清楚，观察极明晰，因精神之集中及内敛，对于世务常不去做，凡人重此轻彼，天才者，精神生活既多，其苦与乐，较常人为深刻，益非谓彼各部分皆较常人为高，然有几部分特别发达者，遂使全体亦起剧烈之变化也。

天才之特殊增高处，约可分为两方面：

1. 智慧之增高发展（聪明）；

2. 下意识特殊能力之增高，情感生活之增高；

二者似相矛盾，实则系属可能，因智慧和聪明，非学问也，乃人生之智慧，及艺术之智慧也。对宇宙人生及宇宙之观察，艺术或美感之鉴赏，特别增高，盖从直觉方面，所得到者，故能创造真美也。

今将天才之特征列下：天才者，智慧超人之表现也。

（一）空想丰富（phantasy）——艺术家空想之能力特别发展。其与他人不同处，因其思想即存于其具体的空想中间，此其与政治家或哲学家不同处也。如某德人谓歌德之思想为有物之思想（Gegenstandliches Denken）。盖彼之思想为有意义的、有系统的、有组织的，可成功为宇宙观及人生观。

故天才者之空想及常人空想之不同处为：

1. 为 Logical，与梦中之空想不同，与常人亦不同；

2. 为 real（实在的）、有内容的，非毫无凭借者可比也。

3. 为 concrete，而非片断的、破碎的。

总之，皆成为 creative phantasy。

尼采尝曰："Das genie Kennt die Welt，ohne welt Kenntnis。"

"天才认识世界，无待经验。"

（二）精神集中——处处集中。

（三）静观状态——叔本华所谓客观的是也（objurgation）。

天才为直觉之智慧，并非纯由经验得来者。

叔本华有极好的天才论文一篇，可参看。彼谓天才之全体意志少，智慧占多数，如常人全体意志的三分之二。智慧不过三分之一。天才者正与此为反比例。智慧所占既多，则必有特别之发展，势所然也。

天才高者，对彼之实际生活，反多忽略，如处世谋生等等，多不擅长，盖精神全注意客观观察，不暇他谋也，此亦其短处。

又彼若注重某事，必能使之得当，即极小之事，被有时反用全副精神或情感，故其情感较常人为剧烈，此亦短处，盖因情感太富，故易受刺激，如集中镜之收敛日光然，常以全力对付之也。

歌德所著之《塔索》，系极力描写二人性情极反之书，可作参考。

天才之四大色彩：

1. Melancholy：天才者，观察世界既极清楚，故最后之情调多一种悲哀，然非如宗教家之欲求解脱也。彼盖能超出乎其上，然又不忍不写出之，又常因孤独生活，对世人多不合意，所以于不自觉中常现出 Melancholy 之表现也。至彼娱乐，亦特别增大，非常人可及。叔本华常谓最高山 the highest mountain 如大艺术家，顶上常绕以愁云，一旦被风吹破，则豁然开朗，有非他峰所可及者。

2. Humour：寻常译为"含泪之笑"。或有称为"滑稽""嬉笑"者则不合矣，遇痛苦时忽得大觉悟，或看透世事，不过如此，自己既有解，故能超乎世界之上，见得澈底，如遇悲而不哭，逢难反发笑，皆此类也。莎士比亚之戏剧多此 Humour 之情调。

一方使人感到痛苦，一方同时使人超出痛苦之上，盖只有痛苦，令人徒生悲哀，不忍卒读也。故莎士比亚、汉姆生 Humour as factor or life 俱有 Humour 之色彩者，或谓凡天才作品，无不如此，或信然欤！

Humour 须有三种成分：

（一）绝顶的聪明能认识世界极清；

（二）能了解世界，故可深入而现实之；

（三）有同情心，表示原谅宽厚之深情。

故 Humour 与愿望、刺激等不同。

又彼之审美能力高过常人，虽遭世人非之，终其身无人崇拜之，彼并不懊丧，此一方因自信心坚决，一方则因下意识有说不出之 instinct，德之哈曼尝谓人曰："莎士比亚之作品，虽许多不合于美之原则，但彼自有天才可代补一切缺陷，代表一切原则。"斯言可深信矣。

3. 天才之描写，无论片断或全部，无不表现其宇宙观。Yeanpaul 谓凡天才之作品，无不表现全体，虽属片断，其表现因为完全者，此言盖非虚也。因凡伟大作品，无不表现其人生观之背景，彼等并不受哲学之影响，凡系天才，其自身必能发生此等问题也。谓"凡系天才必生而带有哲学之精神"。所谓精神，并非研究之谓，乃不期然而然之一种色彩而已。如叔本华有一种聚力，能使他人用彼之眼光来观察世界各物，吾人一入其范围，则必成为彼之宇宙观，而不能除去。大概凡天才作品，均有此魔力。文学能支配阅者之人生态度，有时较哲学为更大。

4. 天才作品，一方表现其天才自然流露，一方表现其智慧之整体或结构，以自然物喻之亦然。如植物之生长，一方为自然，一方又自然合于条理，一叶之微，一纹之细，皆含美之条件也。故凡天才虽天才流露，而无深刻的功用，以免疏略之虞。

论文艺的空灵与充实

周济（止庵）《宋四家词选》里论作词云：

> 初学词求空，空则灵气往来！既成格调，求实，实
> 则精力弥满。

孟子曰：

> 充实之谓美。

从这两段话里可以建立一个文艺理论，试一述之：先看文艺
是什么？画下面一个图来说明：

一切生活部门都有技术方面，想脱离苦海求出世间法的宗教
家，当他修行正果的时候，也要有程序、步骤、技术，何况物质
生活方面的事件？技术直接处理和活动的范围是物质界。它的

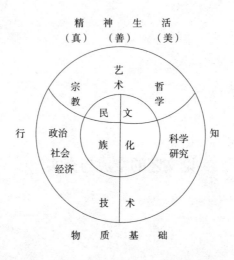

精　神　生　活
（真）　（善）　（美）

艺术

宗教　哲学

民　文

政治　族　化　科学
社会　研究
经济

行　　　　　　　　　　　　　　知

技术

物　质　基　础

成绩是物质文明，经济建筑在生产技术的上面，社会和政治又建筑在经济上面。然经济生产有待于社会的合作和组织，社会的推动和指导有待于政治力量。政治支配着社会，调整着经济，能主动，不必尽为被动的。这因果作用是相互的。政与教又是并肩而行，领导着全体的物质生活和精神生活。古代政教合一，政治的领袖往往同时是大教主、大祭师。现代政治必须有主义做基础，主义是现代人的宇宙观和信仰。然而信仰已经是精神方面的事，从物质界、事务界伸进精神界了。

人之异于禽兽者有理性、有智慧，他是知行并重的动物。知识研究的系统化，成科学。综合科学知识和人生智慧建立宇宙观、人生观，就是哲学。

哲学求真，道德或宗教求善，介乎二者之间表达我们情绪中的深境和实现人格的谐和的是"美"。

文学艺术是实现"美"的。文艺从它左邻"宗教"获得深厚热情的灌溉，文学艺术和宗教携手了数千年，世界最伟大的建筑雕塑和音乐多是宗教的。第一流的文学作品也基于伟大的宗教热情。《神曲》代表着中古的基督教。《浮士德》代表着近代人生的信仰。

文艺从它的右邻"哲学"获得深隽的人生智慧、宇宙观念，使它能执行"人生批评"和"人生启示"的任务。

艺术是一种技术，古代艺术家本就是技术家（手工艺的大匠）。现代及将来的艺术也应该特重技术。然而他们的技术不只是服役于人生（像工艺）而是表现着人生，流露着情感个性和人格的。

生命的境界广大，包括着经济、政治、社会、宗教、科学、哲学。这一切都能反映在文艺里。然而文艺不只是一面镜子，映现着世界，且是一个独立的自足的形象创造。它凭着韵律、节奏、形式的和谐、彩色的配合，成立一个自己的有情有相的小宇宙；这宇宙是圆满的、自足的，而内部一切都是必然性的，因此是美的。

文艺站在道德和哲学旁边能并立而无愧。它的根基却深深地植在时代的技术阶段和社会政治的意识上面，它要有土腥气，要有时代的血肉，纵然它的头须伸进精神的光明的高超的天空，指示着生命的真谛、宇宙的奥境。

文艺境界的广大，和人生同其广大；它的深邃，和人生同其深邃，这是多么丰富、充实！孟子曰："充实之谓美。"这话当作如是观。

然而它又需超凡入圣，独立于万象之表，凭它独创的形象，范铸一个世界，冰清玉洁，脱尽尘滓，这又是何等的空灵？

空灵和充实是艺术精神的两元，先谈空灵！

一、空灵

艺术心灵的诞生，在人生忘我的一刹那，即美学上所谓"静照"。静照的起点在于空诸一切，心无挂碍，和世务暂时绝缘。这时一点觉心，静观万象，万象如在镜中，光明莹洁，而各得其所，呈现着它们各自的充实的、内在的、自由的生命，所谓万物静观皆自得。这自得的、自由的各个生命在静默里吐露光辉。苏东坡诗云：

> 静故了群动，空故纳万境。

王羲之云：

> 在山阴道上行，如在镜中游。

空明的觉心，容纳着万境，万境浸入人的生命，染上了人的性灵。所以周济说："初学词求空，空则灵气往来！"灵气往来是物象呈现着灵魂生命的时候，是美感诞生的时候。

所以美感的养成在于能空，对物象造成距离，使自己不沾不滞，物象得以孤立绝缘，自成境界：舞台的帘幕，图画的框廓，雕像的石座，建筑的台阶、栏杆，诗的节奏、韵脚，从窗户看山水、黑夜笼罩下的灯火街市、明月下的幽淡小景，都是在距离化、间隔化条件下诞生的美景。

李方叔词《虞美人·过拍》云：

> 好风如扇雨如帘，时见岸花汀草涨痕添。

李商隐词：

> 画檐簪柳碧如城，一帘风雨里，过清明。

风风雨雨也是造成间隔化的好条件，一片烟水迷离的景象是诗境，是画意。

中国画堂的帘幕是造成深静的词境的重要因素，所以词中常爱提到。韩持国的词句：

> 燕子渐归春悄，帘幕垂清晓。

况周颐评之曰：

> 境至静矣，而此中有人，如隔蓬山，思之思之，遂由静而见深。

董其昌曾说："摊烛下作画，正如隔帘看月，隔水看花！"他们懂得"隔"字在美感上的重要。

然而这还是依靠外界物质条件造成的"隔"。更重要的还是心灵内部方面的"空"。司空图《诗品》里形容艺术的心灵当如"空潭泻春，古镜照神"，形容艺术人格为"落花无言，人淡如菊"，"神出古异，淡不可收"。艺术的造诣当"遇之匪深，即之愈稀"，"遇之自天，泠然希音"。

精神的淡泊，是艺术空灵化的基本条件。欧阳修说得最好："萧条淡泊，此难画之意，画家得之，览者未必识也。故飞动迟速，意浅之物易见，而闲和严静，趣远之心难形。"萧条淡泊，闲和严静，是艺术人格的心襟气象。这心襟、这气象能令人"事外有远致"，艺术上的神韵油然而生。陶渊明所爱的"素心人"，指的是这境界。他的一首《饮酒》诗更能表出诗人这方面的精神形态：

> 结庐在人境，而无车马喧。
>
> 问君何能尔？心远地自偏。
>
> 采菊东篱下，悠然见南山。
>
> 山气日夕佳，飞鸟相与还。
>
> 此中有真意，欲辩已忘言。

陶渊明爱酒，晋人王蕴说："酒正使人人自远。""自远"是心灵内部的距离化。

然而"心远地自偏"的陶渊明才能悠然见南山，并且体会到"此中有真意，欲辩已忘言"。可见艺术境界中的空并不是真正的空，乃是由此获得"充实"，由"心远"接近到"真意"。

晋人王荟说得好："酒正引人著胜地"，这使人人自远的酒正能引人著胜地。这胜地是什么？不正是人生的广大、深邃和充实？于是谈"充实"！

二、充实

尼采说艺术世界的构成由于两种精神：一是"梦"，梦的境界是无数的形象（如雕刻）；一是"醉"，醉的境界是无比的豪情（如音乐）。这豪情使我们体验到生命里最深的矛盾、广大的复杂的纠纷；"悲剧"是这壮阔而深邃的生活的具体表现。所以西洋文艺顶推重悲剧。悲剧是生命充实的艺术。西洋文艺爱气象宏大、内容丰满的作品。荷马、但丁、莎士比亚、塞万提斯、歌德，直到近代的雨果、巴尔扎克、斯丹达尔①、托尔斯泰等，莫不启示一个悲壮而丰实的宇宙。

歌德的生活经历着人生各种境界，充实无比。杜甫的诗歌最为沉着深厚而有力；也是由于生活经验的充实和情感的丰富。

周济论词空灵以后主张："求实，实则精力弥满。精力弥满则能赋情独深，冥发妄中，虽铺叙平淡，摹绘浅近，而万感横集，五中无主，读其篇者，临渊窥鱼，意为鲂鲤，中宵惊电，罔识东西，赤子随母啼笑，乡人缘剧喜怒。"这话真能形容一个内容充实的创作给我们的感动。

---

① 斯丹达尔：今译"司汤达"。

司空图形容这壮硕的艺术精神说："天风浪浪，海山苍苍。真力弥满，万象在旁。""返虚入浑，积健为雄。""生气远出，不著死灰。妙造自然，伊谁与裁。""是有真宰，与之浮沉。""吞吐大荒，由道反气。""与道适往，著手成春。""行神如空，行气如虹！"艺术家精力充实，气象万千，艺术的创造追随真宰的创造。

> 黄子久（元代大画家）终日只在荒山乱石、丛木深筱中坐，意态忽忽，人不测其为何。又每往泖中通海处看激流轰浪，虽风雨骤至，水怪悲诧而不顾。

他这样沉酣于自然中的生活，所以他的画能"沉郁变化，与造化争神奇"。六朝时宗炳曾论作画云："万趣融其神思"，不是画家这丰富心灵的写照吗？

中国山水画趋向简淡，然而简淡中包具无穷境界。倪云林画一树一石，千岩万壑不能过之。恽南田论元人画境中所含丰富幽深的生命说得最好：

> 元人幽秀之笔，如燕舞飞花，揣摹不得；如美人横波微盼，光彩四射，观者神惊意丧，不知其何以然也。
>
> 元人幽亭秀木自在化工之外一种灵气。惟其品若天际冥鸿，故出笔便如哀弦急管，声情并集，非大地欢乐场中可得而拟议者也。

哀弦急管，声情并集，这是何等繁富热闹的音乐，不料能在元人一树一石、一山一水中体会出来，真是不可思议。元人造诣之高和南田体会之深，都显出中国艺术境界的最高成就！然而元人幽淡的境界背后仍潜隐着一种宇宙豪情。南田说：

> 群必求同，求同必相叫，相叫必于荒天古木，此画
> 中所谓意也。

相叫必于荒天古木，这是何等沉痛超迈深邃热烈的人生情调与宇宙情调？这是中国艺术心灵里最幽深、悲壮的表现了吧？

叶燮在《原诗》里说：

> 可言之理，人人能言之，安在诗人之言之；可征之
> 事，人人能述之，又安在诗人之述之，必有不可言之
> 理，不可述之事，遇之于默会意象之表，而理与事无不
> 灿然于前者也。

这是艺术心灵所能达到的最高境界！由能空、能舍，而后能深、能实，然后宇宙生命中一切理一切事无不把它的最深意义灿然呈露于前。"真力弥满"，则"万象在旁"，"群籁虽参差，适我无非新"（王羲之诗）。

总上所述，可见中国文艺在空灵与充实两方都曾尽力，达到极高的成就。所以中国诗人尤爱把森然万象映射在太空的背景上，境景丰实空灵，像一座灿烂的星天！

王维诗云：

徒然万象多，澹尔太虚缅。

韦应物诗云：

万物自生听，太空恒寂寥。

中国艺术的写实精神①

——为第三次全国美展写

　　一切艺术的境界，可以说不外是写实，传神，造境：从自然的抚摹，生命的传达，到意境的创造。艺术的根基在于对万物的酷爱，不但爱它们的形象，且从它们的形象中爱它们的灵魂。灵魂就寓在线条，寓在色调，寓在体积之中。《诗经》里有句云："桑之未落，其叶沃若"，"嘤嘤草虫，趯趯阜螽"。《楚辞》有句云："秋兰兮青青，绿叶兮紫茎。"古代诗人，窥目造化，体味深刻，传神写照，万象皆春。王船山先生论诗云："君子之心，有与天地同情者，有与食鱼草木同情者，有与女子小人同情者，有与道同情者——悉得其情，而皆有以裁用之，大以体天地之心，微以备禽鱼草木之几。"这是中国艺术中写实精神的真谛。中国的写实不是暴露人间的丑恶，抒写心灵的黑暗，乃是"张目人间，

<hr>

① 1943 年 1 月 18 日写于嘉陵江杨家滩滨。这是拙作《论中西艺术的写实，传神与造境》的第三部分。第一部分《中国艺术的写实精神》，初稿刊载《中央时报》1 月 14 日《艺林》。——作者原注

逍遥物外，含毫独运，迥发天倪"（恽南田语）。动天地泣鬼神，参造化之权，研象外之趣，这是中国艺术家最后的目的。所以写实、传神、造境，在中国艺术上是一线贯串的，不必分析出什么写实主义、形式主义、理想主义来。近代人震惊于西洋绘画的写实能力，误以为中国艺术缺乏写实兴趣，这是大错特错的。我们现在据史籍所载关于中国艺术（主要的是绘画）的写实供参考。

《韩非子》上记载着："客有为齐王画者，齐王问曰：'画孰最难者？'答曰：'犬马最难。''孰最易者？''鬼魅易。'"从韩非子这话里，可以想见先秦的绘画，认为写实是难能可贵的。

庄子也说过：

> 叶公子高之好龙，雕文画之，天龙闻而下之，窥头于牖，施尾于堂，叶公见之，五色无主，是叶公非好龙也，好其似龙非龙也。

庄子讥笑艺术家不敢大胆地面对现实，就像歌德的浮士德，召请了地神出现后，吓得惊慌失措，不敢正视它一样。

古代艺术家观察实在的精到，见下面两段故事：六朝时宋太子铸丈六金像于瓦棺寺，像成而恨面瘦，工人不能理，乃迎戴颙曰："非面瘦，乃臂肥！"既错，减臂胛，像乃相称。五代时，前蜀后主衍得吴道子画钟馗，右手第二指抉鬼睛，令黄筌改用拇指抉，筌乃别绢素以进之，后主怪其不如旨，筌对曰："道玄之所面者，眼色意思俱在第二指，不可改。今臣画，虽不逮吴，然眼色

288

意思在拇指，不可移！"由这两故事，可见画家对于生理解剖的体认甚深，且能着重整体的机构和生命。

大画家宋徽宗做错了皇帝，然而他的艺术家的目力和注意力是惊人的。我们看他下面两段故事：徽宗时，龙德宫成，命待诏图画宫中屏壁，皆极一时之选。上来幸，一无所观，独顾壶中殿前柱廊拱眼斜枝月季花，问画者为谁，实一少年新进。喜赐绯，褒锡甚宠，皆莫测其故，上曰："月季鲜有能画者，盖四时、朝、暮、花、蕊、叶皆不同，此作春时日中者，无毫发差，故厚赏之。"宣和殿前植荔枝，既结实，喜动天颜。偶孔雀在其下，亟召画院众史，令图之。各极其思，华彩灿然。但孔雀欲升藤墩，先举右脚。上曰："未也。"众史愕然莫测。后二日再呼问之，不知所对，则降旨曰："孔雀升高，必先举左！"众史骇服。

论史家一定要说，宋徽宗留心到这些细事，无怪他不能专心朝政，让小人擅权。但作为艺术家来说，他是发挥了艺术中的写实精神，虚心观察自然，使宋代花鸟画成为世界艺坛的空前杰创，永远称成中国绘画的世界荣誉。

因为古代绘画这样倾向写实，所以在一般民众脑中好画家的手腕下，不仅描摹了、表现了"生命"，简直是创造了写实生命。所以有种种神话，相信画龙则能破壁飞去，兴云作雨（张僧繇），画马则能供鬼使当坐骑（韩幹），画鱼则能跃入水中游泳而逝（李思训），画鹰则吓走殿上鸟雀便不敢再来（张僧繇），以针刺像可使邻女心痛（顾恺之）。由这些传说神话可以想象，古人认为艺术家的最高任务在能再造真实，创新生命。艺术家是个小上帝，造物主。他们的作品就像自然一样的真实。

本来希腊和中国的古代，都是极注意写实的，我们再引列两段故事，以结束这篇小文。希腊大画家曹格西斯（Zeuxis）画架上葡萄，有飞雀见而啄之。画家巴哈宙斯（Panhazus）走来画一帷幕掩其上。曹格西斯回家误以为是真帷幕，欲引而张之。他能骗飞雀，却又被人骗了。

吴大帝孙权尝使曹不兴画屏风，误落墨点素，因就以作蝇。既进，权以画生蝇，举手弹之。但写实终只是绘画艺术的出发点，以写实到传达生命及人格之神味，从传神到创造意境，以窥探宇宙人生之秘，是艺术家最后最高的使命，当另为文详之。

我和诗

　　我的写诗，确是一件偶然的事。记得我在同郭沫若的通信里曾说过："我们心中不可没有诗意、诗境，但却不必定要作诗。"这两句话曾引起他一大篇的名论，说诗是写出的，不是作出的。他这话我自然是同意的。我也正是因为不愿受诗的形式推敲的束缚，所以说不必定要作诗。①

　　然而我后来的写诗却也不完全是偶然的事。回想我幼年时有一些性情的特点，是和后来的写诗不能说没有关系的。

　　我小时候虽然好玩耍，不念书，但对于山水风景的酷爱是发乎自然的。天空的白云和覆成桥畔的垂柳，是我孩心最亲密的伴侣。我喜欢一个人坐在水边石上看天上白云的变幻，心里浮着幼稚的幻想。云的许多不同的形象动态，早晚风色中各式各样的风格，是我孩心里独自把玩的对象。都市里没有好风景，天上的流

　　① 见《三叶集》。——作者原注

云，常时幻出海岛沙洲，峰峦湖沼。我有一天私自就云的各样境界，分别汉代的云、唐代的云、抒情的云、戏剧的云等等，很想做一个"云谱"。

风烟清寂的郊外，清凉山、扫叶楼、雨花台、莫愁湖是我同几个小伴每星期日步行游玩的目标。我记得当时的小文里有"拾石雨花，寻诗扫叶"的句子。湖山的清景在我的童心里有着莫大的势力。一种罗曼蒂克的遥远的情思引着我在森林里、落日的晚霞里、远寺的钟声里有所追寻，一种无名的隔世的相思，鼓荡着一股心神不安的情调；尤其是在夜里，独自睡在床上，顶爱听那远远的箫笛声，那时心中有一缕说不出的深切的凄凉的感觉，和说不出的幸福的感觉结合在一起；我仿佛和那窗外的月光雾光溶化为一，飘浮在树杪林间，随着箫声、笛声孤寂而远引——这时我的心最快乐。

十三四岁的时候，小小的心里已经筑起一个自己的世界；家里人说我少年老成，其实我并没念过什么书，也不爱念书，诗是更没有听过读过；只是好幻想，有自己的奇异的梦与情感。

十七岁一场大病之后，我扶着弱体到青岛去求学，病后的神经是特别灵敏，青岛海风吹醒我心灵的成年。世界是美丽的，生命是壮阔的，海是世界和生命的象征。这时我欢喜海，就像我以前欢喜云。我喜欢月夜的海、星夜的海、狂风怒涛的海、清晨晓雾的海、落照里几点遥远的白帆掩映着一望无尽的金碧的海。有时崖边独坐，柔波软语，絮絮如诉衷曲。我爱它，我懂它，就同人懂得他爱人的灵魂、每一个微茫的动作一样。

青岛的半年没读过一首诗，没有写过一首诗，然而那生活却是诗，是我生命里最富于诗境的一段。青年的心襟时时像春天的天空，晴朗愉快，没有一点尘滓，俯瞰着波涛万状的大海，而自守着明爽的天真。那年夏天我从青岛回到上海，住在我的外祖父方老诗人家里。每天早晨在小花园里，听老人高声唱诗，声调沉郁苍凉，非常动人，我偷偷一看，是一部《剑南诗钞》，于是我跑到书店里也买了一部回来。这是我生平第一次翻读诗集，但是没有读多少就丢开了。那时的心情，还不宜读放翁的诗。秋天我转学进了上海同济，同房间里一位朋友，很信佛，常常盘坐在床上朗诵《华严经》。音调高朗清远有出世之概，我很感动。我欢喜躺在床上瞑目静听他歌唱的词句，《华严经》词句的优美，引起我读它的兴趣。而那庄严伟大的佛理境界投合我心里潜在的哲学的冥想。我对哲学的研究是从这里开始的。庄子、康德、叔本华、歌德相继地在我的心灵的天空出现，每一个都在我的精神人格上留下不可磨灭的印痕。"拿叔本华的眼睛看世界，拿歌德的精神做人"，是我那时的口号。

有一天我在书店里偶然买了一部日本版的小字的王、孟诗集，回来翻阅一过，心里有无限的喜悦。他们的诗境，正合我的情味，尤其是王摩诘的清丽淡远，很投我那时的癖好。他的两句诗："行到水穷处，坐看云起时"，是常常挂在我的口边，尤在我独自一人散步于同济附近田野的时候。

唐人的绝句，像王、孟、韦、柳等人的，境界闲和静穆，态度天真自然，寓秾丽于冲淡之中，我顶欢喜。后来我爱写小诗、短诗，可以说是承受唐人绝句的影响，和日本的俳句毫不相干，泰戈尔的影响也不大。只是我和一些朋友在那时常常欢喜朗诵黄仲苏译的泰戈尔《园丁集》诗，他那声调的苍凉幽咽，一往情深，引起我一股宇宙的遥远的相思的哀感。

在中学时，有两次寒假，我到浙东万山之中一个幽美的小城里过年。那四围的山色秾丽清奇，似梦如烟；初春的地气，在佳山水里蒸发得较早，举目都是浅蓝深黛；湖光峦影笼罩得人自己也觉得成了一个透明体。而青春的心初次沐浴到爱的情绪，仿佛一朵白莲在晓露里缓缓地展开，迎着初升的太阳，无声地战栗地开放着，一声惊喜的微呼，心上已抹上胭脂的颜色。

纯真的刻骨的爱和自然的深静的美在我的生命情绪中结成一个长期的微渺的音奏，伴着月下的凝思、黄昏的远想。

这时我欢喜读诗，我欢喜有人听我读诗，夜里山城清寂，抱膝微吟，灵犀一点，脉脉相通。我的朋友有两句诗："华灯一城梦，明月百年心"，可以做我这时心情的写照。

我游了一趟谢安的东山，山上有谢公祠、蔷薇洞、洗屐池、棋亭等名胜，我写了几首记游诗，这是我第一次的写诗，现在姑且记下，可以当作古老的化石看罢了。

游东山寺

（一）

振衣直上东山寺，万壑千岩静晚钟。

叠叠云岚烟树杪，湾湾流水夕阳中。

祠前双柏今犹碧，洞口蔷薇几度红？

一代风流云水渺，万方多难吊遗踪。

（二）

石泉落涧玉琮琤，人去山空万籁清。

春雨苔痕迷屐齿，秋风落叶响棋枰。

澄潭浮鲤窥新碧，老树盘鸦噪夕晴。

坐久浑忘身世外，僧窗冻月夜深明。

别东山

游屐东山久不回，依依怅别古城隈。

千峰暮雨春无色，万树寒风鸟独徊。

渚上归舟携冷月，江边野渡逐残梅。

回头忽见云封垤，黯对青峦自把杯。

　　旧体诗写出来很容易太老气，现在回看不像十几岁人写的东西，所以我后来也不大写旧体诗了。二十多年以后住嘉陵江边才又写一首《柏溪夏晚归棹》：

飙风天际来，绿压群峰暝。

云罅漏夕晖，光写一川冷。

悠悠白鹭飞，淡淡孤霞回。

系缆月华生，万象浴清影。

　　1918 至 1919 年，我开始写哲学文字，然而浓厚的兴趣还是在文学。德国浪漫派的文学深入我的心坎。歌德的小诗我很喜欢。康白情、郭沫若的创作引起我对新体诗的注意。但我那时仅试写过一首《问祖国》。

1920 年我到德国去求学，广大世界的接触和多方面人生的体验，使我的精神非常兴奋，从静默的沉思，转到生活的飞跃。三个星期中间，足迹踏遍巴黎的文化区域。罗丹的生动的人生造像是我这时最崇拜的诗。

这时我了解近代人生的悲壮剧、都会的韵律、力的姿势。对于近代各问题，我都感到兴趣，我不那样悲观，我期待着一个更有力的更光明的人类社会到来。然而莱茵河上的故垒寒流、残灯古梦，仍然萦系在心坎深处，使我常时做做古典的浪漫的美梦。前年我有一首诗，是追抚着那时的情趣，一个近代人的矛盾心情：

生命之窗的内外

白天，打开了生命的窗，

绿杨丝丝拂着窗槛。

白云在青空里飘荡。

一层层的屋脊，一行行的烟囱，

成千成万的窗户，成堆成伙的人生。

活动、创造、憧憬、享受。

是电影、是图画、是速度、是转变？

生活的节奏，机器的节奏，

推动着社会的车轮，宇宙的旋律。

白云在青空飘荡，

人群在都会匆忙！

黑夜，闭上了生命的窗。

窗里的红灯，

掩映着绰约的心影：

雅典的庙宇，莱茵的残堡，

山中的冷月，海上的孤桴。

是诗意、是梦境、是凄凉、是回想？

缕缕的情丝，织就生命的憧憬。

大地在窗外睡眠！

窗内的人心，

遥领着世界深秘的回音。

在都市的危楼上俯眺风驰电掣的匆忙的人群，通力合作地推动人类的前进；生命的悲壮令人惊心动魄，渺渺的微躯只是洪涛的一沤，然而内心的孤迥，也希望能烛照未来的微茫，听到永恒的深秘节奏，静寂的神明体会宇宙静寂的和声。

1921 年的冬天，在一位景慕东方文明的教授的家里，过了一个罗曼蒂克的夜晚；舞阑人散，踏着雪里的蓝光走回的时候，因着某一种柔情的萦绕，我开始了写诗的冲动，从那时以后，横亘约莫一年的时光，我常常被一种创造的情调占有着。黄昏的微步，星夜的默坐；大庭广众中的孤寂，时常仿佛听见耳边有一些无名的音调，把捉不住而呼之欲出。往往是夜里躺在床上熄了灯，大都会千万人声归于休息的时候，一颗战栗不寐的心兴奋着，静寂中感觉到窗外横躺着的大城在喘息，在一种停匀的节奏中喘息，仿佛一座平波微动的大海，一轮冷月俯临这动极而静的世界，不禁有许多遥远的思想来袭我的心，似惆怅，又似喜悦，似觉悟，又似恍惚。无限凄凉之感里，夹着无限热爱之感。似乎这微渺的心和那遥远的自然，和那茫茫的广大的人类，打通了一道地下的深沉的神秘的暗道，在绝对的静寂里获得自然人生最亲密的接触。我的《流云小诗》，多半是在这样的心情中写出的。往往在半夜的黑影里爬起来，扶着床栏寻找火柴，在烛光摇晃中写下那些现在人不感兴趣而我自己却借以慰藉寂寞的诗句。"夜"与"晨"两诗曾记下这黑夜不眠而诗兴勃勃的情景。

然而我并不完全是"夜"的爱好者，朝霞满窗时，我也赞颂红日的初生。我爱光，我爱海，我爱人间的温爱，我爱群众里千万心灵一致紧张而有力的热情。我不是诗人，我却主张诗人是人类的光和爱和热的鼓吹者。高尔基说过："诗不是属于现实部分的事实，而是属于那比现实更高部分的事实。"歌德也说："应该拿现实提举到和诗一般地高。"这也就是我对于诗和现实的见解。

自德见寄书

（前略）樾在此进学已两月，听讲读书，非常快乐。德国战后学术界忽大振作，书籍虽贵，而新书出版不绝。最盛者为相对论的发挥和辩论。此外就是"文化"的批评。风行一时两大名著，一部《西方文化的消极观》，一部《哲学家的旅行日记》，皆畅论欧洲文化的破产，盛夸东方文化的优美。现在中国也正在做一种倾向西方文化的运动。真所谓"东西对流"了。本月内德国出了四五部介绍中国文化的书，一部论中国艺术，一部介绍中国名画，一部翻译中国小说（短篇），一部翻了中国名家诗（选了古风以至于唐宋诸家），此外，《庄子》《列子》都翻译了。《老子》译本已有五六种（月内还新出一种）。德人对中国文化兴趣颇不浅也，我们在此借外人的镜子照自己面孔，也颇有趣味。

因为研究的兴趣方面太多，所以现在以"文化"（包括学术艺术伦理宗教）为研究的总对象。将来的结果，想做一个小小的"文化批评家"，这也是现在德国哲学中一个很盛的趋向。所谓"文化哲学"颇为发达。我预备在欧几年把科学中的理、化、生、心四科，哲学中的诸代表思想，艺术中的诸大家作品和理论，细细研究一番，回国后再拿一二十年研究东方文化的基础和实在，然后再切实批评，以寻出新文化建设的真道路来。我以为中国将来的文化绝不是把欧美文化搬了来就成功。中国旧文化中实有伟大优美的，万不可消灭。譬如中国的画，在世界中独辟蹊径，比较西洋画，其价值不易论定，到欧后才觉得。所以有许多中国人，到欧美后，反而"顽固"了，我或者也是卷在此东西对流的潮流中，受了反流的影响了。但是我实在极尊崇西洋的学术艺术，不过不复敢藐视中国的文化罢了。并且主张中国以后的文化发展，还是极力发挥中国民族文化的"个性"，不专门模仿，模仿的东西是没有创造的结果的。但是现在却是不可不借些西洋的血脉和精神来，使我们病体复苏。几十年内仍是以介绍西学为第一要务。

中国的学说思想是统一的、圆满的，一班大哲都自有他一个圆满的人生观和宇宙观。所以，不再有向前的冲动，以静为主。这种思想在闭关以前，"中国为天下"的时代，实可以满足我们中国人生观的欲望。但是，现在闭关的梦已经打破，以前的人生观太缺乏实际的基础。以后欲不从科学上下手不可得了。

东方的精神思想可以以"静观"二字代表之。儒家、佛家、道家都有这种倾向。佛家还有"寂照"两个字描写它。这种东方的"静观"和西方的"进取"实是东西文化的两大根本差别。

欧洲大战后疲倦极了，来渴慕东方"静观"的世界，也是自然的现象。中国人静观久了，又破开关门，卷入欧美"动"的圈中。欲静不得静，不得不随以俱动了。我们中国人现在乃不得不发挥其动的本能，以维持我们民族的存在，以新建我们文化的基础。

东西虽对流，其原因不同。一是动流趋静流，一是静流趋动流。我们了解他们的本质和动因，然后才有确当的批判，才许以相当的价值，不至于趋向极端了。

这是我到此后一二月的感想。夜深无事，圣节期中，写来聊当面谈。明早起来，恐怕又要悔之不及了。

宗白华

12 月 20 日夜中